中外文论

CHINESE JOURNAL OF LITERARY THEORIES

2022年
第1期

名誉主编 ■ 钱中文
主　编 ■ 高建平　执行主编 ■ 丁国旗
主办
中国中外文艺理论学会

中国社会科学出版社

图书在版编目(CIP)数据

中外文论 . 2022 年 . 第 1 期 / 高建平，丁国旗主编. —北京：中国社会科学出版社，2023.8

ISBN 978-7-5227-2193-4

Ⅰ.①中⋯ Ⅱ.①高⋯②丁⋯ Ⅲ.①文学理论—世界—文集 Ⅳ.①I0-53

中国国家版本馆 CIP 数据核字（2023）第 123003 号

出 版 人	赵剑英
责任编辑	郭晓鸿
特约编辑	杜若佳
责任校对	师敏革
责任印制	戴 宽

出　　版	中国社会科学出版社
社　　址	北京鼓楼西大街甲 158 号
邮　　编	100720
网　　址	http://www.csspw.cn
发 行 部	010-84083685
门 市 部	010-84029450
经　　销	新华书店及其他书店
印　　刷	北京明恒达印务有限公司
装　　订	廊坊市广阳区广增装订厂
版　　次	2023 年 8 月第 1 版
印　　次	2023 年 8 月第 1 次印刷
开　　本	787×1092　1/16
印　　张	13
插　　页	2
字　　数	280 千字
定　　价	69.00 元

凡购买中国社会科学出版社图书，如有质量问题请与本社营销中心联系调换
电话：010-84083683
版权所有　侵权必究

编委会

（以姓名音序排序）

曹顺庆　党圣元　丁国旗　高建平　高　楠
胡亚敏　蒋述卓　金元浦　李春青　李西建
刘方喜　陆　扬　钱中文　谭好哲　陶东风
王　宁　王先霈　王岳川　徐　岱　许　明
姚文放　周启超　周　宪　朱立元　曾繁仁
赵炎秋

助理编辑： 李一帅　胡　琦

目　　录

专题　西方文艺理论中国化研究

艺术辩证法与中国马克思主义文艺理论百年思想史 ………………………………… 刘永明（3）
艺术符号学的全球化与本土化：在国际视野与地方知识之间 ………………………… 安　静（24）

专题　东西方跨文化美学

甲骨文空间性的美学阐释 …………………………………………………………… 陶　锋（37）
文明裂隙间的民族主义美学 ………………………………………………………… 罗雅琳（48）
跨文化视野下的"幻象"概念及其辨正 ……………………………… 徐瑞宏　刘建平（57）
喻象与语境
　　——余宝琳中西诗学阐释传统比较 …………………………………………… 李张怡（68）

西方基础文论研究

生态叙事中的介体及介质化 ………………………………………………………… 马明奎（83）
德国前古典美学初探：概念辨析、主要贡献与当代价值 ………………………… 陈新儒（96）
"邦德及其超越"：托尼·本尼特对大众文化文本的分析 ………………………… 金　莉（106）
事件何以生成：巴迪欧与德勒兹论争 ……………………………… 李方明　郁安楠（115）
"元宇宙"的整体景观与生活图式
　　——以赛博文化为例 ………………………………………………………… 许涵威（126）

诗学与人学

"读者"新论：感悟并践行生活之道的人 ………………………………………… 张公善（137）
郑小琼：在机器与语言机器之间 ………………………………………………… 刘　东（150）

译　文

实验性生态批评：环境文本与经验性方法 …… ［新加坡］马修·施耐德-迈尔森　［奥地利］
亚历克萨·韦克·冯·莫斯纳　［波兰］沃依切赫·马莱茨基著　王亚芹　陈畅译（165）

走向一种修复翻译理论 ·················· ［美］艾米丽·阿普特著　莫亚萍译(173)
诗歌措辞 ························· ［美］欧文·白璧德著　郝二涛译(185)

附　录

附录一　中国中外文艺理论学会历届会议 ························ (195)
附录二　《中外文论》来稿须知及稿件体例 ······················· (198)

专题　西方文艺理论中国化研究

艺术辩证法与中国马克思主义文艺理论百年思想史

刘永明[*]

(中国艺术研究院 北京 100012)

摘要：从艺术辩证法角度考察中国马克思主义文艺理论发展史（尤其是思想史），是对诸多偏向于线性历史描述研究范式的一种补充。对应到"中国马克思主义文艺理论百年思想史"这一"事物"的发展，我们将其区分为辩证法的要素或者关系的三个方面：文艺理论、中国、马克思主义。通过对这三个要素关系和发展过程同一性的观察，我们认为，中国马克思主义文艺理论百年思想史经历过"革命文艺理论无产阶级化""无产阶级革命文艺理论马克思主义化""马克思主义文艺理论中国化""中国化马克思主义文艺理论"四种形态的四个辩证发展阶段。观察和梳理艺术辩证法的发展，有助于我们建立中国马克思主义文艺理论百年思想史的辩证发展观和宏观逻辑。

关键词：艺术辩证法；马克思主义文艺理论；马克思主义中国化

20世纪20年代末期，"革命文学"论争之初，郭沫若说"当一个留声机器""就是'辩证法的唯物论'"[①]；到了30年代初，在左翼文艺界与"自由人"论战时，"第三种人"苏汶说"变卦就是辩证法"，批评左翼文人是"目前主义"者，"只看目前的需要"[②]；1932年，当得知苏联开始批判"唯物辩证法"创作方法后，中国革命文艺理论界也开始批判"唯物辩证法"、倡导"社会主义现实主义"创作方法；到了50—60年代美学大讨论的后期，姚文元撰写了几篇名为"艺术辩证法"的美学论文参与讨论[③]，

---

[*] 作者简介：刘永明（1971— ），江西永丰人，中国艺术研究院马克思主义文艺理论研究所研究员，主要研究方向为中国马克思主义文艺理论发展史论。本文系中国艺术研究院2020年基本科研业务费资助学术研究项目"中国马克思主义文艺理论发生学研究"（编号：2020-1-20）成果。

① 郭沫若（麦克昂）：《留声机器的回音——文艺青年应取的态度的考察》，《文化批判》1928年3月15日第3号。
② 苏汶：《关于〈文新〉与胡秋原的文艺论辩》，《现代》1932年7月第1卷第3期。
③ 从1961年初开始，姚文元先后撰写了7则美学笔记，分别是：《论生活中的美与丑——美学笔记之一》（《文汇报》1961年1月17日）；《关于美学讨论的几个问题——答朱光潜先生，美学笔记之二》（《文汇报》1961年5月2日）；《艺术的辩证法——祖国美学遗产初探，美学笔记之三》（《学术月刊》1961年第6期）；《艺术的辩证法——美学笔记之四》（《上海戏剧》1961年第7、8期）；《论艺术品对人民的作用——美学笔记之五》（《上海文学》1961年第11、12期）；《论建筑和建筑艺术的美学特征——美学笔记之六》（《新建设》1962年3月号）；《论艺术分类问题——美学笔记之七》（《新建设》1963年4月号）。

学界在与姚文元美学观的争论中，自然也出现了对艺术辩证法的一些观点或说法，如李泽厚说姚式艺术辩证法是"对对子"①。因此，在中国马克思主义文艺理论发展史上（尤其是在早期），和庸俗唯物论、机械唯物论一样，各种庸俗辩证法、机械辩证法也曾大行其道，加上辩证法本身就容易表现为一种"折中主义"（旧多译为"折衷主义"）、"中庸"特点或诡辩论，因此，艺术辩证法一直给人一种比较尴尬的学术地位，所以学界对艺术辩证法的研究并不多。但新时期伊始，为了探究一个时期以来的一些极"左"错误，马克思主义文论界一度非常重视从艺术辩证法的角度总结经验教训，②如20世纪80年代之初，全国毛泽东文艺思想研究会几届学术年会都有不少学术论文涉及这个问题或视角，对经典马克思主义文艺理论中的主客体关系、世界观和创作方法、文学和政治、反映论和表现论、典型的个性和共性、艺术内容和形式、逻辑思维和形象思维、社会历史批评和审美批评、倾向性和真实性、毛泽东艺术辩证法思想等许多艺术辩证法命题，都有深入的研究；邓小平去世后，学界对邓小平艺术辩证法的研究也一度是热点。总体看来，近40年来，马克思主义文论界对艺术辩证法本体论、辩证法和文论关系、辩证法和作家作品研究（如"主体辩证法"）、辩证法和马克思主义文艺理论进路等问题的关注不少，反思性、批判性（如同一性思维与一元化文论关系等）的研究也在逐渐展开。③但相比其他论题，艺术辩证法研究还不是非常充分，还有较大的展开空间。

马克思主义认为，唯物辩证法是"作为包括精神发展在内的一切发展的动力"④。理论上，唯物史观和辩证法的交互作用是形塑20世纪中国马克思主义文艺理论历史形

---

① 李泽厚：《美学的丑剧——评姚文元的〈美学笔记〉》，《文艺论丛》第4辑，上海文艺出版社1978年版，第157页。

② 本文所称辩证法主要指唯物辩证法。辩证法包括一般规律的辩证法和自然辩证法、人类社会（历史）辩证法、思维辩证法三个领域。这里把艺术领域内所涉及的艺术辩证法都笼统地称为艺术辩证法。中国古代文论和美学研究、一些创作技法和作家作品评论中的艺术辩证法（包括姚文元所讨论的艺术辩证法）主要指的是思维辩证法。而新时期初期，马文论学者讨论的主要是一些重要范畴（比如政治与文艺、普及和提高、政治标准和艺术标准等关系）的辩证法。

③ 20世纪90年代以来的研究成果可参见李尔重《艺术的辩证法》（广州文化出版社1989年版），朱辉军《论艺术的辩证法——马克思主义文艺理论的精髓》（《理论与创作》1991年第6期），蒋均涛《从艺术辩证法看文艺反映论》（《川北教育学院学报》1993年第4期），孔智光《毛泽东的文艺辩证法思想》[《山东大学学报》（哲学社会科学版）1993年第4期]，程玖《马克思主义对鲁迅精神世界的烛照——论鲁迅后期文艺思想中的辩证法》（《合肥教育学院学报》2002年第1期），陈传才《当代文论创新、拓展的必由之路——略论唯物辩证法方法论体系的指导意义》[《山西师范大学学报》（社会科学版）2003年第4期]，冯贵民《周恩来艺术辩证法思想初探》[《沈阳师范学院学报》（哲学社会科学版）1983年第4期]，肖潇《辩证法视阈中的马克思主义中国化与大众化》（《湖北第二师范学院学报》2010年第4期），韩清玉《马克思主义文学批评视域中自律与他律的辩证法》（《文学评论》2015年第5期），杨水远、王坤《"对立统一"作为辩证法核心的确立及其文论影响》[《南昌大学学报》（人文社会科学版）2017年第1期]，杨水远《同一性思维与中国20世纪50—70年代文论的一元化》[《广州大学学报》（社会科学版）2019年第1期]，杨水远《辩证"否定"内涵的演变及其文论效应》（《中国文学研究》2019年第1期）、杨水远《辩证综合的理论难度与中国当代文论的自否定创新》（《中国文学研究》2021年第2期），金永兵、王佳明《中国马克思主义文论发展的辩证特征与进路》（《吉林大学社会科学学报》2020年第6期）等。此外，古代文论和美学研究、艺术技巧和创作方法研究中有大量艺术辩证法的研究成果。

④ [苏]罗森塔尔主编：《马克思主义辩证法史：从马克思主义产生到列宁主义阶段之前》，汤侠声译，人民出版社1986年版，第10页。

态或理论地形图的主要力量（当然具体实践也是重要力量）。但相比唯物史观，在中国马克思主义文艺理论发展史的早期，辩证法的影响有一定的滞后性，受重视程度也不够。正是由于唯物史观（尤其是阶级分析和意识形态理论）影响先于辩证法，或者说辩证法（方法论）作用的早期缺位，导致了中国早期马克思主义文艺理论（包括早期无产阶级革命文艺理论和左翼文艺理论）的各种庸俗唯物论和机械唯物论、主观主义和宗派主义等错误或者理论局限。因为，相比思想体系，一个理论体系的成熟更多地取决于方法论的成熟。左翼文艺之后，在批判反思的基础上形成的毛泽东文艺思想代表着中国马克思主义文艺理论体系的成熟，其基础就在于毛泽东辩证法思想的成熟：如果没有 20 世纪 30 年代后期实践论、矛盾论、马克思主义中国化、中国作风中国气派等辩证思想的成熟，就不可能有 20 世纪 40 年代初期毛泽东文艺思想理论体系的形成。而不讲辩证法（只强调立场和原理），或者不会讲辩证法（只强调对立或统一的某一方面），则必然会造成理论失误，"十七年"后期反"修正主义"文论和"文革"文论就是鲜明的例子。一个思想体系、理论体系越往后越成熟越自觉的发展，必然越会凸显辩证法的作用和意义。这也是新时期、新世纪、新时代以来，中国马克思主义文艺理论发展的一个重要特点。因此，在中国马克思主义文艺理论百年回顾之际，从艺术辩证法的角度（维度）回顾中国马克思主义文艺理论的发展历史（主要是思想历史而不是理论历史），不失为一种积极的尝试，也是对诸多偏向于历史描述研究范式的一种有益补充。

但一百多年来，理论界尤其是西方哲学界对辩证法的认识已经极为深入。"关于辩证唯物论与马克思的思想关系（马克思本身并未使用这个词语）、与观念论思想家前辈的关系、与自然科学的关系，存在着激烈的辩论。有些马克思主义者喜欢具有较独特意涵的'历史唯物论'，不希望将辩证的论述延伸到大自然的过程。其他人则坚持，同样基本的定律可以适用到两者；也有一些马克思主义的思想排斥整个辩证的定律，却同时保留了 dialectic 较宽松的意涵——描述矛盾的或对立的力量间的互动。"① 因此，为了不流于旁枝末节，更好地从艺术辩证法角度探讨中国马克思主义文艺理论百年思想发展史，我们需要先对艺术辩证法内涵规定性加以基本的说明，否则我们对艺术辩证法就会流于折中主义的"对立统一"和"对对子"式的简单理解，或者仅停留在对诸多范畴做分析综合、归纳演绎、抽象具体、逻辑历史等辩证思维方式层面。

与西方当代辩证法主要阐释主客关系辩证法的理论范式不同，在这里，我们以列宁的或者说是列宁阐释的经典的马克思主义辩证法即矛盾关系辩证法理论范式为我们立论的基础，一是因为它是对 20 世纪中国马克思主义文艺理论影响最深远的辩证法理论，二是因为中国对辩证法的理解不同于西方哲学中对辩证法做逻辑和形而上学两个层面的理解，列宁主义、毛泽东思想偏重于从实践层面而不是描述矛盾运动层面（比如仅仅是认识论层面）去理解辩证法。

---

① ［英］雷蒙·威廉斯：《关键词：文化与社会的词汇》，刘建基译，生活·读书·新知三联书店 2016 年版，第 180 页。

列宁辩证法思想是强调灵活掌握（矛盾）同一性（包含了斗争性）的肯定辩证法。同一性即统一性，是指矛盾双方相互吸引、相互联结的属性、趋势。所谓"道高一尺，魔高一丈"揭示了一种相互斗争又共同发展的同一性。列宁曾指出："辩证法是一种学说，它研究对立面怎样才能够同一，是怎样（怎样成为）同一的——在什么条件下它们是相互转化而同一的，——为什么人的头脑不应该把这些对立面看作僵死的、凝固的东西，而应该看作活生生的、有条件的，活动的、彼此转化的东西。"列宁还强调："概念的全面的、普遍的灵活性，达到了对立面同一的灵活性，——这就是实质所在。主观地运用的这种灵活性＝折中主义与诡辩。客观地运用的灵活性，即反映物质过程的全面性及其统一性的灵活性，就是辩证法，就是世界的永恒发展的正确反映。"① 列宁还提出以"辩证法的要素"命名的唯物辩证法思想体系，这个体系由3条总规定性、7条扩展说明和9条补充说明组成。16条说明中，第5条是讲对立面的相互依存，第9条是讲对立面在一定条件下的相互转化，这两条合起来就是矛盾同一性的全部含义。

"辩证法的要素"是列宁辩证法思想的一大贡献。列宁"辩证法的要素"总规定的第一条指出："应当从事物的关系和它的发展去观察事物本身"。对应到"中国马克思主义文艺理论百年思想史"这一"事物"，我们将其区分为三个要素或者关系的三个方面：文艺理论、中国、马克思主义。这三者之间主要表现为同一性关系或者说同一性关系大于斗争性关系。因此，通过对这三个要素关系和发展过程（主要是同一性）的观察，我们可以将中国马克思主义文艺理论艺术辩证法的发展分为四个阶段或者四种形态，即："革命文艺理论无产阶级化"（20世纪20年代初期到1932年）、"无产阶级革命文艺理论马克思主义化"（1932年到1937年）、"马克思主义文艺理论中国化"（1937年到2012年）、"中国化马克思主义文艺理论"（2012年以后）。

通过艺术辩证法的考察，我们认为，中国马克思主义文艺理论百年思想史经历了革命文艺理论无产阶级化、无产阶级革命文艺理论马克思主义化后，逐渐摆脱庸俗唯物论、机械唯物论、庸俗辩证法、机械辩证法、关门主义和宗派主义的束缚，开创了以"服务—普及"为中心的马克思主义文艺理论中国化道路之后，再到以"提高—精品"和创造性为中心的中国化马克思主义文艺理论为主要指导思想阶段的这样一个辩证发展过程。如此认识，有助于我们建立起对于中国马克思主义文艺理论百年思想史的辩证发展观和宏观逻辑。

一 以"批判—革命"为中心的革命文艺理论：从无产阶级化阶段到马克思主义化阶段

新文化运动初中期的新文学运动完成了文学革命到革命文学的转化，这一时期的

---

① 列宁：《哲学笔记》，《列宁全集》第55卷，人民出版社1990年版，第90—91页。

革命文学主张是以反封建为主的旧民主主义性质的、艺术学（本体论）性质的革命文学主张。1917年3月李大钊在《俄国革命之远因近因》中首次使用了资产阶级民主主义意义上的"革命文学"一词，他说："革命文学之鼓吹。俄国之文学，人道主义之文学也，亦即革命主义之文学也。"① 五四运动后，由于无产阶级革命理论和无产阶级政治运动的兴起，革命文学理论迅速分化，其中激进的革命文学一系迅速无产阶级化，革命文学理论再度政治化、社会学化、去文学化，由文学立场重新回归社会意识。

作为一种意识形态，早期的无产阶级革命文艺理论（以下所称革命文艺一般指无产阶级革命文艺）强调无产阶级立场和历史唯物主义的基本原理，尤其是阶级分析和意识形态理论。因为艺术辩证思维的缺乏，革命文艺理论很快就走进了死胡同（即前述特点），并且导致了1928—1929年"革命文学"论争的爆发和1930年后"左联"成立初期的几场具有明显理论缺陷的论战。因此，在革命文学倡议和后来论争的过程中，革命文艺理论界已经意识到辩证方法论的重要性（但这个时期的大量著述都在强调、论述辩证唯物论，重点在唯物论）。经过系列的理论探索，到1932年前后，革命文艺理论基本上完成了从社会学到艺术学、从无产阶级化到马克思主义化的转化，实现了从形而上学到唯物辩证法的第一次大转变。

由于在理论谱系上一方面继承了五四文艺的批判传统，另一方面又形成了鲜明的无产阶级革命的立场和意识，因此，这两个阶段的革命文艺理论（早期的普罗文学和左翼文学）呈现出以"批判—革命"为中心的理论特点。

（一）革命文艺理论的无产阶级化

1922年中国共产党二大之后，在政治理论领域开始了对民主主义革命领导权的探索，到1924年时，党内无产阶级革命领导权理论基本成熟。② 相对应的，革命文艺理论的无产阶级意识也得到不断加强，到1927年时，无产阶级革命文学基本创立，五四革命文艺完成了无产阶级化转向。

1923年5月27日，郭沫若发表《我们的文学新运动》，提出以"无产阶级的精神"，"反抗资本主义的毒龙"。这是"五四"文学革命以来的新思想新见解。同一时间郁达夫发表的《文学上的阶级斗争》，被认为是中国最早的"无产阶级文学"主张。现代文学史家李何林认为郭、郁这两篇文章是文学上无产阶级意识开始形成的标志。与此同时，社会政治革命领导者也开始对革命文学的认识问题出现讨论，部分从事实际革命工作的早期共产党人，如邓中夏、恽代英、萧楚女、沈泽民等，先后发表多篇文章探讨文学如何适应社会、配合革命的问题。如1924年5月17日，恽代英在与王秋心的通信《文学与革命》中，第一次提出无产阶级"革命文学""革命的文学"概念。在文艺理论领域，1924年3月成仿吾发表《艺术之社会的意义》，离开艺术本位转向社会

---

① 李大钊：《俄国革命之远因近因》，《李大钊全集》第2卷，人民出版社2006年版，第4页。
② 参见禾兮《我党首倡无产阶级对民主革命领导权思想的是谁》（《社会科学研究》1986年第6期）、陶用舒《三论无产阶级领导权的首倡——兼与赵楚芸、徐应麟二同志商榷》（《益阳师专学报》1993年第3期）等。

意识，李何林认为这是文学革命向革命文学转变的宣言书；同年 8 月 1 日，蒋光慈在《无产阶级革命与文化》的论文中，同样提出了"无产阶级文学"的命题。1925 年 5 月，沈雁冰发表《论无产阶级艺术》，论述无产阶级艺术的产生，初步表达了作者对于无产阶级文学的主张；同年，郭沫若翻译了日本河上肇的通俗经济学著作《社会组织与社会革命》后，自称已经成为马克思主义者。1926 年 5 月，郭沫若发表《革命与文学》，提出了著名的"表同情于无产阶级的社会主义的写实主义的文学"这一口号。1928 年，在"革命文学"论争中，李初梨发表《怎样地建设革命文学》，认为 1926 年郭沫若《革命与文学》"是在中国文坛上首先倡导革命文学的第一声"，他在文章中用大号黑体字写着："革命文学，不是谁的主张，更不是谁的独断，由历史的内在的发展一连络，它应当而且必然地是无产阶级文学。"同年 2 月，成仿吾在《创造月刊》上发表了《从文学革命到革命文学》，最先提出"从文学革命到革命文学"的理论命题，同时也标志着革命文艺无产阶级化的正式完成。① 这一系列的论述和发展，促进了革命文艺理论无产阶级化即"普罗文学"的转向。

（二）理论资源的间接性导致革命文艺理论的历史局限和不足

革命文艺的无产阶级化并不是马克思主义化。1928—1929 年的"革命文学"论争和 1930 年左联成立初期的几场具有明显理论缺陷的论战，恰恰说明革命文艺马克思主义化的任务还没开始。这是因为，在 1932 年之前，被当作马克思主义文艺理论而在中国传播的并不是真正的马克思主义文艺理论，或者至少可以说不是经典的马克思主义文艺理论。"革命文学"论争之前，中国左翼文艺界受到了苏联无产阶级文化派及庸俗社会学理论的影响，苏联无产阶级文化派代表人物波格丹诺夫的文艺观点在"革命文学"论争之前就由蒋光慈等介绍到中国。虽然 1928 年"革命文学"论争开始后，左翼文艺理论界开始有意识地提出马克思主义化的问题，如创造社从 1928 年初就明确提出提倡无产阶级革命文学和宣传马克思主义为两大任务，创造社"革命文学"论争的阵地《文化批判》发刊时引用了列宁的名言："没有革命的理论，就没有革命的运动"②，并把介绍和阐述马克思主义称为"一种伟大的启蒙"③；而太阳社成员钱杏邨在其《力的文艺·自序》中也力倡"应用 Marxism 的社会学的分析方法"。但事实上，"革命文学"论争初期创造社、太阳社宣传的所谓"马克思主义文艺理论的基本观点"和"分析方法"有不少是错误的观点（尤其是受"拉普"影响），它们并非直接来自经典马克思主义理论。

这种情况的产生和国际上马克思主义文艺理论的整理、传播过程有着紧密联系。在 20 世纪 20 年代之前，马克思主义奠基人关于文学艺术的一些论述还没有得到全面

---

① 史料见张大明《社会主义现实主义与中国革命文学（上）》，《新文学史料》1998 年第 3 期。
② 李初梨：《一封公开信的回答》，《文化批判》1928 年第 3 期。现《列宁全集》第 2 版第 5 卷（人民出版社 1986 年版）第 23 页的译文为"没有革命的理论，就不会有革命的运动"。
③ 成仿吾：《祝词》，《文化批判》1928 年第 1 期（创刊号）。

的整理，马克思、恩格斯一些重要的手迹资料不仅被考茨基和伯恩斯坦领导的第二国际有意封存，而且在已出版的相关著作中，一些极其重要的内容或观点被随意删减或窜改。因此在30年代以前的苏联文艺理论界甚至流行着这样一种观点："马克思和恩格斯不仅没有创立马克思主义美学，而且根本没有专门研究过艺术问题，除了经典作家可以用作'例证'的某些片言只语，甚至至多只是某些粗略的评语之外，他们没有留下任何同美学问题有关的论述；他们关于某些艺术作品、文艺活动家的评论也纯属'个人爱好'的性质。"① 因此，在20年代苏联文艺理论界马克思主义文艺理论奠基人和重要成员的名单非常复杂，有普列汉诺夫、弗理契、梅林、拉法格、考茨基等。情况到了中国就更为复杂。1932年以前被看作马克思主义文艺理论家的除了苏俄的普列汉诺夫、卢那察尔斯基、沃隆斯基、托洛茨基、弗理契、波格丹诺夫之外，还包括日本的平林初之辅、青野季吉、藏原惟人等，以及美国的一大批马克思主义学者和非马克思主义学者；与此同时，被作为马克思主义思想引进的文艺理论也非常复杂，它们来自马克思主义发展上的不同阶段以及论争的不同派别，良莠不齐、真伪难辨，对我国马克思主义文艺理论的发展有过非常消极的影响。② 对此，当代学者刘柏青曾指出："中国的左翼文艺运动，大体上以一九三二年为界，在这之前，所受的日本无产阶级文艺思潮的影响，不只是福本主义，而且也包括青野季吉和藏原惟人等人。而这种影响，又和普列汉诺夫、弗里契的影响，波格达诺夫、德波林的影响，拉普的影响，紧紧地交错在一起。"③

过分强调阶级意识和阶级立场，加之理论资源的间接性，对马克思主义基本原理缺乏全面系统的了解和辩证使用方法，必然导致革命文艺理论的诸多历史局限和不足。比如初期革命文学理论（包括左翼文艺理论）忽视艺术特性和创作规律的功利主义艺术观、精英主义的化大众的主体观念和静止的人民大众客体观念、组织上的对内宗派主义和对外关门主义错误、创作上的唯物辩证法（主观化理念化）、作品标语口号化和公式化（革命的浪漫蒂克、革命加爱情）、艺术批评上的简单粗暴、文学史上对五四新文学的过低评价、不要"同路人"等，都和中国马克思主义文艺理论发展初期的这一特点有关。

与理论上的不足和局限相一致，革命文艺在完成无产阶级化转向后还迅速组织化、政党化，即"布尔什维克化"。1930年蒋光慈被开除党籍就是革命文艺组织化、政治化的标志性事件，而1931年初的"左联五烈士"事件则标志着革命文艺无产阶级化尤其是组织化、政党化的深刻危机。血的教训促成了无产阶级革命文艺理论马克思主

---

① ［苏］阿普列相：《三十年代对马克思恩格斯美学遗产的研究》，转引自艾晓明《中国左翼文学思潮探源》，湖南文艺出版社1991年版，第167—168页。
② 本部分论述引见刘永明《1932年：中国左翼文艺运动历史分期的时间逻辑》（《中国文学研究》2020年第2期）。
③ 刘柏青：《三十年代左翼文艺所受日本无产阶级文艺思潮的影响》，《文学评论》1981年第6期。

义化阶段的到来。

(三) 无产阶级革命文艺理论马克思主义化：对马克思主义化和艺术辩证法的探索

"革命文学"论争和文艺大众化讨论中，鲁迅、茅盾等有大量创作经验的革命作家，基于自身的生命经验和艺术体验，对革命文艺早期的历史局限和不足，自然会比那些激进的青年理论家有更深刻的认识，因此，以鲁迅为代表的革命作家，产生了革命文艺理论马克思主义化的必然要求。1925年4月鲁迅在《苏俄的文艺论战》序言中明确说"用 marxism 于文艺的研究"，并且自1926年起，亲自翻译苏联、日本等马克思主义文艺理论著作；1929—1930年鲁迅、冯雪峰策划"科学的艺术论丛书"（原名"马克思主义文艺论丛"，计划12种，实际出版7种，外2种，合计9种），出版了普列汉诺夫、卢那察尔斯基等的著作；1930年鲁迅在"左联"成立大会上说"攻击我的文章当然很多，然而一看就知道都是化名，骂来骂去都是同样的几句话。我那时就等待有一个能操马克斯主义批评的枪法的人来狙击我的，然而他终于没有出现"①，就包含着对真正唯物辩证法的急切期待。

到了20世纪30年代，情况发生了很大改变。由于马恩全集的出版和一系列新材料的发现，在苏联形成了广泛学习和宣传马克思主义美学和文艺理论的高潮，革命文艺理论的发展也迫切需要马克思主义的指导和借鉴苏俄创作经验。因此，到1932年前后，革命文艺理论马克思主义化阶段开始到来。

这个变化的标志性事件有三个。一是组织上、政治上，"左联"进行了较大的改革。1931年11月，"左联"通过新决议《中国无产阶级革命文学的新任务》，标志着左翼文艺从左倾盲动的政治领域回到了文学阵地；1932年3月"左联"进行了改组，下设创作批评委员会、大众文艺委员会、国际联络委员会三个小组，其中创委和众委的区别更进一步明确了大众文艺创作（包括工农通信运动）与作家创作之间的分工，不再要求作家只写工农兵通讯，标注着作家主体性的回归。这两个文件标志着"左联"在路线、纲领和主体性问题上开始了马克思主义化的转向。二是理论上正本清源，克服庸俗辩证法和机械辩证法，引入马克思主义艺术辩证法。1931年11月，由冯雪峰、瞿秋白共同起草的"左联"新决议《中国无产阶级革命文学的新任务》，提出了"作家必须成为一个唯物的辩证法论者"的任务，②显示辩证法问题成为左翼文艺的一个重要理论问题。1932年，瞿秋白根据苏联公谟学院（苏联共产主义学院）的《文学遗产》第1—2期材料译述出版的论文集《现实——马克斯主义文艺论文集》。③瞿秋白在论文集中着重介绍了马恩关于现实主义创作方法的论述，第一次向左翼文坛介绍了恩格斯书写的关于现实主义的基本原理，论述了关于现实主义文学的倾向性、作家世界观和

---

① 鲁迅：《对于左翼作家联盟的意见》，《鲁迅全集》第4卷，人民文学出版社1981年版，第236页。
② 《中国无产阶级革命文学的新任务》，《前哨·文学导报》1931年第1卷第8期。
③ 瞿秋白：《现实——马克斯主义文艺论文集》，《瞿秋白文集》文学编第4卷，人民文学出版社1986年版，第225页。

创作方法的关系,要莎士比亚化不要席勒化,关于"典型环境中的典型性格",关于作家和阶级的关系等重要问题。这全是当时困惑左翼文艺理论界的一些重要问题。这些文章和观点的译介,给当时左翼作家文艺创作中较流行的肤浅的革命浪漫主义倾向敲响了警钟,对纠正片面地、过度地强调世界观对创作方法的决定作用,甚至为把世界观和创作方法机械等同起来的"左"倾错误提供了极有说服力的理论依据,从而确立了马克思主义文艺理论对中国革命文学运动的理论指导地位。因此,艾晓明说:"由于瞿秋白的努力使中国文学界对马列主义文艺思想了解与苏联同步开始了。"① 此外,1931年,《北斗》第3期发表了由冯雪峰翻译的"拉普"领导人法捷耶夫的《创作方法论》,介绍修正了的唯物辩证法创作方法;同年丁玲发表的《水》被认为是新的唯物辩证法创作方法的典范,评论家(如冯雪峰、钱杏邨)对作品表现的"新旧辩证法""主体辩证法"("同路人"作家如何转变为无产阶级作家、写作主体与大众的同一、创作主体如何在创作实践中发生转化等)给予了高度评价;② 1933年初,胡风发表《现阶段上的文艺批评之几个紧要问题》,极为强调唯物辩证法的意义和作用;1933年11月1日,周扬发表《关于"社会主义现实主义与革命的浪漫主义"——"唯物辩证法的创作方法"之否定》,批判"唯物辩证法的创作方法",并最早介绍苏联"社会主义现实主义"创作方法到国内。这都大大增强了辩证法在艺术理论体系中的地位,对马克思主义艺术辩证法的发展产生了很大的影响。三是组织上克服关门主义错误。时任中央宣传部门负责人张闻天在1932年底和1933年初两度发表《文艺战线上的关门主义》,主要针对的就是"文化运动中一些做领导工作同志",谈的第一个问题就是在对待"第三种人"与"第三种文学"时"我们的同志中间所存在着的非常严重的'左'的关门主义"③。党内高层的批评和建议对鲁迅、瞿秋白、周扬、冯雪峰等产生了很大的影响,也对克服左翼文艺运动第二个比较大的历史局限即关门主义错误发挥了重要作用。

因此说,1932年前后,革命文艺在整体上从理论到方法论两个层面开始了马克思主义化的转向。当然,这种转向不可能是一蹴而就的,庸俗唯物论和辩证法、机械唯物论和辩证法等教条主义错误和宗派主义错误不是轻易能够认识和清除掉的。以周扬《关于"社会主义现实主义与革命的浪漫主义"——"唯物辩证法的创作方法"之否定》一文为例,虽然对创作方法有很好的论述,但在世界观和创作方法问题上,依然存在和"唯物辩证法的创作方法"类似的以世界观决定文艺创作的弊病。但这种质变是显然存在的,所以刘柏青说:左翼文艺的历史局限,"到了一九三二年以后,逐渐减弱。在与'自由人'、'第三种人'进行论战时,有更多的人能够独立地运用马克思主义的理论观点,得出正确的结论。当然,这一场论战也暴露了左翼理论家的弱点;但

---

① 艾晓明:《中国左翼文学思潮探源》,湖南文艺出版社1991年版,第173页。
② 参见吴舒洁《"旧的东西中的新的东西的诞生":1930年代左翼文学运动中丁玲"转变"的辩证法》,《文艺理论研究》2021年第1期。
③ 歌特:《文艺战线上的关门主义》,《斗争》1932年11月3日。

总的说来，是把马克思主义的文艺理论水平提高了一大步。"①

我们这里主要是从宏观上或者整体趋势上归纳艺术辩证法的态势，并不代表这个阶段人们对艺术辩证法认识的全部，相反，这一时期革命文艺理论家在许多具体艺术问题上有着深刻的艺术辩证法论述。比如鲁迅《对于左翼作家联盟的意见》开头即提出："我以为在现在，'左翼'作家是很容易成为'右翼'作家的。"②鲁迅从艺术辩证法角度分析了革命作家、艺术家在面临困难时必然会有的分化，提醒革命作家、艺术家对于发展革命文艺的困难或者残酷的一面要有现实的清醒的认识，是关于主体辩证法的深刻见解。革命作家中类似鲁迅这样关于革命文艺的辩证法认识是大量的，都是中国马克思主义文艺理论发展史上的重要成就，对此需要我们进一步的整理、研究。

（四）艺术辩证法理论的发展

作为理论主体，这一时期艺术辩证法也有自己独特的发展脉络。1923年3月1日中国旅欧党团组织在巴黎编辑出版的《少年》第7号上发表了一篇署名"石夫"、节译自阿多那斯基著的《马克思主义辩证法底几个规律》一文，全文2445字。译文稍作修改后，与郑超麟翻译、普列汉诺夫著的《辩证法与逻辑》一文一起发表在1924年8月1日中共中央在上海编辑出版的理论刊物《新青年》季刊第3期上。一般研究者都认为这两篇文章是中国最早介绍马克思主义唯物辩证法的译文。③

普列汉诺夫的艺术辩证法思想对中国早期革命文艺理论的发展有着重要影响。1928年"革命文学"论争开始后，革命文艺理论界意识到辩证法的重要性，非常重视普列汉诺夫的艺术辩证法理论的译介和传播。"1929年这一年，在当时的中国文化中心上海一连出版了普列汉诺夫的三本重要著作：杜国庠署名吴念慈自英文译出的《史的一元论》（即《论一元论历史观之发展》），林柏自英文译出的《艺术论》（即《没有地址的信》），冯雪峰自日文译出的《艺术与社会生活》。""1929年7月15日出版的《春潮》月刊第一卷第七期，曾经发表了鲁迅翻译的普列汉诺夫撰写的《论文集〈二十年间〉第三版序》。冯雪峰还以画室笔名翻译了普列汉诺夫的《论法兰的悲剧与演剧》一文，发表在1929年8月1日和10日出版的《朝花旬刊》第一卷第一期和第二期上。""1930年新出版的普列汉诺夫著作又增加了七种，有的甚至同一年出版两种或四种译本。"④此外，胡秋原对普列汉诺夫艺术辩证法思想在中国的传播也起了重要作用。1932年胡秋原翻译发表了佛理采的《朴列汗诺夫与艺术之辩证法底发展问题》长文，出版了《唯物史观艺术论：普列汉诺夫及其艺术理论之研究》等著作。

普列汉诺夫之外，布哈林等人的辩证唯物论思想对这一时期中国马克思主义文艺理论辩证法思想的影响也很大。李铁声1928年在创造性《文化批判》第3号上发表了

---

① 刘柏青：《三十年代左翼文艺所受日本无产阶级文艺思潮的影响》，《文学评论》1981年第6期。
② 鲁迅：《对于左翼作家联盟的意见》，《鲁迅全集》第4卷，人民文学出版社1981年版，第236页。
③ 参见王磊《马克思主义辩证法在中国早期传播的一篇重要文献》，《党史研究与教学》2014年第5期。
④ 史料引见高放、高敬增《普列汉诺夫著作在中国民主革命时期的传播》，《教学与研究》1982年第4期。

布哈林《辩证法的唯物论》一文，第二年又将其与哥利夫《辩证法及辩证的方法》一文结集为《辩证法底唯物论》出版（1929年江南书店）。合集将哥利夫《辩证法及辩证的方法》一文置于布哈林《辩证法的唯物论》之前，主要讨论的是辩证法本体论的内容，由此可见辩证法问题在理论认识中的重要性在增强。

到了 20 世纪 30 年代，1930—1936 年爆发了以唯物辩证法为中心的哲学论战，紧随其后又发生了新启蒙运动。1933 年，艾思奇开始了以马克思主义辩证唯物论和唯物辩证法为核心的哲学研究，开创了马克思主义哲学中国化、大众化、时代化研究的先河；1936 年，以艾思奇《大众哲学》、陈唯实《通俗辩证法讲话》为代表的一批著作，代表了我国辩证法理论研究进入成熟阶段。辩证法理论的发展对中国马克思主义文艺理论艺术辩证法在 20 世纪 30 年代后期进入自主性发展阶段起到了重要作用。

二 以"服务—普及"为中心的马克思主义文艺理论中国化阶段

1937 年左翼文艺运动基本结束。从 1937 年开始，中国马克思主义文艺理论辩证思想的发展进入第三个阶段，其本质特征是追求马克思主义文艺理论中国化。"中国化"作为一个理论问题，目前学界存在着这样一个广受认可的认识逻辑链，即：新文化运动产生了中国化思潮，马克思主义中国化是中国化思潮的重要组成部分并引领着 20 世纪 20—30 年代中国化思潮的发展，而中国化思潮无疑是马克思主义中国化起源的重要语境[1]；在毛泽东阐述马克思主义中国化之前，马克思主义者和进步的文化人士已从不同视角提出了马克思主义中国化命题，毛泽东对马克思主义中国化的阐述既吸取了当时理论工作者的思想，又总结了马克思主义与中国具体实际相结合的经验，融入了他个人对马克思主义中国化的体验，将其赋予了新的内涵，具有经典性。[2] 作为这一认识逻辑链的延伸，马克思主义文艺理论中国化必然是马克思主义中国化这一辩证思维的产物，但同时又融合了对前一阶段革命文艺无产阶级化、马克思主义化的反思和批判。

（一）"中国化""马克思主义中国化"辩证思维的发展

"中国化"思维其实由来已久。如果从"中国化"这个概念来说，最早可以追溯到 20 世纪 20 年代。1926 年 1 月《自然界》创刊号发刊词（《发刊旨趣》）就有"科学的中国化""佛教的中国化"等提法。从马克思主义来看，最早具有马克思主义中国化思想的是李大钊。1927 年 2 月时任中共中央政治局常委的瞿秋白也提出了"应用马克思主义于中国国情""马克思主义应用于中国国情"的思想。而倡导马克思主义中国化最有力的是 20 世纪 30 年代中后期的新启蒙运动思想家。1934 年艾思奇写作《大众哲学》时就最早提倡马克思主义哲学中国化、时代化（现实化）、大众化，他的著作对毛泽东

---

[1] 赵铁锁、解庆宾：《20 世纪上半叶"中国化"思潮与"马克思主义中国化"起源研究述评》，《理论学刊》2013 年第 1 期。

[2] 许全兴：《"马克思主义中国化"的提出与新文化运动》，《毛泽东邓小平理论研究》2008 年第 3 期。

辩证法思想产生了很大的影响;① 陈唯实在《通俗辩证法讲话》(1936)一书中提过:"对于唯物辩证法,最要紧的,是熟能生巧,能把它具体化、实用化,多用例子或问题来证明它。同时语言要中国化、通俗化,使听者明白才有意义。"② 因此说,到了1936年,"马克思主义中国化"基本是一种共性思维了。

(二)理论和实践的需要催生马克思主义中国化思想和辩证法理论的成熟

20世纪30年代,马克思主义中国化不仅是理论需要,也是实践的迫切需要。20世纪30年代初期,中国革命深受"左"倾教条主义和"洋教条主义"之害,第五次反"围剿"斗争失败。因此在长征路上,为了解决思想路线斗争问题,以及马克思主义在中国的具体化、民主主义革命经验教训的总结、民主主义发展方向和未来形态设想等问题,已经在正同行于长征的张闻天、毛泽东等头脑中开始酝酿和思考。他们开始总结"左"的教条主义尤其是"洋教条主义"的错误和教训,认识到思想路线上必须使马列主义"民族化""具体化""中国化",才能指导中国革命取得胜利。到达延安后,从1936年起,张闻天在中央会议和一些文章及报告中多次论述了这个问题。③ 1937年5月11日,张闻天在《解放》周刊第3期《我们对民族统一纲领的意见》一文中,进一步提出了"文化运动中国化""马列主义具体化、中国化"的主张。1937年9月10日张闻天主持召开中央政治局常委扩大会议,讨论宣传教育工作时提出:"理论一定要与实际联系,要中国化"。

在这种理论和实践背景下,为了解决思想路线斗争和在哲学认识论上解决马克思主义中国化的方法论问题,毛泽东1937年7、8月先后完成了《实践论》《矛盾论》,"两论"在马克思主义中国化上具有重要意义。"'两论'的思想实质与主题,是对中国革命中'左'右倾错误特别是教条主义错误的哲学批判,从而是对马克思主义基本原理与中国革命实践相结合的哲学论证。""如果说《实践论》突出了认识的辩证法,那么,《矛盾论》则突出了矛盾问题(辩证法)的认识论与方法论意义。"④ 紧接着,毛泽东在1938年9月29日至11月6日于延安召开的中共六届六中全会作《中国共产党在民族战争中的地位》(10月14日报告《论新阶段》的第七节)报告中,提出了"马克思主义中国化"和"中国作风和中国气派"这两大命题,并作了深刻、具体而精辟的阐述。⑤ 毛泽东报告的第二天(10月15日),张闻天在《关于抗日民族统一战线与党的

---

① 庞元正、董振华:《哲学研究中国化时代化大众化的开拓者——艾思奇哲学思想研究》,《光明日报》2019年10月14日。
② 陈唯实:《通俗辩证法讲话》,上海新东方出版社1936年版,第7页。
③ 1936年,张闻天在政治局会议上明确提出:"我们应该使之民族化,使之适合于我们的具体环境。"参见《张闻天文集》第2卷,中共党史出版社1993年版,第80页。
④ 李佑新:《〈实践论〉〈矛盾论〉的主题与价值》,《光明日报》2017年10月30日第15版。
⑤ 因斯大林不同意"中国化"的提法,中华人民共和国成立后毛泽东在审定《毛泽东选集》时将其改为"使马克思主义在中国具体化"。参见赵明义《"马克思主义中国化"与"使马克思主义在中国具体化"辨析》,《当代世界社会主义问题》2003年第2期。

组织问题》的报告中说:"要认真地使马列主义中国化,使它为中国最广大的人民所接受"①。毛泽东的中国化主张产生了很大的影响。1939年春张申府在讲解毛泽东讲话的《论中国化》中给予了高度肯定,也主张"许多外来的东西,我们以为,用在中国就应该中国化。而且如其发生效力,也必然地会中国化"②。在文艺理论领域,毛泽东讲话还直接引发了全国性的民族形式大讨论。

毛泽东的《实践论》、《矛盾论》和系列讲话,以及接下来的系列整风文件(如艾思奇1941年3月发表于《解放》杂志第126期的《辩证法唯物论怎样应用于社会历史的研究》、毛泽东1941年5月19日在延安高级干部会议上的《改造我们的学习》的报告),奠定了马克思主义中国化的唯物辩证法基础,解决了山沟里也有马克思主义的认识问题和对不是极"左"就是极右的错误思想路线的斗争方法问题,也为接下来马克思主义文艺理论的中国化发展奠定了坚实的思想基础和方法论。

(三)毛泽东文艺思想与马克思主义文艺理论中国化主体的完成

1936年9月第一个左翼知名女作家丁玲到达延安;1937年10月,周扬、李初梨、艾思奇等由上海到达延安。随着左翼文化人的不断到来,正确总结五四以来新文化运动的历史,认识新文化运动的现状,开展新的文化运动和文化工作的局面随即展开。在这个问题上,左翼文化人确定了一个正确的发展方向,那就是马克思主义中国化、新文化中国化。左翼文艺干将李初梨到延安不久,就在《解放》上发表《十年来新文化运动的检讨》,他在总结过去十年(1927年至1937年)文化运动时提出了"马列主义具体化中国化"的任务。到了1938年春,"新文化的中国化"观念在延安文化界已成为一种共识。③ 虽然革命文人的思想认识上去了,但离真正成功的艺术实践还很远,五四新文化运动和左翼文艺运动以来作家艺术家的精英主义立场和批判意识在延安文艺初期(1937—1942年)还一直延续着。1938年成立后的"鲁艺"很长一段时间内都是个"小鲁艺"。到了1942年,这种局面和现状已经严重不能适应革命形势发展的需要,到了迫切需要改变的时候。在这种背景下,为了在文艺创作实践中真正解决马克思主义文艺理论中国化的问题,毛泽东发表了《在延安文艺座谈会上的讲话》。

毛泽东的《讲话》是一篇艺术辩证法经典文献,它在唯物史观和唯物辩证法的基础上,对艺术辩证法实现了一系列的创造性转化。其中最关键的一点是围绕着"服务—普及"这个中心域(《讲话》的主要问题式是"研究文艺工作和一般革命工作的关系""一个为群众的问题和一个如何为群众的问题""为什么人服务的问题解决了,接着的问题就是如何去服务。用同志们的话来说,就是:努力于提高呢,还是努力于普及呢?"),所以说,《讲话》的主旨就是"服务—普及",也就是革命文艺服务革命工作、对人民群众进行普及,对系列艺术关系进行了认识改造,比如主体性方面,将五

---

① 中央档案馆编:《中共中央文件选集》第11册,中共中央党校出版社1989年版,第709页。
② 张申府:《论中国化》,《战时文化》第2卷第2期。
③ 许全兴:《"马克思主义中国化"的提出与新文化运动》,《毛泽东邓小平理论研究》2008年第3期。

四以来的精英和大众的关系，由二元论"化大众"转换为一元化"大众化"的关系，强调作家艺术家进行思想情感和艺术能力上的改造，在左翼文艺建构组织化主体的基础上前进了一步；在如何为群众这个问题上，强调普及和提高的统一，但"在目前条件下，普及工作的任务更为迫切"；在动机和效果问题上，强调"社会实践及其效果是检验主观愿望或动机的标准"；在批评问题上，主张"我们应该进行文艺问题上的两条战线斗争"，在"以政治标准放在第一位，以艺术标准放在第二位"的同时，"我们的要求则是政治和艺术的统一，内容和形式的统一，革命的政治内容和尽可能完美的艺术形式的统一"，"我们既反对政治观点错误的艺术品，也反对只有正确的政治观点而没有艺术力量的所谓'标语口号式'的倾向"；等等。当然，《讲话》艺术辩证法不仅限于上面这些，它还涉及文艺与生活、文艺的源与流、艺术中的生活与实际生活、批判与继承、借鉴与创造、歌颂与批评等各个方面。《讲话》还在"结论"的第五个部分强调指出，延安文艺界中存在的种种问题都是因为在认识和实践方面缺乏唯物辩证法的问题。毛泽东说："我们延安文艺界中存在着上述种种问题，这是说明一个什么事实呢？说明这样一个事实，就是文艺界中还严重地存在着作风不正的东西，同志们中间还有很多的唯心论、教条主义、空想、空谈、轻视实践、脱离群众等等的缺点，需要有一个切实的严肃的整风运动。"①

《讲话》有经有权，在特定历史条件下很好地处理了文艺一般规律和革命文艺特殊规律的认识问题。毛泽东20世纪40—50年代的其他经典文本还解决了人民与阶级、中外古今、"双百"方针等与艺术辩证法紧密相关的诸多重要问题。正是因为有了唯物史观和艺术辩证法两个方面的体系性和科学性论述，以《讲话》为核心文本的毛泽东文艺思想产生了强力的指导作用，在《讲话》指引下的革命文艺取得了伟大的历史成就。因此说，在中国马克思主义文艺理论发展史上，毛泽东文艺思想的形成标志着马克思主义文艺理论中国化主体的成熟，也标志着中国马克思主义文艺理论在艺术辩证法方法论上的成熟。

中华人民共和国成立之后，中国马克思主义文艺理论的发展经历了曲折之路。一方面是毛泽东艺术辩证法思想继续发展。1956年毛泽东发表《论十大关系》讲话，明确建设社会主义的根本思想是必须根据本国情况走自己的道路；1958年毛泽东针对苏联社会主义现实主义创作方法，提出革命现实主义与革命浪漫主义相结合的创作方法（"两结合"创作方法），在思想体系上有明确的发展民族化马克思主义文艺理论的倾向。但另一方面，在理论体系（尤其是教材编写）上又在20世纪50年代深受苏联理论的影响，一定程度上出现了"苏联模式"的倾向，开始出现僵化现象。这也客观上反映了思想体系和理论体系发展存在不同步、不平衡的情况。虽然在马克思主义文艺理论中国化辩证思想的指引下，"十七年时期"产生了无产阶级的"人性人道主义论"

---

① 毛泽东：《在延安文艺座谈会上的讲话》，《毛泽东选集》第3卷，人民出版社1991年版，第847—879页。

"写真实论""现实主义广阔道路论""现实主义深化论""反'题材决定论'""'中间人物'论",以及 20 世纪 60 年代的"文科教材"等中国化马克思主义文艺理论的许多成果。但遗憾的是,由于受到极"左"路线和教条主义错误的影响,已经起步的中国化马克思主义文艺理论发展很快被中断。

(四) 新时期艺术辩证法的发展

毛泽东之后,邓小平、江泽民、胡锦涛等几代领导人,运用艺术辩证法,一方面拨乱反正,一方面解放思想,从庸俗唯物论和辩证法、机械唯物论和辩证法等教条主义和激进主义思想路线中将中国马克思主义文艺理论的发展解放出来,引导中国马克思主义文艺理论的发展回到马克思主义文艺理论中国化的正确路线上来,为新时期中国马克思主义文艺理论的健康发展奠定了思想基础。

1979 年 10 月 30 日,全国第四次文代会在北京开幕,邓小平代表党中央发表了《在中国文学艺术工作者第四次代表大会上的祝词》(以下简称《祝词》),指出:"我们的国家已经进入社会主义现代化建设的新时期"[1]。邓小平在《祝词》和系列讲话中,针对文艺问题和文艺规律,灵活运用艺术辩证法,科学阐释了文艺和政治、文艺和人民、思想标准和政治标准、经济效益和社会效果等系列范畴之间的辩证关系,在注重开展批评和坚持"双百"方针的统一、在反对错误倾向上坚持重点论和两点论结合、在正确认识文艺产品的双重属性和正确运用文艺批评的两种标准等方面,为新时期中国马克思主义文艺理论的发展做出了贡献。邓小平在理论建构和批评实践方面为新时期中国马克思主义文艺理论艺术辩证思维的发展树立了典范。江泽民后来提出"弘扬主旋律、提倡多样化"也是一种艺术辩证法的反映。胡锦涛在党的十七大报告中指出,我们要"把坚持马克思主义基本原理同推进马克思主义中国化结合起来"[2]。"推进马克思主义中国化"就是"创新",就是为了创立中国的马克思主义理论体系,现阶段指的就是中国特色社会主义理论体系。这个提法很有目的性,对中国马克思主义文艺理论尤其是中国化马克思主义文艺理论的建设具有指导意义,在艺术辩证法发展史上也有转型标志的意义。

三 以"提高—精品"和创造性为中心的中国化马克思主义文艺理论阶段

马克思主义中国化,在提出之初,主要是针对教条主义和主观主义的思想方法,强调将马克思主义的普遍原理和中国革命的具体实际相结合,提高在中国语境下灵活和正确运用马克思主义的基本原理来研究和解决实际问题的能力,因此马克思主义中

---

[1] 邓小平:《在中国文学艺术工作者第四次代表大会上的祝词》,《邓小平文选》第 2 卷,人民出版社 1983 年版,第 208 页。

[2] 胡锦涛:《高举中国特色社会主义伟大旗帜,为夺取全面建设小康社会新胜利而奋斗——在中国共产党第十七次全国代表大会上的报告》,人民出版社 2007 年版。

国化或者马克思主义文艺理论中国化强调的是"化",更多的是一个民族形式问题。因斯大林不同意"中国化"的提法,中华人民共和国成立后毛泽东在审定《毛泽东选集》时将1938年就提出的"马克思主义中国化"改为"使马克思主义在中国具体化"①,这也可以看出早期马克思主义中国化的主要内涵还是强调灵活运用马克思主义。但在早期毛泽东等人对马克思主义中国化的完整认识中却没有这么简单,其中就包括了对中国化马克思主义即创造性中国马克思主义的内在要求,即内容上的马克思主义中国化。1941年,毛泽东在《反对主观主义和宗派主义》的讲话中指出,克服学风中的主观主义和党风中的宗派主义,主要的方法就包括:"要分清创造性的马克思主义和教条式的马克思主义";"我们反对主观主义,是为着提高理论,不是降低马克思主义。我们要使中国革命丰富的实际马克思主义化"②。也就是说,除了正确运用马克思主义之外,总结中国革命的经验,将"中国革命丰富的实际"马克思主义化即中国化马克思主义也是马克思主义中国化的内涵之一,即:马克思主义中国化包括方法论意义上的马克思主义中国化,也包括成果意义上的中国化马克思主义。这是一个事物的一体两面。毛泽东思想(包括文艺思想)本身就是马克思主义中国化的成果——中国化马克思主义。

毛泽东文艺思想创立之后,我国文艺界虽然一直贯穿着一条围绕贯彻、执行《讲话》精神,反对资本主义,尤其是唯心主义、教条主义、激进主义文艺路线的主线,但在很长一个历史时期内,文艺领域的教条主义问题(比如世界观和创作方法、意识形态性和审美性、阶级性和人民性、思想性和艺术性、表现论和再现论、批评的政治标准和艺术标准等关系中的教条主义)一直没有得到很好的解决(这也是阶级论、意识形态论、反映论、现实主义体系文艺理论自身的一些局限造成的),中国马克思主义文艺理论的发展长期处于纠偏状态中,处于马克思主义文艺理论中国化的进程中。虽然早在1958年周扬就提出《建立中国自己的马克思主义的文艺理论和批评》这一课题,并于1983年重申(《关于建设具有中国民族特点的马克思主义文艺理论》),但在理论上,不仅中国化马克思主义文艺理论难以提上日程、成果有限(体系性成果更是难觅),甚至在新时期各种西方文论话语霸权面前,中国马克思主义文艺理论的发展还一度严重失语,处于理论边缘或者不断边缘化,与整个经济社会文化的发展严重脱节。但从辩证法的角度来理解却未必不是一件好事,量变引起质变,伴随着中国特色社会主义进入新时代,中国马克思主义文艺理论的发展也迎来了以强调"提高—精品"和创造性为中心的中国化马克思主义文艺理论发展新阶段。

(一)唯物辩证法的重要进步:新时代社会主要矛盾的判断

准确抓住事物发展的主要矛盾是中国共产党理论思维的核心和传统之一,也是社会实践的起点。1956年,党的八大报告指出:"我们国内的主要矛盾,已经是人民对于建立先进的工业国的要求同落后的农业国的现实之间的矛盾,已经是人民对于经济文

---

① 毛泽东:《中国共产党在民族战争中的地位》,《毛泽东选集》第2卷,人民出版社1991年版,第534页。
② 毛泽东:《反对主观主义和宗派主义》,《毛泽东文集》第2卷,人民出版社1993年版,第373—374页。

化迅速发展的需要同当前经济文化不能满足人民需要的状况之间的矛盾。"1981年，党的十一届六中全会通过的《关于建国以来党的若干历史问题的决议》对我国社会主要矛盾做了规范的表述："在社会主义改造基本完成以后，我国所要解决的主要矛盾，是人民日益增长的物质文化需要同落后的社会生产之间的矛盾。"2007年，党的十七大报告重申，我国仍处于并将长期处于社会主义初级阶段的基本国情没有变，人民日益增长的物质文化需要同落后的社会生产之间的这一社会主要矛盾没有变。可以看出，满足人民群众对物质文化的基本需要（即"普及"性质的工作）是很长一段时间我国解决社会主义主要矛盾的主要方面。但经过数十年的奋斗，我国的社会生产能力有了很大的提高，这必然会造成社会主义主要矛盾的客观变化。根据这种变化，习近平总书记在党的十九大报告中明确提出："经过长期努力，中国特色社会主义进入了新时代，这是我国发展新的历史方位。这标志着我国社会主要矛盾已经转化为人民日益增长的美好生活需要和不平衡不充分的发展之间的矛盾。"

习近平代表全党所作的这一重要论述，对于社会主义主要矛盾和主要矛盾的主要方面发生转化的认识已经发生了质的变化，具有重要意义，因为，"人民日益增长的美好生活需要"比"人民日益增长的物质文化需要"、"不平衡不充分的发展"比"落后的社会生产之间"都跃升了一个层次，对新时代中国特色社会主义事业做出了由普及到提高、由追赶到创造的"新的历史方位"的论断。这一新论断是继承和弘扬《矛盾论》《实践论》辩证法思想的光辉典范，为中国特色社会主义事业高质量发展，也为以"提高—精品"和创造性为中心的中国化马克思主义文艺理论发展新阶段的到来提供了思想指导。

（二）新时代中国马克思主义文艺理论艺术辩证法的新命题

基于对新的主要矛盾和新的历史方位的认识，习近平在中国化马克思主义文艺理论发展问题上提出了系列艺术辩证法新命题。其中主要有以下几个。

一是提出了"人民"是个体性和集体性的辩证统一。习近平说："社会主义文艺，从本质上讲，就是人民的文艺。"[①] 关于人民的内涵，习近平在继承马克思主义关于人民主体基本含义的同时，强调了对人民个体性、具体性一面的重视，强调了人民在内涵上是个体和集体的辩证统一。在中国文联十大、中国作协九大开幕式上的讲话中，习近平指出："人民不是抽象的符号，而是一个一个具体的人的集合，每个人都有血有肉、有情感、有爱恨、有梦想，都有内心的冲突和忧伤。"[②] 人民是具体的人、感性的人的集合体。但习近平理解的人民主体不是一种空间上的集合体，而是由特定精神引领的一种精神性存在和精神集合体。因此，习近平要求给人民以价值引导、精神引领、审美启迪，提出了传递正能量、弘扬中国精神、坚定人民信心、振奋人民精神的号召。

---

① 习近平：《在文艺工作座谈会上的讲话（2014年10月15日）》，人民出版社2015年版。
② 习近平：《在中国文联十大、中国作协九大开幕式上的讲话》（2016年11月30日），人民网，http://politics.people.com.cn/n1/2016/1130/c1024-28915396.html。

习近平指出："我们的文学艺术，既要反映人民生产生活的伟大实践，也要反映人民喜怒哀乐的真情实感，从而让人民从身边的人和事中体会到人间真情和真谛，感受到世间大爱和大道。"① 习近平关于人民主体的论述，是在社会主义新的历史时期，在人民范围进一步扩大、人民概念内涵越来越丰富的情况下，突出了对人的个体价值和感性生活的重视，是对马克思主义人民主体论认识的进一步深化，也是艺术辩证法在人民艺术主体这个问题上的灵活运用和创新发展。

二是将"提高（创新）—精品（高峰）"提到了一个极其重要的地位。习近平指出："改革开放以来，我国文艺创作迎来了新的春天，产生了大量脍炙人口的优秀作品。同时，也不能否认，在文艺创作方面，也存在着有数量缺质量、有'高原'缺'高峰'的现象，存在着抄袭模仿、千篇一律的问题，存在着机械化生产、快餐式消费的问题。"习近平认为："衡量一个时代的文艺成就最终要看作品。推动文艺繁荣发展，最根本的是要创作生产出无愧于我们这个伟大民族、伟大时代的优秀作品。"习近平强调："我们必须把创作生产优秀作品作为文艺工作的中心环节，努力创作生产更多传播当代中国价值观念、体现中华文化精神、反映中国人审美追求，思想性、艺术性、观赏性有机统一的优秀作品。"要尽力打造文艺精品，"精品之所以'精'，就在于其思想精深、艺术精湛、制作精良"，"要把创新精神贯穿在文艺创作生产的全过程，增强文艺原创能力"②。显然，以"提高（创新）—精品（高峰）"为核心，习近平在中国马克思主义文艺理论发展史上建构了一种新型文论体系，这是前一阶段"服务—普及"艺术辩证法在新时代发展的结果。

三是创作之外，对艺术批评方法和标准的辩证论述。习近平指出："把好文艺批评的方向盘，运用历史的、人民的、艺术的、美学的观点评判和鉴赏作品。"在这里，习近平提出了"历史的、人民的、艺术的、美学的"等关于批评标准维度的新表述，体现了对马克思主义文艺批评维度标准的继承和突破，尤其是将艺术维度从美学维度中析出并赋予其规定性，更是理论上的一大贡献。如果把"历史的、人民的、艺术的、美学的"视为内部维度的话，习近平还提出了两个外部维度标准，一是评价"好的作品"的三个维度标准："一部好的作品，应该是经得起人民评价、专家评价、市场检验的作品，应该是把社会效益放在首位，同时也应该是社会效益和经济效益相统一的作品。"二是提出了评价艺术"精品"的三个维度标准："思想精深、艺术精湛、制作精良"。③ 习近平对马克思主义文艺批评标准理论的发展做出了贡献。

四是辩证分析了人民性和党性的关系问题。在中国马克思主义文艺理论发展史上，

---

① 习近平：《在中国文联十大、中国作协九大开幕式上的讲话》（2016年11月30日），人民网，http://politics.people.com.cn/n1/2016/1130/c1024-28915396.html。
② 习近平：《在文艺工作座谈会上的讲话（2014年10月15日）》，人民出版社2015年版。
③ 习近平：《在文艺工作座谈会上的讲话（2014年10月15日）》，人民出版社2015年版。

人民性和党性的辩证关系问题长期受到"左"的和右的思想的困扰。新时期之初，在纠正"左"的错误的同时，又出现了人为制造人民性和党性对立的情况。因此说，在很长的一段时期内，党性和人民性的关系问题没有得到很好的解决，尤其是一些"左"倾错误长期存在。对此，习近平在关于文艺和宣传工作的讲话中，多次强调了党性和人民性的统一性和一致论。2013年8月19日，习近平在全国宣传思想工作会议上讲话中强调："党性和人民性从来都是一致的、统一的。"① 打破了我国新闻宣传领域30年来人为制造的一个禁区。② 一年后《在文艺工作座谈会上的讲话》中他又具体说道："党的根本宗旨是全心全意为人民服务，文艺的根本宗旨也是为人民创作。把握了这个立足点，党和文艺的关系就能得到正确处理，就能准确把握党性和人民性的关系、政治立场和创作自由的关系。"③ 这是新时期40年以来，第一次在中国最高政治领导人关于文艺工作的文献中出现党性和人民性关系的论述。习近平在辩证法层面论述了党的根本宗旨和文艺的根本宗旨都是为人民服务，明确了党性和人民性在根本宗旨上的统一性和一致性，并且明确指出，党性和人民性的统一是充分、准确把握党性和人民性的关系、政治立场和创作自由的关系的立足点和评判的标准，对于批判党性和人民性关系认识上的各种右倾和"左"倾错误具有重要的意义。

（三）强调创造性，着力构建中国化马克思主义文艺理论体系

中国化马克思主义文艺理论及其体系的创建，既是文艺工作的内容，也属于哲学社会科学工作的范畴。2016年，习近平《在哲学社会科学工作座谈会上的讲话》中提出了"着力构建中国特色哲学社会科学，在指导思想、学科体系、学术体系、话语体系等方面充分体现中国特色、中国风格、中国气派"的总要求，并且提出了三个具体要求：一是体现继承性、民族性；二是体现原创性、时代性；三是体现系统性、专业性。三个具体要求体现了习近平辩证思维的深刻性。习近平非常重视理论的原创性，"我们的哲学社会科学有没有中国特色，归根到底要看有没有主体性、原创性"，并且强调原创性和主体性的辩证统一，原创性才能确证主体性。我们的理论构建如何具有原创性、主体性和时代性？习近平认为，理论的生命力在于创新；理论创新的思维起点在"以我国实际为研究起点""从问题开始""以我们正在做的事情为中心"；理论创新（构建中国特色哲学社会科学）的着力点、着重点在于"提炼出有学理性的新理论，概括出有规律性的新实践"；理论创新的落点在于三大体系的构建，"不断推进学科体系、学术体系、话语体系建设和创新，努力构建一个全方位、全领域、全要素的哲学社会科学体系"。习近平认为："我国哲学社会科学在国际上的声音还比较小，还处于有理说不出、说了传不开的境地。"对此，习近平指出："要善于提炼标识性概念，打造易为国际社会所理解和接受的新概念、新范畴、新表述，引导国际学术界展开研

---

① 中国广播网，http://china.cnr.cn/news/201308/t20130821_513374392.shtml。
② 陈力丹：《把人民放在心中最高位置》，《中国特色社会主义研究》2016年第8期。
③ 习近平：《在文艺工作座谈会上的讲话（2014年10月15日）》，人民出版社2015年版。

究和讨论。"①

习近平讲话阐释了事物发展特色性（民族性或中国性）、继承性和创造性辩证统一的规律。对这一辩证规律的认识既是习近平新时代中国特色社会主义理论的重要内容，也是中国化马克思主义文艺理论进一步发展的思想指导和方法论上的动力来源。五年来，围绕着习近平系列讲话精神，学界就如何构建创造性（创新形态）的中国化马克思主义文艺理论、中国马克思主义文艺理论三大体系尤其是话语体系的建设问题进行了广泛讨论，在如何提炼标识性概念、提炼出有学理性的新理论等方面形成了丰硕的成果，对如何构建创新形态的中国化马克思主义文艺理论形成了广泛的共识。

结 语

从 20 世纪 20 年代初期开始，中国马克思主义文艺理论艺术辩证法发展的四个阶段对应了从国外引进、传播马克思主义文艺理论，到消化、吸收马克思主义文论，再到创造中国的马克思主义文艺理论的全过程。区分依据是唯物辩证法和与之相应指导思想的发展。这里有两个问题需要做个简单的补充说明。

一是在本文语境中，"马克思主义文艺理论中国化"和"中国化马克思主义文艺理论"内涵问题。

"马克思主义文艺理论中国化"和"中国化马克思主义文艺理论"都具有广狭两种含义。广义的"马克思主义文艺理论中国化"包含了"转化"经典马克思主义文艺理论和"创造"中国马克思主义文艺理论两种内涵；广义的"马克思主义文艺理论中国化"包含了中国马克思主义文艺理论一百年的所有阶段和所有成果。二者在广狭意义上是相互包含的，也就是说，广义的"马克思主义文艺理论中国化"包括了狭义的"马克思主义文艺理论中国化"，也包括了广狭义的"中国化马克思主义文艺理论"；反过来也是如此。

在本文语境中，我们是以辩证法作为指导思想的维度，根据"转化"和"创造"马克思主义文艺理论的两种内涵，将其中两个阶段或者形态定义为"马克思主义文艺理论中国化"和"中国化马克思主义文艺理论"，都是狭义意义上的概念。比如以"服务—普及"为中心的毛泽东文艺思想既是辩证法在本文狭义意义上"马克思主义文艺理论中国化"阶段的代表，也是广义"中国化马克思主义文艺理论"的历史成果之一。而本文以"提高—精品"和创造性为主要形态和性质的"中国化马克思主义文艺理论"就是狭义的"中国化马克思主义文艺理论"。

二是艺术辩证法研究是对"马克思主义文艺理论中国化"（包括"中国化马克思主义文艺理论"）命题研究路径的一种补充。

---

① 习近平:《在哲学社会科学工作座谈会上的讲话（2016 年 5 月 17 日）》，新华网，http：//www. xinhuanet. com/politics/2016-05/18/c_1118891128. htm。

马克思主义文艺理论中国化命题有许多种研究范式。如理论史研究（如宋建林、陈飞龙主编《中国马克思主义艺术理论发展史》、朱辉军《西风东渐——马克思主义文艺理论在中国》）、思潮史研究（如解庆宾《二十世纪上半期的"中国化"思潮与"马克思主义中国化"：一个思想文化史命题的透视》）、政治文化研究（如刘锋杰、薛雯、尹传兰等《文学政治学的创构：百年来文学与政治关系论争研究》、杨胜刚《中国共产党的政治实践与左翼文学》、王建刚《政治形态文艺学：五十年代中国文艺思想研究》），还有革命文化研究、民族化研究、话语研究和大量的断代史、专题史研究等范式。除了一些特殊的研究范式，马克思主义文艺理论中国化研究主要是史论性质的研究，对中国马克思主义文艺理论发展与艺术辩证法的研究较为缺乏。因此，艺术辩证法研究是对马克思主义文艺理论中国化命题研究路径的一种补充，它有助于我们建立中国马克思主义文艺理论百年思想史的辩证发展观和宏观逻辑。

艺术符号学的全球化与本土化：
在国际视野与地方知识之间

安　静[*]

（中央民族大学文学院　北京　100081）

摘要：论文题目中的"全球化"与"本土化"，将论题带入到文化政治学的视角。全球化曾经被认为是一种西方的文化霸权主义，然而随着21世纪的历史进程徐徐展开，特别是新冠疫情以来人类命运被整合为一个"区隔"的共同体，文化霸权主义已经明显让位于文化的全球对话主义，他者化的立场转变为对话的间性立场。世界历史所展现的文化政治哲学新变是我们重新思考全球化与本土化的对话现实基础。艺术符号学的理论资源来源于西方，也在中国经历百年的发展历程，从而形成全球化与本土化的对话场域；艺术符号学在当代的最新发展也在积极呼唤文化人类学的地方视角，因为在实践中从来不存在一个普遍意义的"艺术符号学"，只有处于具体文化环境的具体艺术和具体符号表达。只有将各种先入为主的陈见悬置，在民族志的深描中理解他者，思考他者，才能在国际视野中实现价值的互相尊重，地方知识才能进入国际视野，共同建构具有良好价值交流和差异互视的人类命运"融合"的共同体。

关键词：艺术符号学；全球化；本土化；国际视野；地方知识

一　题解：全球化与本土化

"全球化"一般是指货物与资本的越境流动，是继跨国化、局部的国际化之后的国际交往的进一步融合，并在此基础上出现的文化、生活方式、价值观念、意识形态等精神力量的跨国交流、碰撞、冲突与融合。[①] 这是维基百科对"全球化"的定义，反映了人们对全球化的一个基本认识。对货物与资本基础上的全球化，在大多数的情况下，我们持欢迎态度，它改善了我们对物质资料的占有状况，使我们对讯息获得变得便

---

[*] 作者简介：安静（1982—　），女，中央民族大学文学院副教授，硕士生导师。主要研究方向：艺术哲学与艺术符号学。文系国家社科基金重大项目"美学与艺术学关键词研究"（17ZDA017），北京市高精尖学科—民族艺术学项目"舞蹈符号学的民族话语体系建构研究"（ART2020Y02），中央民族大学"铸牢中华民族共同体意识"研究专项重点项目"铸牢中华民族共同体意识视阈下大运河民间文艺创新性传承研究"（2021MDZL05）。

[①] 参见 https://wiki.mbalib.com/wiki/全球化，访问日期：2022年3月15日。

捷，视野从而变得更加开阔。同时，在上述维基百科对"全球化"定义中的最后两个词——冲突与融合，让我们来仔细思考一下它们的主语，显然，资本是不会冲突也难谈融合的，资本像河流一样，唯一的目的是逐利，所以能够进行冲突和融合的，是建立在货物与资本跨境流动之上的文化、生活方式等一系列的观念形态。这就是说，全球化是一把双刃剑，流通一方面加速了人类交流的频率，另一方面，全球化也在这种交流之中使文化的多样性受到了威胁。但是，"实际上，当今时代，在一个政治（国家）经济（市场）力量中，'轴心'机构（axial institution）能够联合起来，在地方、国家、地区乃至国际范围内运作，是以文化为代价的。而在过去，文化恰恰是保持社会凝聚力的主要源泉。"① 所以，在经济和贸易全球化席卷世界的同时，在文化方面的策略至少会有两种结果，一方面是借力经贸全球化而进行自我文化的输出，以求得更大范围的认同；另一方面是加强对文化本土化的保护，或者继续维护自己的文化帝国主义，或者用于对抗文化的全球一体化。伴随全球化视野之下的文化反思与文化策略相伴而生，葛兰西的文化霸权观、萨义德的文化帝国主义、布鲁姆的文化保守主义以及我国学者金惠敏的全球对话主义等，都是20世纪在文化研究领域影响甚为广泛的理论。"文化霸权"与"文化帝国主义"具有相似的内涵，其实是强国主义在文化方面的表现，特指当代西方文化或者美国文化完全征服另外一种文化，进而形成某种单一的具有霸权性质的"帝国"文化。文化帝国主义的重点是"帝国主义"，特指随着资本运作而造成的文化垄断主义；文化霸权的重点也是"霸权"，凸显了西方文化对原有地方文化的绝对强势状态。这两个概念并不是简单指一种强势文化征服或者重组弱势文化，因为本来文化随着经贸的沟通而发生强弱重组在人类文明历史中并不罕见，历史上最著名的文化交流当属西方的"希腊化"时期，我国历史上也发生了多次民族文化融合的事件，如胡服骑射、回鹘衣装回鹘马等我们耳熟能详的故事。

对全球化进行研究的重要角度是对全球化所带来的文化变动进行反思，这是学者作为意识形态和社会思潮生产者的重要责任。在西文数据中，"全球化"（globalization）的研究主要与人类学的研究联系在一起，特别是随着20世纪后半叶殖民地的独立而盛行；"文化帝国主义"（Cultural Imperialism）这个概念大约在20世纪70年代成为国际文化政治的研究热点。"文化霸权"（cultural hegemony）则是法兰克福学派的标志性概念，随着文化研究的兴起而成为热点。我国学界对上述核心概念的探索主要集中在改革开放之后，在20世纪末对全球化的关注呈现出前所未有的关切状态，1998年的论文篇数是885篇，而到了1999年达到了1998年将近两倍的数量——1614篇，此后每年关于全球化的研究论文都将近5000篇。我国学者对文化帝国主义的研究则与全球化的讨论交织在一起，相比于文化帝国主义与文化霸权，我国学者更多关注了本土化问题的研究。以中国知网的数据为证，20世纪90年代末期，我国关于本土化问题

---

① ［德］伯尔尼德·哈姆、［加］拉塞尔·斯曼戴奇编：《英文原著序》，《论文化帝国主义——文化统治的政治经济学》，曹新宇、张樊英译，商务印书馆2015年版，第1页。

每年的研究论文数量在 100 篇左右，2004 年突破 1000 篇大关，此后一路上升，至 2020 年每年的研究论文都在 2000 篇左右；显然，面对全球化的进程，中国学者在跟随西方学界的脚步之外，更主要的着力点是本土化问题（the problem of localization），也就是说，中国学者更加关注在全球化背景之下，本土文化应当何去何从。从上述研究现状还可以发现，文化霸权、文化帝国主义、文化保守主义等概念的提出，都是以西方文化为轴心的话语结果，无论是处于抵抗状态的文化保守主义，还是进行批判的文化霸权与文化帝国主义。全球对话主义，是中国学者立足本土对世界文化思潮的一种回应，这种回应是学者立足于本土文化基础上对文化霸权和文化帝国主义的反思与批判，意在改变西方中心主义的文化交流不对等局面。[1] 进入 21 世纪以来，随着我国国际地位的迅速提升以及国家文化战略的整合调整，去中心主义、特别是去西方（美国）中心主义成为世界文明对话的重要主张，"一带一路"所提倡不同文明的互鉴共享成为当代文化交流的重要特征，习近平总书记说："只要坚持团结互信、平等互利、包容互鉴、合作共赢，不同种族、不同信仰、不同文化背景的国家完全可以共享和平，共同发展。"[2] 在"一带一路"倡议中所提倡的原则，也特别契合 2019 年新冠疫情以来的世界局势，人类命运被更加整合为一个"区隔"的共同体，病毒不需要护照就可以全球通行，更加需要"一带一路"所提倡的国际交往原则。这是我们今天再来谈论全球化与本土化这个话题的时代语境，也是前辈学者所不曾面临过的新情况。

这当然是一个非常宏大的问题域，那么选择一个具体的切入点就是要必须解决的问题。文化最重要的表征和最深入人心的途径当仁不让的是艺术。无论是文化的帝国主义，还是文化的保守主义，最终使各种主义具有接地性的终端只能是具体的艺术活动。艺术活动作为人类观念形态的意识活动，距离经济基础的位置相对于政治、宗教较远，因而具备了更加独立的姿态。这种独立让艺术涉及的对象比资本具有更加广泛的适用性。在今天新冠疫情全球肆虐的情势下，在"一带一路"提倡的国际交往原则视野中，重视各民族具体的艺术表现形式，尊重文化的多元状况，是当代中国艺术符号学的基本立场。把艺术看成一种符号是艺术符号学基本的出发点，符号学是研究意义的学问，艺术符号学就是要在符号学的视角之下观照具体的艺术现象，进而寻找艺术的"通律"。艺术符号学的基本原理来源于西方，在中国也历经百年本土化的历程，那么，就让我们把视角聚焦到 20 世纪初的中国，中国的艺术符号学在现代性的进程中，是以怎样的姿态来面对西方的强势文化，又是怎样寻找中国本土的资源优势的，在面对已来的 21 世纪，中国的艺术符号学能够为世界提供怎样的中国智慧，民族文化发展的策略从中又可以得到哪些启示？这是本篇论文将要探讨的具体话题。

---

[1] 参见金惠敏《全球对话主义——21 世纪的文化政治学》，新星出版社 2013 年版。
[2] 习近平：《习近平谈"一带一路"》，中央文献出版社 2018 年版，第 2 页。

二　全球化：源自西方的艺术符号学

　　抛开建立在文化霸权或者文化帝国主义基础上的"全球化"，重新建立"一带一路"所倡导的"五路"之一的"文明之路"，推崇不同文明之间的互鉴，是推动人类进步的新源泉。[①] 在这个意义上说，全球化应该是"互域化"，"它不是一种殖民主义或帝国主义的全球化，而是'互域性'（inter-locality）"。[②] 所以，此处所谈的艺术符号学的全球化是在互域性意义上的全球化艺术符号学，旨在凸显艺术符号学的不同学术渊源，从古希腊、英格兰、德国、瑞士、法国、英国、美国等诸多国家或地域的哲学家都对这一学科的形成做出了杰出的贡献来看，最终我们可以发现，并不存在一种"符号霸权"的艺术符号学，而是不同地域之间的文明传承互鉴的结果。艺术符号学作为一个学科的建立，是现代哲学分析哲学语言论转向之后的学科化的产物，在此基础上对以往哲学的回溯性阐释，才有了学科意义上的艺术符号学。就西方哲学而言，哲学所关注的主要问题经历了从本体论到认识论再到当代的符号学这样三次转变，每一次转变对符号的关注度都呈现出上升的态势。

　　在本体论的阶段，哲学家所规定的符号的性质与当时哲学对世界的认识是分不开的。最集中的一篇文献是《柏拉图对话录》中的《克拉底鲁篇》，构成了最早的唯实论与唯名论的基础。中世纪哲学家奥卡姆赋予唯名论思想以新的活力，认为共相仅存在于人类思想之中，一切知识都必须建立在实在的东西基础之上，是指肯定属于个别事物。在奥卡姆这里，"共相的问题是认识论、语法学和逻辑学的问题——而非形而上学或本体论的问题"。[③] 奥卡姆的唯名论是一个重要的转折点，使符号与世界的本源问题脱离关系，为后世关于符号象似性与任意性的讨论奠定了基础。在当代艺术符号学和艺术哲学的理论建构过程中，特别是后现代艺术，更加倾向于唯名论的立场，也即是否可以被定义为艺术，更多的情况可以被看成各种因素命名的结果，人人皆可为艺术家，任何物品也都有可能被看成艺术品，其实就是艺术命名的唯名论立场。

　　近代哲学开始转向认识论。洛克是英国经验主义者中对语言问题给予最多关注的哲学家。洛克在《人类理智论》中专门探讨了作为符号的语词问题，他秉持意义的观念论立场，认为词所指示的不是事物，而是观念。在《人类理智论》这部著作中，洛克系统深入地发展了配合和霍布斯的经验主义原则，认识到主体对客体的反映还有赖于认知主体自身的状况，成为康德批判哲学的先声。莱布尼茨的符号观也是以语词观的形式体现出来，针对霍布斯真理主观论的观点，莱布尼茨用对话的形式提出了自己的观点："……尽管各种字符是主观随意的，但它们的使用和联系却还是有某种并非主

[①] 蔡昉、[英] 彼得·诺兰主编：《"一带一路"手册》，中国社会科学出版社2018年版，第133页。
[②] 金惠敏：《全球对话主义——21世纪的文化政治学》，新星出版社2013年版，第71页。
[③] [美] 理查德·塔纳斯：《西方思想史》，吴象婴等译，上海社会科学院出版社2011年版，第230页。

观随意的东西,也就是说,在各种字符和各种事物之间存在有某种确定的类似,从而表达着同样事物的不同字符之间也必定具有各种关系。而这种类似性或关系正乃真理的基础。"① 在前人基础上,康德综合了经验论和唯理论的论争,同时也将上述两派的论争纳入一个综合的体系,继承莱布尼茨哲学而提出了分析命题与综合命题的区别,人们对事件和对象的共同世界经验以空间和时间的直觉形式和理解力范畴为前提,我们将这些形式和范畴注入原始材料,赋予这些材料形式。新康德主义将康德的理性批判扩展到文化批判,针对西方近代哲学以自然科学为中心的问题,为了恢复文化科学的合法性,新康德主义试图超越形而上学的二元对立,以意义价值的研究为哲学研究的核心推动文化哲学的发展。恩斯特·卡西尔作为新康德主义符号学的创立者,以三卷本的《符号形式哲学》试图构建起一个从具体文化现象出发的符号学体系。在这个体系中,语言和符号系统与人类赋予原始材料以形式的思想、直觉是一致的,它决定着我们周围世界的表现形式,"人是符号的动物","换句话说,人类精神文化的所有具体形式——语言、神话、宗教、艺术、科学、历史、哲学等,无一不是符号活动的产品"②。苏珊·朗格是第一次专门致力于探讨各门艺术符号的表现形式,并且在哲学层面建构了完整的艺术符号学体系。《哲学新解》提出了符号理论的逻辑依据,《感受与形式》探讨了各门类艺术的符号学批评,《艺术问题》则在人类的认知领域中安顿了艺术符号的位置。这三部著作被称为艺术符号学三部曲。

在语言哲学这里,语言和符号终于摆脱了介质的地位,成为哲学思考的最终目标,所以说,只有在这个阶段,符号才获得了本体的地位。构成这一转向的哲学运动主要体现在分析哲学运动和现象学研究之中。早期分析哲学主要追求命题的确定性,即命题的真值。罗素的《论指谓》("On Denoting")对艺术符号学影响最为深远的部分可以从两个方面来看,一是罗素确立了分析哲学典型的逻辑分析范式,二是罗素提出的著名的"摹状词理论"解决了名词中的空指问题,也就是如何解决空符号的问题。在罗素的影响下,其弟子维特根斯坦在《逻辑哲学论》③中提出了比"分析"更为基本的问题——语言记号如何能与世界处于意义关系之中?维特根斯坦把语言看作实在的图像,基本语句由名称组成,名称代表着世界中的事物,事物是这个世界的实体,它在事态中的可能关系和名称在有意义语句中的可能关系构成世界的逻辑形式,即本质;因此,语言的本质和世界的本质是相同的。维特根斯坦语言哲学对当代艺术符号学影响甚为深广,可以说直接奠定了当代艺术符号学描述世界的基本图景。

除上述的哲学基础之外,艺术符号学的最初起源当然离不开符号学的创立。众所周知,符号学的发端离不开索绪尔和皮尔斯,索绪尔开创的语言符号学在结构主义思潮中发展蔚为壮观,而皮尔斯创立的传播符号学在当代影响深远。索绪尔和皮尔斯几

---

① [德]莱布尼茨:《莱布尼茨认识论文集》,段德智译,商务印书馆2019年版,第207页。
② 俞建章、叶舒宪:《符号:语言与艺术》,上海人民出版社1988年版,第22页。
③ 参见[英]路德维希·维特根斯坦《逻辑哲学论》,王平复译,中国社会科学出版社2009年版。

乎同时在自己的研究中提出符号学的研究体系，对艺术符号学的影响也各自不同。语言学对艺术符号学的启示首先来自索绪尔，索绪尔的理论构成了结构主义艺术符号学的基本框架。索绪尔符号学发端于语言符号学，在艺术中的运用主要体现在结构主义文学批评以及结构主义人类学的发展壮大，结构主义几乎成为席卷全球的声势浩大的一场运动。继索绪尔之后，雅各布森将索绪尔的语言符号学引导到了文学符号学的轨道，而与雅各布森同时的穆卡洛夫斯基则明确提出了"艺术符号学"这样一个学科名称。① 相比于索绪尔符号学二元视角带来的问题，皮尔斯的三元符号学增加了符号阐释的语用维度，使原来局限于符号能指和所指的语言符号学扩展为广义的符号学。皮尔斯（Charles S. Peirce）没有专门论述过美学和艺术问题，但是，皮尔斯符号学却因其广泛的适用性和强大的生成性，突破了索绪尔的二分符号学观念及语言中心主义的研究倾向，成为当代符号学发展最重要的基础理论。② 皮尔斯之后，师承米德符号互动理论的查尔斯·莫里斯则进一步将皮尔斯的观点系统化，在借鉴奥格登和瑞恰慈意义理论的基础上，提出符号学的三个分支：符构学（syntactics）、符义学（semantics）和符用学（pragmatics）。③ 莫里斯最早开始推动逻辑实证主义与符号学的融合，专门论述了"艺术的语言"问题。④ 在当代艺术符号学中的典型代表是纳尔逊·古德曼。古德曼更加系统地论述了莫里斯提出的问题，在结合数理逻辑的基础上，撰写了著名的《艺术的语言》，副标题为"通向符号理论的一种方法"⑤，并前瞻性地预见了人工智能艺术的发展。古德曼提出了判定一件物品是不是艺术品的五个参考要素，一是句法的密集程度，即符号结构内各个元素之间的密切联系；二是语义的密集程度，这取决于在一个给定符号系统下个体元素的排列性质；三是相对充实，即符号所蕴含的意义是丰富的；四是例证，符号通过隐喻拥有回溯性指称的属性；五是多重的复杂指称，即符号具有多元意义而成为艺术符号的最终依据。⑥ 古德曼确立了当代艺术定义的阐释性原则，完全突破了艺术符号研究的语言学模式，真正形成一种融会贯通的艺术符号学研究。

三　本土化：中国艺术符号学百年历程的建构性与超越性

中国古代最早有《易经》观物取象的"象思维"，诸子百家的墨家代表作《墨子·经说上》就有"所以谓，名也；所谓，实也"，战国时期名家代表人物公孙龙提倡"正名

---

① 陆正兰、赵毅衡：《艺术符号学：必要性与可能性》，《当代文坛》2021年第1期。
② 赵毅衡：《符号学原理与推演》，南京大学出版社2011年版，第12页。
③ 王铭玉等：《符号学思想》，商务印书馆2021年版，第246页。
④ Charles Morris, *Sign Language and Behavior*, New York: George Braziller, Inc., 1946, pp. 192-196.
⑤ Nelson Goodman, *Language of Art*, Hackett Publishing Company, Inc., 1976.
⑥ 古德曼比较集中讨论这五个要素的专著是《艺术的语言》以及《构造世界的多种方式》，*Ways of Worldmaking*, Indianapolis: Hackett Publishing Company, 1978. 中译本参见《构造世界的多种方式》，姬志闯译，伯泉校，上海译文出版社2008年版。详细论述可参见安静《个体符号构造的多元世界——纳尔逊·古德曼艺术哲学研究》，中央民族大学出版社2013年版。

实"等观点；道教与佛教融合也形成了有关"心"与"相"的论述，《金刚经》中常用的句型"不也，……实无……，是名……"，都涉及哲学对符号的思考。在这里主要考虑作为学科的艺术符号学，因此须要进入现代视角。中国学者在符号学的命名与研究方面，也并不晚于西方。1926年，赵元任提出"符号学"，并列出研究的大纲。[①] 同时，赵元任跨越了语言和音乐两个领域，开创了语言音乐学，使中国符号学从一开始就融入了独有的艺术特质。中国当代符号学研究著名学者、中国文化与传播符号学分会会长赵毅衡先生认为，赵元任对汉语符号的命名，是独立于英文 symbolics、semiology 以及 significs 的一种独创，是属于中国学者独立命名，不同于日本学者对符号学命名为"记号学"。[②] 艺术符号学在中国创立的时间与符号学创立的时间相同，1926年，宗白华在他的"艺术学"讲义中明确谈道："符号者（Symbol），必有其所代表之物，代表者何，颇不一致，大概可以'内容'二字概括之，借此符号，可以增人之联想（association），故符号系象征的语言文字，其最著者，艺术的象征物，即可以代表其内容者，唯非即内容，不过其内容因之可以代表而已。"[③] 郭沫若在此时期的一些论文如《论节奏》《关于文艺的不朽性》等文章，体现出艺术研究的现代符号学视角萌芽[④]。20世纪二三十年代，既是中国本土艺术符号学的萌芽期，也是创立期，背后蕴含着中国社会在全球化视野中深刻的巨变和中国学术的现代性进程。

首先，中国现代符号学的命名背后是中国现代语言的巨大变革。晚清时期的诸多知识分子，如裘可桴、陈荣衮、劳乃宣等有识之士都曾提出，用白话文来引导民智，但其实并没有能够真正成功推行白话文的运用，社会意识形态的生产者即精英阶层还是继续运用文言文来著书撰文。[⑤] 只有新文化运动才使得白话文运动从纸面上仅对民众的宣教而上升为知识分子的明确选择，进而有专业的学者开始探讨这种新的语言形式具备怎样的规律。1918年北洋政府出现了"国语"一词，并建立起统一的书面语。[⑥] 1924年，黎锦熙的《新著国语文法》第一次系统科学地揭示白话文内在的语言规律。如果没有现代白话文学，特别是对现代白话文语言规律的深刻揭示，没有前辈学者对语言、对符号规律的精准分析，作为研究符号通律的"符号学"是不可能诞生的。

其次，宗白华把艺术看成一种符号，不是简单地从逻辑意义上规定艺术符号的性质，而是让艺术符号承担了民众启蒙的责任。因为在语言变革之前，艺术受到西方影响，在绘画技法方面产生了不同于古代作画方式的重要变革，在开启民智方面，艺术发挥的作用走在文字之前，这不啻为一种重要的革命。创刊于1884年的《点石斋画

---

① 赵元任：《符号学大纲》，《科学》1926年第11卷第5期、第11期；见吴宗济、赵新那编《赵元任语言文学论集》，商务印书馆2002年版，第177—208页。
② 赵毅衡：《符号学原理与推演》，南京大学出版社2016年版，第8页。
③ 宗白华：《艺术内容》，林同华主编：《宗白华全集》，安徽教育出版社2008年版，第519页。
④ 可参安静《中国艺术符号学的现代萌芽》，《学习与探索》2019年第10期。
⑤ 周新民：《白话文运动与现代民族国家》，《湖北民族学院学报》（哲学社会科学版）2000年第4期。
⑥ 靳志朋：《白话书写与中国现代性的成长》，《天津大学学报》（社会科学版）2014年第2期。

报》,是 19 世纪末期中国的风俗画,当时参与创作的画家包括吴友如、王钊、金蟾香、张志瀛、周慕桥等 17 人。这些画家多采用西方透视绘画法,"从 19 世纪后半叶到 20 世纪初有很长的一段时间,像梁启超那样将媒介作为政治鼓动工具的倾向在上海并不十分明显,相反,对时事给予报道和读者了解时事的方式却潜移默化地影响着人们的观念。《点石斋画报》所起到的作用正是我们所说的一种潜移默化的革命"。① 《真相画报》由高剑父创刊于 1912 年,是中国国内第一份用铜版纸印刷的画报,"致力于提倡新艺术与进步的社会政治理念杂志,……高剑父的绘画在提高当时中国艺术家的西方绘画理念方面影响深远"。② 高剑父的绘画元素中包含着中西绘画的元素,具有鲜明的视觉冲击力。将艺术看成一种符号,开启了寻找艺术通律的重要视角。当时中与西的对话与博弈,救亡与启蒙的变奏,传统与现代的交织与对抗,无一例外地体现为符号的根本性变革。

进入当代之后,"十七年"本土化艺术符号学系统化的筹备期。六十年代中期,卡西尔和朗格的符号学派以系统化的知识进入学者视野,李泽厚关于朗格的评介论文最早完成于 1964 年③,卡西尔和朗格所代表的新康德主义符号学在李泽厚的美学话语体系建构过程中,起到了至关重要的作用,李泽厚也在马克思主义立场上对来自西方的理论进行了自己的改造,是当代艺术符号学本土化的重要理论成果。④ 同时期还有一个重要成果来自钱钟书。钱钟书引用皮尔斯的理论,提出艺术"虚而非伪"等一系列有关艺术符号学的命题。⑤ 80 年代后,艺术符号学的译介蓬勃展开,可以定义为我国艺术符号学的系统化的阶段。这一时期,我国学者在八十年代的"美学热""翻译热"中,如饥似渴地学习西方符号学的经典理论。美学热为这一时期的艺术符号学创造了理论环境,新康德主义符号学在此时几乎成为艺术符号学的代名词,而索绪尔符号学影响下的结构主义此时随着翻译热大规模进入我国,相关研究主要集中在文学研究中。进入新世纪以后,我国艺术符号学无论从基本原理、自主话语系统建构以及批评运用都呈现出繁荣发展的态势。这得益于艺术学在我国的独立建置,也得益于我国符号学研究的进一步自觉。随着我国艺术学学科建置的逐步完善,各个门类艺术之间在符号学的介入之后,呈现出主体间性的研究态势。我国学界提出的"语象结合"的符号学治学策略引起世界符号学的广泛关注,中国正在成为世界第四大符号学研究的

---

① 吕澎:《20 世纪中国艺术史》,北京大学出版社 2006 年版,第 38 页。
② [美]柯蒂斯·L.卡特:《那时与现在:中国当代艺术中的全球化与先锋派》,安静译,《社会科学战线》2013 年第 6 期。
③ 李泽厚该文发表于由中国社会科学院哲学研究所美学研究室、上海文艺出版社文艺理论编辑室合编的《美学》第 1 期,上海文艺出版社 1979 年版,俗称"大美学",当时李泽厚以"晓艾"作笔名发表。该文后收入李泽厚的《美学论集》,上海文艺出版社 1982 年版,关于朗格的论述见第 480—487 页。
④ 详细论证可参安静《颠覆与整合:艺术符号学在李泽厚美学话语体系建构中的肯綮之功》,《艺术评论》2020 年第 7 期。
⑤ 赵毅衡:《艺术"虚而非伪"》,《中国比较文学》2010 年第 2 期。

国家。① 所以，新时期至今是我国艺术符号学的深化期。符号学与当代艺术哲学话题如"艺术体制""艺术界""何时为艺术"密切结合，在我国引起热烈讨论。与本土艺术符号学建构的现代性不同，当代中国艺术符号学的特质主要体现为一种超越性。

本土当代符号学的第一个超越性，主要体现为一种伦理超越性，即伦理符号学（semioethics）。当代符号学发展的重要维度是从万物有机联系、重视个体生命意义入手的研究方式，这与中国古典"象思维"过程中对万物一体、艺术作品中的气韵强调高度契合，而且也正是这种对整体性认知方式的天然优势，使当代的本土化艺术符号学超越了科学主义的倾向，对生命本身具备了感性关爱的伦理学立场。用伦理符号学的创立者意大利学者苏珊·佩特丽莉（Susan Petrilli）的话来说，之前的符号学"一直以来很大程度上是属于一种严格认知性质的、描述性的，在意识形态方面持中立态度的，与此不同，今天的符号学必须回复人类符号活动的价值论维度"。② 符号伦理学要回归皮尔斯符号学（semiotics）中天然的对症状（semeiotics）的关注，恢复符号学研究中符号活动和生命关爱的彼此交叠。伦理符号必须克服偏狭的专门主义，以投射性的方式覆盖生物到社会文化生命的全部内容，同时关注个体表达的差异，从而探索生命之于人类乃至宇宙的意义。

本土当代符号学的第二个超越性，主要体现为让艺术超越文学中心主义、超越语言中心主义、超越俄苏话语模式的历史趋势。新时期的形象思维讨论成为重新讨论文艺独特性的风向标，担纲了时代启蒙的先锋力量。从尊崇典型作为艺术的最高理想到新时期艺术形象的接地性，从艺术批评话语的唯苏联模式到西方文艺理论的多样形态，从语言中心主义到重视门类艺术的不同特征，形象思维讨论释放出时代解冻中隐含于符号中的创造性，使长期浸淫于俄苏模式的中国学者解脱出来，成为新时期社会思潮重建的启动力量。这一点与当代法国60年代的现象学运动是非常类似的。③ 60年代法国结构主义接受了黑格尔、胡塞尔和海德格尔等思想家的启发，把对语言的批判从单纯地进行语言结构形式的分析，转向了揭示语言本身的矛盾性质，批判语言与意义之间传统的二元对立，进而希望揭示语言的多义性与模糊性。

本土当代符号学的第三个超越性，是马克思主义实践观所带来的美学研究范式的超越性，这是西方艺术符号学所不具备的特征。在马克思主义哲学的宏大体系中，对美学与艺术研究影响深远的当属实践观。"实践"贯穿着马克思的一生，是马克思思想的主轴。④ 实践哲学观引入的重大意义，在于突破了西方近代哲学崇尚理性、进而转变为一种理性至上的迷信理性的认识论转向，就符号学的研究而言，实践哲学观赋予中国艺术符号学在"实践"哲学观指导下的从主体和客体两个方面的双向互动关系来理

---

① 王铭玉、孟华：《中国符号学发展的语象合治之路》，《当代修辞学》2021年第4期。
② ［意］苏珊·佩特丽莉、奥古斯都·庞奇奥：《伦理符号学》，周劲松译，《符号与传媒》2012年第2期。
③ 高宣扬：《当代法国哲学导论》（上卷），同济大学出版社2004年版，第107页。
④ 李双套：《马克思的实践哲学转向》，人民出版社2017年版，第9页。

解符号、阐释艺术的重要突破。之前西方关于文学艺术活动多是在一种静态的视角中，这种观点在新批评中的体现尤为明显。马克思主义实践观下的艺术符号现象被解释为一种活动，产生了人与符号、符号与符号的多向互动关系，不同于西方传统的静观美学传统，也不同于把符号局限于能指与所指之间的二项关系；在这个动态过程中，还有对语义中心主义的超越，以及因汉语言的声音特色而形成的语音研究方式，当代更加拓展为对各民族语言与声乐之间的关系研究，这是中华民族对世界的独特贡献。

结语　当代中国艺术符号学带给民族文化策略的启示

艺术符号学在我国历经百年，当代已经成为世界艺术符号学的重要组成部分。在马克思主义实践观的指导下，我国艺术符号学构成了当代文学与艺术阐释的重要资源，不仅在学理层面建构着当代文学与艺术研究的诸多理论形态，而且在研究方法上深刻地影响着文学与艺术的批评，也不断成为各门学科新的学术增长点。纵观百年的发展历程，中国本土艺术符号学一直处在与全球进行对话的历史进程中。作为一种地方知识，本土艺术符号学具有与西方艺术符号学不同的民族文化特色，承载着中华民族的集体意识，所以在我国的艺术符号学研究特别注重现实的伦理关怀，在现代美学的建构过程中对单纯形式问题的逻辑性研究显得并不是那么重视，在当代美学的发展历程中，这种伦理关怀又与马克思主义实践观有着高度的契合性。那么在具体的民族文化策略方面，面对甚嚣尘上的文化帝国主义、文化霸权等以西方为中心的文化形态，中国当代的艺术符号学对民族文化的建设又有哪些新的启示呢？本文认为，可以从两个层面来探讨这个问题。首先，从纵向的历史对比中可以得知，文化激进主义和文化保守主义是行不通的。新文化运动成为中国现代启蒙运动的起点，在语言符号的变革中体现出鲜明的激进主义倾向，"文学八事"几乎完全弃传统而去，而文化保守主义者则不顾时代变革的大局势而只谈"问题"不谈"主义"。在艺术实践层面，无论是赵元任的作曲，还是刘海粟的绘画，无不彰显着建立在自身文化传统基础上对西方文化的融会贯通与综合创新。因此，当代艺术符号学必然要站在超越这两种倾向的基础上而有所建树。其次，如何保持这种超越性？在横向的发展过程中，本土艺术符号学特别呼唤结合艺术人类学来对艺术符号学的研究进行拓展。艺术符号学在原理层面的研究当然离不开哲学的基础，但也不能完全把这种研究局限于逻辑的推理与运算，因为符号的意义说到底是与它所在的社会语境分不开的。"倘若我们要有一种'艺术的符号学'或者'关于任何不是在定理上自明而独立（axiomatically self-contained）'的符号体系的符号学，我们就必须投身于某种符号与象征的自然史、某种关于意义之载体的民族志。"[①] 把艺术作为一种符号，自然是哲学抽象层面的出发点，那么具体某种符号系统

---

① ［美］克利福德·格尔茨：《地方知识——阐释人类学论文集》，杨德睿译，商务印书馆2019年版，第139页。

(艺术现象)具有怎样的句法特征,符号的意义如何形成,如何传播,如何在区域文化中发生影响,如何与外界交流,这都离不开艺术人类学的田野在场视角的观察,这是艺术符号学本土化的必然路径,也是艺术符号学真正走进门类艺术的通途。在国际视野与地方知识之间,中国的艺术符号学带给民族文化的启示就是,尊重各地方知识的独特性,共同构建人类文明的多样形态,在人类命运共同体中发挥文化交流与对话应有的作用。诚如习近平总书记所言:"尽管文明冲突、文明优越等论调不时沉渣泛起,但文明多样性是人类进步的不竭动力,不同文明交流互鉴是各国人民共同愿望。"[1]

最后,似乎又回到了唯名论与唯实论的论争的立场,究竟是否存在一般意义上的"艺术"?在现实中是没有作为一般的"艺术"的,艺术总是与各自的民族文化土壤联系在一起,是否把某种事物或者现象解释为艺术,归根结底是理论家的任务,探讨艺术的通律义不容辞,这是一般意义上的艺术符号学;同时,一般从来没有单独存在过,都是融入在个别之中的,门类艺术、民族艺术,是艺术符号学的现实土壤,挖掘作品中各种含混的张力,使之与已有的艺术经验以及艺术史建立起对话的关系,这是门类艺术符号学与民族艺术符号学生长的动力。如此,本土化艺术符号学才能在纷繁多样的艺术现象与普遍意义上的艺术符号学达到有效的沟通,实现"各美其美,美美与共"的圆融境界。

---

[1] 习近平:《弘扬"上海精神",构建命运共同体》,《论坚持推动构建人类命运共同体》,中央文献出版社2018年版,第533页。

专题　东西方跨文化美学

甲骨文空间性的美学阐释

陶 锋[*]

(南开大学哲学院 天津 300350)

摘要：甲骨文的空间性包括文字本身的图画性以及甲骨文造字和观看过程中所体现的人类空间意识。而后者包括了观物取象（观察事物）、传移摹写（将三维立体空间转化为二维平面）、经营位置（文字间的布局）三重空间意识。甲骨文的空间性奠定了汉字写意性和艺术性的基础，因此，书法艺术成了中国其他艺术的范本和根基。汉字形象还是联结物象和心象的桥梁，体现了中国传统思维的直观性的特征。

关键词：甲骨文；空间性；书法；象；阿多诺

相较于字母文字，汉字具有一定的形象性和空间性，因此也产生了具有空间性的书法艺术。实际上，汉字中的空间性不仅仅限于艺术，也深刻影响到了中国人对外物和世界的感受和思考方式，所以有的学者提出了"象思维"[①]"字思维"之说。[②]

甲骨文是目前已知的最早的、系统化的中国文字。甲骨文的前身是原始文字符号如彩陶刻符、岩画、族徽等，这些符号一般都具有比较明确的图画性。[③] 学者们普遍认为中国文字起源于图画，如郑樵说到"书画同出"[④]，唐兰亦说"文字本于图画，最初的文字是可以读出来的图画"[⑤]。原始的文字与图画同源在于其诞生的方式相似，即都是对自然事物的形象模拟，许慎说："仓颉之初作书，盖依类象形，故谓之文。"[⑥] 并且，两者都是图像。当然，文字与绘画还是有明显不同，文字虽然是模拟，但是经过了人们的加工，因此相比图画，有着提炼形象、赋予并固定其意义的过程，所以是"依类象形"，画是具体的形象，而文字则是抽象的图像，"画取形书取象，画取多书取

---

[*] 作者简介：陶锋（1978— ），湖北黄石人，南开大学哲学院副教授；南开大学文学院博士后，波恩大学汉学系访问学者，研究方向：语言美学、商周哲学等。
① 王树人：《"象思维"视野下的"易道"》，《周易研究》2004年第6期。
② 参见石虎《论字思维》，《诗探索》1996年第2期；孟华《汉字是如何思维的》，《诗探索》2004年第Z1期。
③ 黄亚平、孟华：《汉字符号学》，上海古籍出版社2001年版，第59页。
④ 郑樵：《六书略》，《通志·卷三十一·六书一》，中华书局1987年版，志四八八。
⑤ 唐兰：《中国文字学》，上海古籍出版社2001年版，第55页。
⑥ 许慎：《说文解字叙》，《说文解字·第十五卷上》，中华书局1963年版，第314页。

少。"① 而甲骨文也的确继承了这种图画性。这也是为什么有学者说，"在中国，一如在埃及，文字不过是一种程式化了的、简化了的图画的系统。"② 当然，甲骨文中也并非只有象形文字，按照许慎的六书说，除了象形，还有指事、形声、会意、转注、假借等字，后来唐兰将之约简为三书，即象形、象事和形声。不过，无论是六书还是三书，象形都是其他几种造字的基础，"六书也者，皆象形之变也"③。因此，早期文字，特别是中国的甲骨文，仍然是以象形文字为基础，与图画同源，具有明显的形象性。形象性意味着空间性，"视觉的'空间的'符号则倾向于图像"④。甲骨文的形象予人一种空间形式上的直观，这使得它不同于那种彻底抽象化了的符号，这种空间形象在一定程度上被现代汉字所保留。

甲骨文中的形象空间性，从某种程度上体现了造字者与观看者的空间意识。⑤ 本文将从探讨甲骨文造字过程中所体现的空间意识入手，来解析甲骨文的空间性。无论是造字者观察对象、创造文字还是观察者观看文字时，都有赖于某种空间意识。这种文字设计和观看的空间感，至少有三个层面，即造字者和观察对象的空间、文字的构形以及文字之间的空间布局，而目前来看，相对于其他象形文字，只有甲骨文才同时体现了这三重层次的空间意识。

一 甲骨文字体现的三重空间意识

（一）观物取象——人观物的空间视点

造字者在"观物取象"⑥ 时，是从不同的观察角度来观察并模拟对象，正如《周易》说到圣人制八卦："古者包牺氏之王天下也，仰则观象于天，俯则观法于地，观鸟兽之文与地之宜，近取诸身，远取诸物，于是始作八卦，以通神明之德，以类万物之情。"⑦ 许慎在"说文解字叙"中将此视作一切文明包括文字的起源。虽然有学者认为，八卦等抽象符号并不是汉字的起源，但是，这些方法确实可以视作初始造字时造字者的观察方法，"仰观""俯察"是观察事物的视点和角度，鸟兽文与地之宜等是观察的对象等。

古代学者在解释汉字造字规律时，重视的是对所取对象的区分，如王弼在《周易正义》注里认为，取象天地、鸟兽是因为圣人取象"无大不极，无微不究"⑧。郑樵提

---

① 郑樵：《六书略》，《通志·卷三十一·六书一》，中华书局1987年版，志四八八。
② [英] 帕默尔：《语言学概论》，李荣、王菊泉等译，商务印书馆1988年版，第99页。
③ 郑樵：《六书略》，《通志·卷三十一·六书一》，中华书局1987年版，志四八八。
④ [英] 特伦斯·霍克斯：《结构主义和符号学》，瞿铁鹏译，上海译文出版社1987年版，第141页。
⑤ 这里需要补充说明的是，甲骨文字包括从原始文字符号继承而来的文字，也包括新造的文字，两者都能够或多或少地体现造字者的意图。由于已经发现的甲骨文之前的原始文字符号还不成熟，尚存争议，所以我们主要从甲骨文字来探讨。
⑥ 叶朗：《中国美学史大纲》，上海人民出版社1985年版，第73页。
⑦ 王弼、韩康伯注，孔颖达疏：《系辞下》，《周易正义》，中华书局聚珍仿宋版1935年版，第413页。
⑧ 王弼、韩康伯注，孔颖达疏：《系辞下》，《周易正义》，中华书局聚珍仿宋版1935年版，第413页。

出了"十种""六象"之说，六象指的是"推象形之类有：象貌、象数、象位、象气、象声、象属，是六象也"①。唐兰也将象形文字区分为：象身、象物、象工、象事②。对具体如何造字的过程，却很少谈及，一些现代学者提出应该重视汉字的构形学特征，"古文字构形学主张以科学的文字符号观认识和分析文字，强调'以形为主'的分析考释原则"③，却也只是局限于考释之中。笔者认为，无论是象形还是象事，其实都是对固定场景中的人、物和事的摹写，汉字的造字基础就是一种图像摹写。我们在考察甲骨文构形基础时，也应该注重对造字者本身空间意识的考察，即造字者所采取的不同视点来观看对象。根据甲骨文字所体现出来的特征，笔者认为，与绘画观察原理相近，造字者的观察角度有仰视、俯视、平视以及复合视点几种，而平视又可以分为正面平视和侧面平视，下面，笔者将一一举例论述。

1. 仰视

仰视指造字者的观察视点（视平线）低于地平线④，如仰望 ⊟ （13312 日）⑤、☽（4611 月）等。从甲骨文字中分析，仰视角度的造字并不多见，而且也难以与平视区分开来。

2. 俯视

相对仰视，俯视则是视点（视平线）高于地平线，在甲骨文中，采取俯视观察角度所造的文字有很多，如 ⅲ（21840 川）、⊞（33212 田）、⁂（30449 龟）等。

3. 平视

平视是视点与地平线重合，这是甲骨文造字中最常见的观察角度，平视可以分为正面平视，如 ⅄（33193 木）、¥（33104 牛）等字；侧面平视则有 ？（822 身）等。

侧面平视还可分为正侧面和斜侧面，正侧面如前所述，大部分甲骨文都是正侧面观察所得，但是也可能有小部分汉字是斜侧面观察，即在 0 度至 90 度之间的方位进行观察，如 ⌐（31080 止），甲骨文中是脚趾的样子，但是仅描绘部分脚趾。⁂（10405 车），车轴与车轮呈夹角，这并非从正面或者正侧面观察所得。不过这些文字是否真的表明造字者就是从斜侧面观察，尚待商榷。因为"止"也可以说是一种省略式的描绘，就像"牛""羊"那样，只简单地描绘出最具有特征的部位，而"车"也有可能是一种复合式描绘，即将不同视角的图像结合起来。

4. 复合视角

复合视角是一个字综合了不同观察角度，无论是在甲骨文独体字还是合体字中，

---

① 郑樵：《六书略》，《通志·卷三十一·六书一》，中华书局1987年版，志四八八。
② 唐兰：《中国文字学》，上海古籍出版社2001年版，第76页。
③ 刘钊：《古文字构形学》，福建人民出版社2006年版，第1页。
④ 王炳耀：《绘画透视基础》，天津人民美术出版社2002年版，第4—5页。
⑤ 图片甲骨文大部分来自《甲骨文合集》（括号仅标明甲骨文合集片数字，现代汉字），个别其他书籍，括号中标出书名。郭沫若主编，胡厚宣总编辑：《甲骨文合集》（中华书局1978—1982年版）；罗振玉：《殷墟书契前编》，《国学丛刊》（1913）；徐中舒：《甲骨文字典》（四川辞书出版社2014年版）。

这种复合视角下的字并不少见。独体字如 𠂂（4924 母）字，侧面人的跪姿，加上正面观察的双乳。𠂆（7893 儿）字，上面是正面视角观察的嘴巴，下面是侧面视角的人。而合体字中则有大量的这种多视角组合，如 𠀋（4641 登），平视的礼器、俯视或斜视的手、足。

那么，造字者选取观察角度的依据是什么呢？笔者认为，首先，造字者是按照最为生活化的角度去观察对象，例如俯视观察的对象多为地上爬行之龟、水中游弋之鱼，而马、牛、羊则很少用俯视角度去摹写。

其次，造字者根据所描摹对象的最具特征的部分来观察。文字与对象之间需要有一定的指向性，这就需要文字能够更加鲜明地刻画对象的特征，如"身"字，在甲骨文中像是一个怀着胎儿的女人体，而侧面的观察与摹写角度能更好地体现这一特征。造字者在造字的时候，还归纳提取了对象的共同特征，这就是"依类象形"，这种共同特征的提取，就是建立在观察角度的选择上的。

因此，我们可以看到，造字者在选取观察角度时，是有所思考和取舍的，造字的过程与制作卦象的过程一样，都"既是一个认识的过程，同时又是一个创造的过程"[①]。特别是在复合视角的文字中，我们可以明显地看到，造字者并非死板地按照单一角度去观察对象，而是尽可能地将对象特征表现在一个平面内，这种按其特征进行的想象的空间组合，与古埃及的绘画颇为相似，"人们必须从事物的最具特征的角度来再现每一件事物"[②]。造字者和古埃及艺术家一样，都是寻找对象的永恒特征，以一种必然而非偶然的方式描绘对象。不过文字和绘画不同，古埃及绘画要求的是完整和清晰，而文字需要简洁明确，所以用最有特征的部位来代替整体已经足够，其他的方面就由人们的完型心理自动补足，或者是约定俗成的方式来明确。

另外，这种造字的观物取象方式，也影响到了中国后世的审美空间意识，即创作者始终是从自身出发，但是其视点又不固定，是上下远近移动的，如王羲之在《兰亭集序》中写道："仰观宇宙之大，俯察品类之盛，所以游目骋怀，足以极视听之娱，信可乐也。"所以，宗白华总结中国诗画中的空间意识说到，"仰俯往还，远近取与，是中国哲人的观照法，也是诗人的观照法。而这观照法表现在我们的诗中画中，构成我们诗画中的空间意识的特征"。[③]

观物取象之"象"，仍然还是心中之象，是处于人们的抽象思维之中的，那么下一步，要将这种心中之象摹写下来，转化为手中之象，此过程与郑板桥所说的"眼中之竹""胸中之竹"到"手中之竹"[④] 的转变过程有相似之处，即都需要人的主观能动性去加工形象，所不同在于，绘画强调要能够传达个体情感，而文字则偏重于传递普遍

---

① 叶朗：《中国美学史大纲》，上海人民出版社 1985 年版，第 74 页。
② E. H. Gombrich, *The Story of Art*, London: Phaidon Press, 2006, p. 52.
③ 宗白华：《美学散步》，上海人民出版社 2005 年版，第 188 页。
④ 叶朗：《中国美学史大纲》，上海人民出版社 1985 年版，第 546 页。

信息。

(二) 传模移写——文字的空间投影和布局

谢赫六法说到"传模移写"[①],指的是如何将自然物象,转变成平面图像,张彦远认为这是画家末法,其实他没有正确理解模和写,如果说模还是模仿,那么"写"其实是将模仿的图像进行一种空间转化的过程,从三维空间转化为二维平面空间,这一过程,是人类空间思维模式发展成熟的标志之一。笔者认为,这一过程,也是甲骨文造字者在观察事物并将之写成文字的阶段。如果从现代建筑学和透视学的角度来理解,就是如何把实际的三维的物体画成平面的二维图像。当然,首先需要指出,中国古人在写字时,肯定是没有现代的透视和投影观念的,虽然如此,他们从观察对象到摹写对象,仍然是经历了一种空间转变,虽然是原始的,但是仍然是有规律可以总结的,从这种空间转变中,我们也可以体会到古人的空间意识的形成。我们可以借用建筑学中的术语,来分析甲骨文平面空间的构成。

首先,我们可以看到的是,如果将甲骨文字视作投影图,那么可以分成平面图和剖面图两种。

1. 平面图

平面图,就是对象被水平投影到平面上形成的视图。绝大部分甲骨文字都可以看作是平面图,如⻗(19813 马)、⚏(96 山)等。

2. 剖面图

剖面图指物体切断后呈现出的表面,如球体的剖面是个圆形,也叫截面图、切面图或断面图。剖面图是相对平面图而言的,在建筑中,"用一个假想的垂直于外墙轴线的切平面把建筑物切开,对切面以后部分的建筑形体作正投影图。"[②]

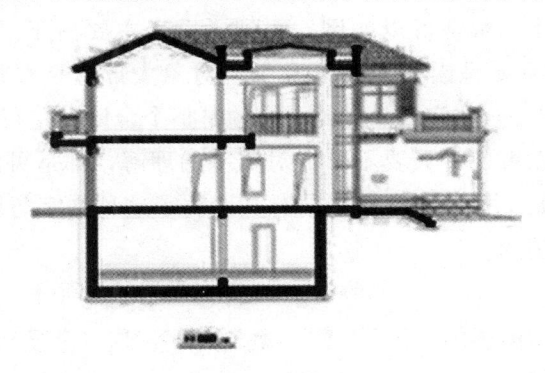

建筑剖面图

我们可以看到,甲骨文中不少字可以视作剖面图,如带有宀字头的字,⻗(30345

---

① 谢赫、姚最:《古画品录,续画品录》,王博敏标点注释,人民美术出版社 1959 年版,第 1 页。
② 聂洪达、郄恩田主编:《房屋建筑学》,北京大学出版社 2007 年版,第 49 页。

家)、⚁（6451 宝）等，以及带有器皿部分的，如☒（34612 豊）、☒（17187 盅）等，以及☒（《甲骨文字典》第 1020 页，包）字。如果单独看∩（655 宀）、☒（29364 豆），并不一定就是剖面图，正如我们不能将"象""犬"这些字视作剖面，但是如果像"家"这种字，能够透过墙面看到屋里有一头"豕"，那就肯定是剖面图无疑了。

对文字视图的研究说明造字者并非简单地将所见之物摹写下来，他们已经有了一定的抽象思考和归纳能力，也有了相当成熟的空间观念。其实，"人类一开始绘画就已本能地、有意识地追求对空间远近关系的表现"[1]。而文字相比较绘画，要更加抽象一些，因此，对于人的空间意识要求更高一些，这不仅体现在空间投影上，还体现在汉字的布局上。

独体字的平面空间可以简单分为上下、左右、包围和复合结构，合体字则更加复杂，蕴藏了不同层次的结构。由于甲骨文还处于大量造字阶段，一些字的结构布局并不固定，会出现一字多体的现象，有的学者将之说成"倒书"[2]。

（1）上下结构

对于独体字而言，上下结构一般是确定的，不可颠倒的。因为观察对象是有上下空间方位的，所以，相应的文字也一般不颠倒，如☒（21106 且）、☒（27018 人）等。"取象于客观事物的文字符号，其形体的方向，自然与人的视觉所观察到的客观事物相一致。甲骨文中带有方向性的形体，其方向的正与倒皆符合于客观事物。"[3] 而如果将自然物象倒过来摹写，往往也是因为这种倒置有其实际意义，如☒（27075，屰），状如倒过来的人，有忤逆之意。合体字的上下结构组合一般也是固定的，很少有倒置过来的。

（2）左右结构

左右结构的独体字，常常可以颠倒，而到了后来主要由于书写习惯，约定俗成，才固定下来。这可能主要是因为人体以及摹写对象大部分是对称的原因。如前述的"象""马""犬"等字。合体字亦是如此，有的是整个合体字左右可以颠倒，有的是合体字中的某一部分可以颠倒，只要不影响对文字的理解，都是可以颠倒的，这里面既体现了甲骨文作为原始文字的随意性，同时又说明了这种文字与对象之间的联系是通过特征的相似性来实现的。

（3）包围结构

包围结构的字，如前述的"包""家""登"等字，这些字显然是不能颠倒的。

（4）复合结构

复合结构指的是单字中包含了上下左右多种情况的现象，如☒（4641 登），有左右上下两种结构；还有些无法归类的复合结构，如☒（《殷墟书契前编》吊）等。这些字

---

[1] 马连弟、刘运符编著：《透视学原理》，吉林美术出版社 2006 年版，第 1—2 页。
[2] 刘钊：《古文字构形学》，福建人民出版社 2006 年版，第 10 页。
[3] 刘钊：《古文字构形学》，福建人民出版社 2006 年版，第 10 页。

显然也是有机结合在一起的，难以拆分，也不能颠倒。

有学者认为，古代汉字采取的是"形合"的方式组成的，这种形合意味着古汉字本身是一种有机结构，一些汉字体现的是"事物本来的情景"①，所以汉字的造字方式决定了其空间性，而这种空间性又使得汉字的发展只能是非线性的。从汉字布局的这种空间性上，也体现了汉字演变的时间性，比如合体字是从独体字组合发展而来的，先有了独体字，然后才有合体字。而有些合体字则又从简单的合体字与独体字组合而成。或许正是汉字本身所具有的这种空间性，又影响到了汉字之间的布局和排列空间，形成了汉字第三重空间性。

（三）经营位置：文字之间的空间布局

谢赫六法中说到"经营位置"②，指的是画家应该对空间布局精心设计，这需要画家的整体空间意识和美学。张彦远将此法推之为画家第一法。与绘画一样，中国书法也讲究空间布局，字与字之间的映带，结构的疏密，布局的开合呼应，"书之章法有大小，小如一字及数字，大如一行及数行、一幅及数幅，皆须有相避相形、相呼相应之妙。"③ 这种空间布局体现了书画家的空间审美意识。但是，甲骨上面所刻的卜辞，是否也有空间性，体现刻辞者的空间意识呢？

笔者认为，甲骨上的卜辞，肯定是有空间性的。这种空间性首先体现在阅读的顺序。高明认为，"甲骨文的行款很严谨，基本上同后来的书写行款相同"，④ 一般来说，阅读方式为自上而下，竖列到底后，有时自右向左，或自左向右。而裘锡圭则认为，"传统的从右到左的排列法在商代后期，至少在后期的晚期阶段也已经确立。"⑤ 这种从上而下，从右至左的阅读方式一直持续到 20 世纪中叶。

其次，甲骨文文字之间也存在着有意识的空间布局。这种空间布局的初衷可能是实用需要，比如需要在特定形状的甲骨上刻写一定数量的文字，因此字体大小、字间疏密都需要有所考虑。而发展到后来，很有可能一些刻辞者产生了空间布局的审美意识，而主动去追求文字空间之美。

我们可以从"合文"（又称"合书"）这一特殊现象来考察文字之间的空间关系。将两个或者三个字合刻在一起，"在行款上只占一个字的位置"⑥。合文的结构与合体字结构基本相似，也都具有上下、左右、包围结构，但是某些合文会出现"共享成分"，如共享某个偏旁或者笔画的情况。⑦ 从释读顺序而言，从上至下、从下至上、从左至

---

① 王宁：《汉字构形学讲座》，上海教育出版社 2002 年版，第 28 页。
② 谢赫、姚最：《古画品录，续画品录》，王伯敏标点注释，人民美术出版社 1959 年版，第 1 页。
③ 刘熙载：《书概》，《刘熙载文集》，江苏古籍出版社 2001 年版，第 184 页。
④ 高明：《中国古文字学通论》，北京大学出版社 1996 年版，第 242 页。
⑤ 裘锡圭：《文字学概要》，商务印书馆 1988 年版，第 45 页。
⑥ 陈炜湛：《甲骨文简论》，上海古籍出版社 1987 年版，第 58 页。
⑦ 李圭甲：《甲骨文与金文及战国文字合文字形比较分析》，华东师范大学语言文字工作委员会等编：《中国文字研究·第十九辑》，上海书店 2014 年版，第 91 页。

右、从右至左，从外向内以及由内向外释读都有。至于合文的出现，刘熙载认为，这是由于古代字体偏少的原因，"古文字少，故有无偏旁而当有偏旁者，有语本两字而书作一字者"①，陈梦家则认为合文与形声字有一定关系②，有学者则认为合体字是为了缩小书写空间③。但是，我们看到甲骨文中的合文多为月份、王名等合写，而且它们大多数并没有发展成为一个字。所以合文应该和合体字有所区别，笔者认为，合文现象表明写作者是在有意识地对文字空间进行设计和组合。

再看整片甲骨的文字，一些证据表明书写者很有可能对空间位置进行了设计和经营。有的学者指出，一些甲骨文是先用毛笔书写再行雕刻，或者是刻完再用朱砂或者墨色涂饰④，如果确实是这样，则至少有一部分甲骨文，已经有了装饰性，那么书写者对甲骨文字进行有意识的空间布局，不仅仅是因为书写条件限制，而是出于审美或者仪式的需要，是有可能的。有书法家理论家认为，"从整体来看，在一片甲骨之中，或疏落错综，或谨密严整"⑤。

综上，我们可以看到，甲骨文字至少体现了三重维度的空间意识，以人为观察中心的观物取象、将物象转换为文字图像的传移摹写、文字之间的经营位置，这是甲骨文字不同于其他象形文字、字母文字最为显著的地方，这表明了甲骨文使用时期，人们的空间意识，特别是观察事物，并将三维事物转化为二维图形的造型空间意识已经非常发达了。

二　甲骨文字空间性体现的审美意识及其影响

甲骨文体现的这种造型空间意识，深刻地烙印在中国人的艺术和思维之中。汉字在诞生之初，就具有一种写意性，"从一开始汉字就带有写意性质，具有象征意味，是一种意味深长的形式"。⑥ 这里的写意仍然是一种形象性的写意（写意象），仍然保留了文字的部分象形性，特别是一些具有特征的、有意味的构型的留存。虽然随着历史的发展，汉字的形象性越来越少，而符号性越来越强，但是汉字的写意性，却被某种程度保存下来。有学者考察了一些汉字从甲骨文到楷书的结构演变，提炼出了字的拓扑学特征，考察发现，一些关键形象符号（如圆形等符号），在甲骨文以及后期的汉字中延续下来。⑦ 汉字的写意性，也就是保留特征元素的基础上的抽象化，这使得汉字的核

---

① 刘熙载：《书概》，《刘熙载文集》，江苏古籍出版社 2001 年版，第 159 页。
② 陈梦家：《殷墟卜辞综述》，中华书局 1988 年版，第 81 页。
③ 李圭甲：《甲骨文与金文及战国文字合文字形比较分析》，华东师范大学语言文字工作委员会等编：《中国文字研究·第十九辑》，上海书店 2014 年版，第 96 页。
④ 董作宾：《甲骨文断代研究例》，《董作宾先生全集》甲编，艺文印书馆 1977 年版，第 457、459 页。
⑤ 包备五：《中国书法简史》，上海书画出版社 1983 年版，第 6 页。
⑥ 黄亚平、孟华：《汉字符号学》，上海古籍出版社 2001 年版，第 59—60 页。
⑦ 贾锐：《封闭曲线：象形字的拓扑结构及其设计应用研究》，《装饰》2017 年第 1 期。

心形象虽有变形，但是基本构架不变，而其他的非核心部分则被简化。因此，汉字写意性并不代表汉字会变成完全无形象的线条和符号，相反，形象性仍然是其核心，而形象的本质空间性也被继承下来。这在书法艺术中体现得尤为明显。这种汉字的写意抽象也就是宗白华所说的"书法的空间构造"。学者普遍认为，甲骨文字具有一定的审美效果和艺术性，如董作宾认为不同时期甲骨文书体是不同的，"从各时期文字书法的不同上，可以看出殷代两百余年间文风的盛衰"①。这也无怪乎从汉字中会诞生出书法艺术，并且成了中国最为普遍的艺术形式。宗白华认为，中国书法是其他造型艺术的基础，中国画具有"类似音乐或舞蹈所引起的空间感型。确切地说：是一种'书法的空间创造'"②。这种空间构造是一种抽象化、韵律化的空间，而非仅仅是物理空间或心理空间，更是一种与生命相通的文化空间。汉字的空间性、隐喻性还为中国诗歌的空间性奠定了基础。如林庚认为，中国山水诗与汉字的空间性有关系。③

现代西方思想家本雅明（Walter Benjamin）和阿多诺（Theodore Adorno）从语言救赎思想出发，考察了文字中的形象性。阿多诺认为"书写"（script）是艺术语言的本质，"所有的艺术品都是书写，而不仅仅是那些明显如此的；它们是那种密码已经丢失的象形文字"④。他们之所以这么重视书写，是因为书写中包含了文字的形象性其并不仅仅是一种符号。本雅明认为古代象形文字在图形上能直接把握事物，又具有一定的抽象性，所以这种文字沟通了人类和神性，"象形文字是神的思想的形象！"⑤ 霍克海默和阿多诺在《启蒙辩证法》中考察了象形文字产生的基础——祭祀，"祭祀学说具有象征意义，因为其中符号和图像是一致的。正如象形文字表明的，最初文字也具有一种图像功能"⑥。本雅明认为统一的语言就是象形文字或者说画谜，画谜是一种类似于象形文字的图案。阿多诺在《美学理论》中也认为，"每个艺术品都是一个画谜"⑦，这种谜语性来源于艺术的语言性质，艺术语言是一种特殊的语言，它保留了语言的原初形态。艺术与象形文字有同构之处，就在于它们都有图像性。阿多诺认为艺术是一种综合了符号和形象的书写——象形文字和画谜，在艺术中，语言符号的形象也得到统一。阿多诺试图借鉴艺术中的形象性和模仿合理性，对概念进行具象改造——也就是构形为理念——使得符号和形象最终得到和解与统一，从而使得被物化的语言重新回到统一状态，成为一种本真的语言。其实这种所谓的符号和形象的统一，就是意味

---

① 董作宾：《甲骨文断代研究例》，《董作宾先生全集》甲编，艺文印书馆1977年版，第457页。
② 宗白华：《美学散步》，上海人民出版社2005年版，第235页。
③ 林庚：《汉字与山水诗》，《文学遗产》1995年第6期。
④ Theodore Adorno, *Theodore W. Adorno, Gesammelte Schriften*, Band. 7: *Ästhetische Theorie*, Hg. Rolf Tiedemann, Frankfurt: Suhrkamp, 2003, p. 189.
⑤ ［德］本雅明：《德国悲剧的起源》，陈永国译，文化艺术出版社2001年版，第140页。
⑥ Theodore Adorno, und Max Horkheimer, *Theodore W. Adorno Gesammelte Schriften*, Band. 3: *Dialektik der Aufklärung*, Hg. Rolf Tiedemann, Frankfurt: Suhrkamp, 2003, p. 33.
⑦ Theodore Adorno, *Theodore W. Adorno, Gesammelte Schriften*, Band. 7: *Ästhetische Theorie*, Hg. Rolf Tiedemann, Frankfurt: Suhrkamp, 2003, p. 184.

着概念和语言应该回到具体的情景与空间中去，应该在历史和社会的维度上去考察它。如前所述，每个甲骨文字都是有空间性和时间性的，甲骨文是空间隐喻，是古人对世界的直观而朴素的认识和理解，通过对甲骨文字的字形、含义的解析，我们可以看到文字背后所蕴藏的具体的人类认识和行为。脱胎于甲骨文的中国汉字也一定程度上继承了这种形象性和空间性，这使得汉字本身就具有艺术和审美的潜能。

汉字的这种形象性进一步地影响到了中国传统的思维。学者们普遍认为，中国传统思维有一定的感性和关联性特征，甚至有些学者认为，中国传统思维就是审美式的。其实，这主要是因为传统思维中具有直观性、形象性和空间性，而这些性质也蕴含于艺术和审美思维之中。如前所述，这些特性也体现在汉字之中。中国古代"物感"说认为，人的审美感受以至于人的心性都源于"物"的触发，如先秦楚简《性自命出》中所言"凡人虽有性，心无定志，待物而后作"①。这种人物相感得以成立的主要原因是人们对物的观看与感受，并在观看之后提取文化形象，即"观物取象"，"圣人有以见天下之赜，而拟诸其形容，象其物宜，是故谓之象"。② 这种文化形象并不仅仅是艺术的，还可以是文字的、文化的、思维的。③ 因此，古人非常重视"象"，这种"象"可以包含多重层面，既可以是具体的物象，又可以是写意化了的意象（包括汉字的形象、艺术形象等），还可以是高度抽象化的卦象。而在这些不同层次的"象"之中，汉字形象又起到了关键的桥接作用。"而文字可以尽意，如上所述，实际上是说象可以尽意（至少对象形文字是如此。其他文字，乃象形文字的演化，是象形之象）。"④ 也即具有图画与符号双重身份的汉字，从直观性而言，能够更好地联结物象与心象，一方面使物感于心，另一方面又能表情达志。正如庞朴所言，在形而上者道与形而下者器之间，还有一个"形而中者，它谓之象"⑤。这也是书法能最终成为中国艺术之基础和根源的根本原因。

> 中国的字不像西洋字由多寡不同的字母所拼成，而是每一个字占据齐一固定的空间，而是在写字时用笔画，如横、直、撇、捺、钩、点（永字八法曰侧、勒、努、趯、策、掠、啄、磔），结成一个有筋有骨有血有肉的"生命单位"，同时也就成为一个"上下相望，左右相近。四隅相招，大小相副，长短阔狭，临时变适"（见运笔都势诀），"八方点画环拱中心"（见法书考）的一个"空间单位"。⑥

这些象的空间性也体现在中国人文化的空间性中，中国人思维中常存的上下、

---

① 李零：《性自命出》，《郭店楚简校读记》，中国人民大学出版社 2007 年版，第 136 页。
② 王弼、韩康伯注，孔颖达疏：《系辞上》，《周易正义》，中华书局聚珍仿宋版 1935 年版，第 374 页。
③ 在我国传统思想中，"文"包括文字、文学、文化。
④ 庞朴：《原象》，《一分为三：中国传统思想考释》，海天出版社 1995 年版，第 226 页。
⑤ 庞朴：《原象》，《一分为三：中国传统思想考释》，海天出版社 1995 年版，第 231 页。
⑥ 宗白华：《美学散步》，上海人民出版社 2005 年版，第 236—237 页。

四方、居中观念即是明证。有些学者提出中国思维是一种"象思维"或者"象喻思维"[1]，他们将直观性作为中国思想不同于西方思想的重要方面。与其说卦象是直观的，不如说中国古代文字是直观的，直接体现了人与认识对象的联系。海德格尔从古希腊文字的造字法中寻找哲学的本原意义，这也是中国古代思想家们常用的方法。

综上，我们可以看到，甲骨文的空间性不仅体现在其文字的形象性上，还包括了造字过程中的人们的空间意识，而这种空间意识是人类整个空间意识的缩影。人类空间意识源于对身体空间的感知，这种感知在甲骨文字中也可以看到。因此，甲骨文对于我们而言，不仅记录了历史，它本身就是历史。语言和文字的发展，就是人类认识事物的发展的体现。因此，研究甲骨文对于研究人类的认识发生过程是有重要意义的，而我们也可以预测，甲骨文对未来人类语言和认识的发展，也可以起到借鉴作用。

---

[1] 夏静：《象喻"思维论"》，《江海学刊》2012年第3期。

文明裂隙间的民族主义美学

罗雅琳[*]

（中国社会科学院文学研究所　北京　100732）

摘要：柄谷行人的《民族与美学》将美学的问题与民族主义、帝国主义和世界史等问题联系起来讨论。他指出"东方学"的背后有着将判断力与知性能力分开的康德思想资源，并提出审美的"无利害"在货币经济的作用下才最终完成这一论断。日本的"言文一致"运动看似强调民族语言的"自然"属性，但在造就"自然"之前人为划定的民族国家范围却被遗忘了。柄谷行人的"世界史的构造"与京都学派的"世界史的哲学"针锋相对。他揭示出国家和民族的经济学根基，从而原本笼罩其上的美学幻象有了被拆穿的可能。柄谷行人的研究提示我们，"美学"并非处于自足的场域，而是文明裂隙间的产物。

关键词：柄谷行人；民族主义；美学；东方学；世界史

引　言

日本理论家柄谷行人最著名的著作《日本现代文学的起源》写于 20 世纪 70 年代后期，在 1991 年出版英文版时，有一处补记显得意味深长。书中在"风景之发现"一章，柄谷行人从夏目漱石、国木田独步讲到欧洲风景画和柳田国男，并提出了"风景"之"认知装置"的"颠倒"和只有"内在的人（inner man）"才能发现"风景"等理论命题。但在 1991 年的补记中，柄谷行人开篇就指出"风景之发现"的现实性，即明治时期对于北海道的"发现"背后乃是对当地原住民的殖民。[①] 这一点在 2013 年中文版再版时的作者序中被再次强调。因而，"风景之发现"中所谓"对周围外部的东西没有关心"不只是一种单纯的心理状态，而意味着殖民者对殖民地真实状况的冷漠和无视。如此一来，文本不再是封闭的场所，文本"内部"的美学机制与文本"外部"的历史

---

[*] 作者简介：罗雅琳（1992—　），湖南湘乡人，中国社会科学院文学研究所助理研究员，《文学评论》编辑，北京大学文学博士。本文系国家社科基金重大项目"20 世纪中国文学学术话语体系的形成、建构与反思研究"（批准号：20&ZD280）阶段成果。

[①] ［日］柄谷行人：《日本现代文学的起源》，赵京华译，中央编译出版社 2013 年版，第 25—26 页。

情境被缝合在了一起。

柄谷行人曾于 2004 年在东京岩波书店出版《定本柄谷行人集》，包括《日本现代文学的起源》《作为隐喻的建筑》《跨越性批判——康德与马克思》《民族与美学》《历史与反复》五卷。乍看之下，其中可以清晰地分出两种不同的研究方法：一种是《日本现代文学的起源》和《作为隐喻的建筑》式的、深受解构主义影响的文学批评；另一种是《跨越性批判》和《历史与反复》式的、马克思主义影响下的宏大理论建构与日本现实批判。柄谷行人曾表示，自己一度是保罗·德曼和弗雷德里克·杰姆逊等解构主义批评家的拥趸，甚至将保罗·德曼视为自己"心中设想的唯一读者"[1]，却在 70 年代中期之后转向了马克思主义的社会批判。《日本现代文学的起源》的 1991 年修订版从"风景之发现"谈到日本的殖民历史，正反映了他的这一转变。《民族与美学》中收入柄谷行人 1994 年到 2004 年间写作的六篇文章，将"美学"的问题与民族主义、帝国主义和世界史等问题联系起来讨论，则更为直接地展现出他后期从文本"内部"向"外部"的突围。

《民族与美学》的重点在于"美学"如何构成了民族主义的重要内容，甚至衍生出转变为帝国主义的危险。日本的现代化一面要证明自身的文化主体性，另一面也始终伴随着如何摆脱"落后的东洋"、加入"先进的西洋"的焦虑。因而，日本的民族主义论述处于对西方中心的文明等级论既排斥又模仿的矛盾中，而"美"则成为日本与西方对接、甚至证明日本比西方优越的重要问题。因而，柄谷行人从文本"内部"向"外部"的研究方法转向，同时也带来了对一种被遗忘了的"认知装置"的暴露。当人们在讨论与"美"有关的问题时，将"美"从具体社会历史情境中剥离出来的"认知装置"其实被遗忘了。而柄谷行人却提示我们，"美学"并非处于自足的场域之中，而是爆发着激烈冲突的文明裂隙间的产物。

一 "无关心"：经济学与美学的扭结

"美学"与文明等级之间的联系至少要上溯到黑格尔。在《美学》中，黑格尔描绘出了一条从古代东方人的象征型艺术、古希腊人的古典型艺术向近代资本主义的浪漫型艺术发展的道路。不同的艺术类别与精神完善程度的高低被联系在一起。作为《民族与美学》中最早完成的两篇文章，《作为美术馆的历史——冈仓天心与费诺罗萨》（1994）和《美学的效用——〈东方学〉之后》（1997）都讨论了"美"与文明等级之间的关联。柄谷行人首先对话的是萨义德的"东方学"。"东方学"道出了西方观看"东方"的双重态度：在美学意义上崇拜，在科学意义上贬低。柄谷行人进一步指出，对"东方"在美学和科学两方面所做的认知切割其实来自康德。康德在《判断力批判》

---

[1] ［日］柄谷行人、小岚九八郎：《柄谷行人谈政治》，林晖钧译，台湾心灵工坊 2011 年版，第 72 页。

中区分了知性、判断力和理性，其中与艺术审美相关的情感属于判断力的范畴，对于对象的客观认识属于知性能力的范畴，二者并无直接的关联。① 也就是说，审美的感受与客观对象无关，西方对于东方的"美"的感受和对其在文明程度上"低劣"的判断，或者和对于东方实际状况的无视可以毫无矛盾地并存。因此，习得了"东方学"眼光的冈仓天心，在对东方之美的赞颂中总是隐藏着将当地的民众生活"放入括号"的危险。"放入括号"意味着扁平化和符号化——借用柄谷行人此前的概念，也就是将东方人看成"风景"。

回到"风景之发现"。在"只有在对周围外部的东西没有关心的'内在的人'（inner man）那里，风景才能得以发现"② 这一论断中，何为"没有关心"？根据日文版《日本现代文学的起源》，"没有关心"从日文的"無関心"翻译而来，而"無関心"正是康德讨论的审美"无利害"的日文翻译。③ 正因为对外在对象的真实状况没有关心，才能将其转化为审美性的风景，这才是"风景之发现"的真实含义。

柄谷行人没有停留于此，而是深入"康德未曾探究的领域"——货币经济。他指出，"美"所需要的"无关心"，最终借助商品经济才得以完成，因为唯有"利益"才能抗衡情感上的"关心"。④ 虽然柄谷行人在此处引用的是赫希曼，但实际上这正是马克思关于"价值"的论述。在商品经济体系中，一切对象都被接受为"无差别的人类劳动"所凝结成的"价值"，因而不同对象的差异和对象的真实状况都被抹消了。同样，吉登斯也将货币符号视为形成"脱域"的最重要标志，并引用齐美尔的《货币哲学》指出：货币不仅将交易从具体的环境中抽离，更使"所有者和他的财产分离得如此之远"，从而双方都得以"各行其是"⑤。

一个悖论性的结论出现了：只有通过货币，才能使人们彻底实现对外部的"无关心"，也就是将外部转化为"无利害"的审美风景。正如萨义德发现的那样，小说《曼斯菲尔德庄园》中，加勒比海岛上的殖民经济支撑着英国庄园生活的稳定和谐。但当范妮问起奴隶贸易的情况，她得到的却只是"一阵死一样的沉默"。⑥ 然而，如果不通过货币，这种对于殖民者与殖民地的隔离将难以成为可能。

"东方"在货币经济学的抽象作用下成为纯粹的审美对象，这一点也体现在非西方国家将本国文化与西方的"艺术"对接的过程中。柄谷行人讨论了冈仓天心与柳宗悦两位日本美学家的不同做法。为了将奈良法隆寺秘藏的梦殿观音"发现"为"艺术

---

① ［德］康德：《判断力批判》，邓晓芒译，人民出版社2002年版，第48—54页。
② ［日］柄谷行人：《日本现代文学的起源》，赵京华译，中央编译出版社2013年版，第13页。
③ 《民族与美学》的译者薛羽将康德的"无利害"根据日语汉字"無関心"译为"无关心"，本文沿用这一翻译。参见［日］柄谷行人《民族与美学》，薛羽译，西北大学出版社2016年版，第120页。
④ ［日］柄谷行人：《民族与美学》，薛羽译，西北大学出版社2016年版，第122页。
⑤ ［英］安东尼·吉登斯：《现代性的后果》，田禾译，译林出版社2000年版，第19—22页。
⑥ ［美］爱德华·W. 萨义德：《文化与帝国主义》，李琨译，生活·读书·新知三联书店2003年版，第11—134页。

品",冈仓天心不顾僧人和民众的恐惧,强行开启佛堂门。冈仓天心将民众的生活"放入括号",从而使梦殿观音不再是维系着宗教仪式和虔敬情感的神圣佛像,而是"无关心"/"无利害"的艺术品。这一将民众生活"放入括号"的动力,则是为了将日本艺术以"印象派"等身份纳入西方的美术等级体系,从而获得商业利润。但柳宗悦发现的"美"却不是从民众生活中抽离的"艺术",而是与民众的劳动生产紧密结合的手工业。鲍德里亚曾指出,现代消费社会中的人们处于"物"的神话之下,不再记得它们是"人类活动的产物"。[①] 冈仓天心和柳宗悦的差异在于,前者关注在交换体系中作为符号的物,后者则关注作为劳动产品的物。当"物"从交换符号被还原为劳动产品,它就有了摆脱资本主义商品逻辑的可能,一种基于民众真实经验而非他者外在眼光的"美"的理念也就呼之欲出。这样的"美"不是"无关心"的,而是对"背后一直被忽视的生产者个体"[②] 的真正"关心"。

二 "言文一致":"自然"的虚假与危险

以北美独立战争、法国资产阶级革命和费希特的《对德意志民族的演说》为标志,民族主义诞生于18世纪末19世纪初。这一时期的民族主义者们为了从"帝国"中分离,需要寻找一种地方性的异质文化以证明自身的独立传统。因而,在"言文一致"的名义下,以"方言"取代帝国语言就成为民族主义建构中的重要环节。

日本的"言文一致"运动体现为以大量声音中心的假名取代汉字书写,以日语语音的训读取代接近中国语音的音读。值得注意的是,这依然与西方中心的文明等级论密切相关。根据子安宣邦的分析,在黑格尔的论述中,东洋人缺乏对自由精神的认知,因而陷于发展的"停滞"。[③] 作为象形文字的汉字,正对应着这种"停滞"的原始状态。因而,日本的"言文一致"运动不仅是为了确立日本区别于中国的独立文明传统,更是在黑格尔东洋论述的"紧箍咒"之下向作为普遍标准的欧洲声音文字靠拢的行为。简单地说,日本"言文一致"运动的真实诉求,乃是"脱亚入欧"。

在《民族与美学》中,《文字的地缘政治学——日本精神分析》一文就从中国和埃及等古老帝国的"停滞"入手。中国文明的"停滞"通过朱子学传入日本,成为幕府统治的主要思想,后被本居宣长等人作为僵化的意识形态进行否定。否定中国文明的"停滞",是为了提出日本文明的"创造性",以此证明日本可以更好地接受欧洲文明、跻身"文明国家"行列、取代中国成为新的东亚盟主。后来的丸山真男和竹内好等人赞美中国具有"原理性的坐标轴",其实仍然沿用了中国之"停滞"属性的判断。

柄谷行人在日本的"言文一致"中看到的不仅是民族主义和"脱亚入欧",更看到

---

① [法]让·鲍德里亚:《消费社会》,刘成富、全志钢译,南京大学出版社2014年版,第2页。
② [日]柄谷行人:《民族与美学》,薛羽译,西北大学出版社2016年版,第130页。
③ [日]子安宣邦:《东亚论——日本现代思想批判》,赵京华译,吉林人民出版社2010年版,第34页。

将"方言"视为"自然语言"这一理念背后的虚假性和危险性。他在《日本现代文学的起源》中曾强调,"言文一致"运动将与当地人的声音相吻合的文字视为最"自然"的语言和民族文化的共同标识,但"这个共同性乃是历史活动的产物",所谓语言的"主体"是"预先被民族国家所包围了的东西"①。只有先划定了民族国家的范围,才会诞生出新的民族共同语言。然而,这一人为划定范围的"起源"往往遭到遗忘,民族共同语言被视为基于"自然"。这就是"言文一致"运动中隐藏的"颠倒"。

柄谷行人多次指出,作为"言文一致"运动之基础的"方言"往往与原来的帝国语言有着密切联系。"方言"不是"自然"存在的,是人为造就的。日本国学家找到的"汉字以前的日语以及与此相对应的'古之道'",并非对声音的记录,而是"从阅读汉文译成日语而诞生的"②。而当费希特以语言区别德意志民族与其他日耳曼民族之时,他也遗忘了作为德意志民族语言的标准德语是在对拉丁文的翻译中诞生的。柄谷行人总结:

> 民族的语言是在它被忘却了是由书写语言(拉丁文、汉字等)翻译而来,而被认为是直接从情感和内面生发出来的时候完成的。③

这种浪漫主义语言学将人为规划隐藏在"自然情感"的伪装之下,而后来的历史语言学则将人为规划隐藏在"科学"的伪装之下。历史语言学在"科学分析"的表面之下,一方面研究语言发展中的幼年时代、壮年时代、老年时代,因而隐藏了一种从"原始"向"文明"发展的目的论,也就将其他文明视为比欧洲文明次等的文明;另一方面,历史语言学研究各种语言之间的联系,这就为民族主义理念将自己民族的历史与某些民族联系起来、又与另一些民族区隔开来提供了"科学依据"。在《民族—国家和语言学》中,柄谷行人提到了印欧语言学与德国民族主义之间的密切关系。印欧语言学认为欧洲文明直接承自希腊,否认希腊文明先在阿拉伯得到发展、然后才传回欧洲。在语言学上切断了欧洲文明与阿拉伯文明之间的联系之后,"雅利安"与"闪米特"也就成了不同的人种,这就为欧洲的反犹主义埋下了所谓"科学"的证据。④

柄谷行人未明言的是,基于"科学"的历史语言学与基于"自然"的浪漫主义语言学其实是一回事。历史语言学发明了母语言、子语言、家族语言等概念,这种以"家"为喻的方式实际上与浪漫主义语言学分享了同样的"自然"表象,而建构出"自然"的那些人为理念却被隐藏起来。柄谷行人希望批判的是民族主义理念中那种虚假

---

① [日]柄谷行人:《日本现代文学的起源》,赵京华译,中央编译出版社 2013 年版,第 171 页。
② [日]柄谷行人:《日本现代文学的起源》,赵京华译,中央编译出版社 2013 年版,第 172 页。
③ [日]柄谷行人:《民族与美学》,薛羽译,西北大学出版社 2016 年版,第 36 页。
④ 萨义德也有类似的观点。他指出,欧洲语文学者将希腊文化说成是"雅利安人"的,从而抹除了其与闪米特或非洲的联系。参见[美]爱德华·W. 萨义德《文化与帝国主义》,李琨译,生活·读书·新知三联书店 2003 年版,第 19 页。

的"自然"观念,也即通过语言或者文化将"民族"视为"自然"的那种认知装置。"言文一致"运动和语言学批判则是讨论这一问题的突破口。在这一点上,柄谷行人与本尼迪克特·安德森形成了共识。安德森在《想象的共同体:民族主义的起源与散布》中指出民族作为共同体单位的"想象"性质,这同样意味着民族并非"自然"。不过,比起安德森念兹在兹的如何在冷战终结的环境下以"民族"构建新的政治主体,柄谷行人的关注点在于如何防止民族国家向帝国主义转变。柄谷行人认为,这是20世纪民族主义浪潮可能共有的某种"原理":

> 只要有殖民地或殖民地化的危机,带有积极意味的民族主义向帝国主义转化本身就是民族主义潜在的性质,而绝不是特定国家固有的问题。①

日本正是在西方殖民主义的冲击下先成为一个现代民族国家,然后又使自己转变为新的帝国主义国家。如何防止这样的转化?柄谷行人最终在对日本历史的反思中找到了突破的道路。

三 "世界史":从"观念"通往"实践"

《民族与美学》一书的序章《序说——民族与美学》,开篇即以四种交换模式来构筑世界的发展模型:互酬、掠夺和再分配、商品交换和未来的"联合"。柄谷行人在《世界史的构造》与《跨越性批判——康德与马克思》两本著作中对此有进一步论述。值得注意的是,"世界史的××"并非柄谷行人的发明,而是与二战期间日本京都学派发明的"世界史的哲学"有所对话。只有理解这一点,才能明白他以"交换模式"理解世界的真正用意。

"世界史"在欧洲始于伏尔泰的《论诸民族的道德风习和精神》(1753年),其代表作为黑格尔的《世界史哲学讲演录》和兰克的《世界史》。在兰克看来,中国和印度等古老文明不值得被列入世界史脉络之中。这些世界史都是以欧洲为中心的世界史,进而成为欧洲资本主义国家扩张中压制其他地区的理论依据。② 1941年至1943年,由高坂正显、西谷启治、高山岩男和铃木成高等日本京都学派成员发起了一系列讨论并编成《世界史的立场与日本》(1943年3月出版)一书。③ 这种"世界史的哲学",一面提出日本是欧洲中心的"世界史"中的例外;另一面模仿欧洲中心的世界史,将日本树立为东亚文明乃至世界文明的最高代表。高坂正显提出一种以日本为代表的"绝对无"的世界史类型。和黑格尔的空间型世界史观、奥古斯丁的时间型世界史观、尼采的主

---

① [日]柄谷行人:《民族与美学》,薛羽译,西北大学出版社2016年版,第127页。
② 刘小枫:《兰克的〈世界史〉为何没有中国》,《中国文化》2016年春季号。
③ [日]子安宣邦:《东亚论——日本现代思想批判》,赵京华译,吉林人民出版社2010年版,第200页。

体型世界史观相比，"绝对无"既包含了这三者又不被其束缚，因而可以"超克"西欧。① 子安宣邦指出，京都学派之"世界史的哲学"乃是希望掩盖日本是接受了"欧洲近代"才得以实现"近代"的事实，从而将日本对于欧美的战争说成"近代的超克"——（以日本为代表的）亚洲对"近代＝欧洲世界史"的超克。因而，日本的战争也就被粉饰为新的"世界史的立场"的体现。②

无论是欧洲的世界史，还是日本京都学派的世界史，它们都构想了世界史在普遍意义上的线性发展历程。京都学派提出日本之于欧洲世界史的特殊性，不过是为了将日本确立为新的普遍性。而在柄谷行人的"世界史的构造"中，互酬、掠夺和再分配、商品交换、联合这四种交换样式不是前后进化的关系，未来的交换样式"联合"被视为是"互酬"在更高维度上的回归。因此，线性发展的世界史模式被改造成了循环的模式，也就否定了文明之间的高低等级关系，同时也否定了将资本主义作为文明发展最高阶段的"历史终结论"。更重要的是，如果说京都学派的"世界史的哲学"不过是为了粉饰日本实际上已经发生的战争行为所找到的哲学修辞，那么，柄谷行人的"世界史的构造"一方面是一种面向未来的乌托邦想象③而非对现实的合理化，另一方面更因其在"交换样式"上的立足点而具有了面向未来的实践可能。

"世界史的哲学"是观念性的，而"世界史的构造"是实践性的。这两者的差别，可以用马克思在《关于费尔巴哈的提纲》中的名言进行概括：哲学家们只是用不同的方式解释世界，而问题在于改变世界。这是马克思对于德国观念论的评价，而柄谷行人曾谈到日本 80 年代风行着"文学的观念论"：他们认为"如果改变了对世界的解释，世界也会跟着改变"。柄谷行人则指出，不仅"京都学派就是因为政治上的挫折无力而转向观念论的革命"，这种"文学的观念论"同样体现出当前知识分子因为无力改变政治而陷入一种"文学化的东西"，陷入观念上的语词游戏。④ 正是为了否定这种观念论，才有了柄谷行人 80 年代向马克思主义的转向。他提出"民族"并不是上层建筑而是植根于某种交换形式之中⑤，是希望指出，对于"民族"的超越绝不是通过京都学派"世界史的哲学"或者"大东亚共荣圈"之类的语词游戏就可以完成的。只有改变了"交换形式"，才能真正超越"民族"。

对于观念论的批判，还特别体现在他对于精神分析的批判中——弗洛伊德被葛兰西称为"最后的一位'观念论'者"⑥。对弗洛伊德的批判之所以重要，是因为它构成了战后日本思想家分析战争责任时的重要理论资源。在《民族与美学》所收录的《死

---

① 廖钦彬：《两个关于"世界史"的哲学论述——京都学派与柄谷行人之间》，《现代哲学》2016 年第 3 期。
② ［日］子安宣邦：《东亚论——日本现代思想批判》，赵京华译，吉林人民出版社 2010 年版，第 194—223 页。
③ "联合"没有真正存在过，被柄谷行人视为一种乌托邦。参见［日］柄谷行人《民族与美学》，薛羽译，西北大学出版社 2016 年版，第 11 页。
④ ［日］柄谷行人、小岚九八郎：《柄谷行人谈政治》，林晖钧译，台湾心灵工坊 2011 年版，第 75—77 页。
⑤ ［日］柄谷行人：《民族与美学》，薛羽译，西北大学出版社 2016 年版，第 3 页。
⑥ ［意］葛兰西：《狱中札记》，曹雷雨等译，中国社会科学出版社 2000 年版，第 291 页。

亡与民族主义》和《文字的地缘政治学》的第三节中，柄谷行人与丸山真男和河合隼雄等人进行了对话。丸山真男在1946年发表的名文《超国家主义的逻辑与心理》中，将日本的战争视为天皇制国家"不负责任的体系"的一种"结构性病理"，指出在日本权力结构中掌权者的主体性意识缺乏导致人们"通过压抑的转嫁保持精神均衡"，上位者因而向下位者肆意行使暴力。而荣格派心理学家河合隼雄则认为这是日本的"母系社会"和一种不存在自我中心的"日本人的自我构造"的结果。这种在战后日本十分流行的精神分析解释路径，在柄谷行人看来不过是合理化战争的修辞：这种阐释框架不是将战争视为有意识的主动行为，而是视为无意识的产物；对于战败国的约束也不是对其战争罪行的惩罚，而是对"死亡本能"中攻击倾向所实施的"压抑"。在这种精神分析逻辑中，一战后战胜国对德国的统治是具有压抑性的"超我"，后来的纳粹是为了释放压抑而诞生的。同样，二战后美国的占领也是日本的"超我"，日本需要从这种压抑中解放出来。甚至，美国在越战后背负的罪恶感也不被视为他们战争罪行的结果，而是某种"压抑"所致，从而需要一场新的海湾战争来释放"压抑"。

这种"文学的观念论"看似在语词逻辑中运转圆熟，却一次次从现实中逃逸——最终成为对于现实的"无关心"。不过，"无关心"的表面之下，却隐藏着将国家的战争行为合理化的政治"关心"。通过美学，民族主义或国家主义得以神秘化。因而，柄谷行人反复强调，国家和民族不应当被视为"政治、文化或意识形态层面的东西"，而是属于广义上的经济问题，植根于特定的交换方式之中。[1] 当国家和民族的经济学根基得以揭示，原本笼罩其上的美学幻象才有了被拆穿的可能。

余论："联合"，还是新的"脱亚入欧"？

有意思的是，在《死亡与民族主义》中，通过将康德与弗洛伊德创造性地联系在一起[2]，柄谷行人再次谈到了"交换"。他将晚期弗洛伊德在《超越快乐原则》和《文明及其不满》中那种通过"压抑"而形成的"文明"与晚期康德在《永久和平论》中表达的通过各国之间缔结条约、废除常备军和各种可能的战争因素而达到"永久和平"的理想视为同一种东西。柄谷行人在《死亡与民族主义》中谈到，晚期弗洛伊德将"超我"视为内在生成的而非外在压抑的内面化。因此，"压抑"不是外来的，而是人类为了实现"文明"而主动"交换"出去的东西。康德的《永久和平论》写于1795年，写于同时期的卢梭的《社会契约论》和较早完成的霍布斯的《利维坦》中其实也表达了同样的观念：通过"交换"、通过让渡自己的权利而获得和平。不过，《利维坦》中的让渡权力有"被迫"的意味，而卢梭的"公意"同样存在着压制"个体"的危险。

---

[1] ［日］柄谷行人：《民族与美学》，薛羽译，西北大学出版社2016年版，第3页。
[2] 《死亡与民族主义——康德和弗洛伊德》一篇在发表于日本《文学界》杂志2003年11月号时，原题即《康德和弗洛伊德——跨越性批评Ⅱ》。

然而，引入康德之道德论的柄谷行人则提出，在康德那里，对于义务和命令的遵从是"自我立法"而非外在强迫。因此，这是一种为了"和平"而主动进行的"交换"。

回到《序说——民族与美学》，为何柄谷行人对"互酬"如此感兴趣乃至将理想中的"联合"视为"互酬"的回归？"互酬"来自20世纪西方人类学关于非西方原始部落的"礼物研究"。马赛尔·莫斯在《礼物》中指出，原始社会的"礼物交换"不仅是经济行为，更可以克服资本主义现代经济的弊端，实现人与物、人与神、个体与共同体的情感混融。[①]"互酬"可以生成共同体的情感，这种"同情"感受可以压倒货币经济的"无关心"，从而诞生了超越资本主义的可能性。这正是柄谷行人看重之处。

柄谷行人希望将"联合"发展为国与国之间的关系。他的理想模型是欧盟，是按照《永久和平论》的构想的、真正超越了现代民族国家的、理想中的欧盟，而不是在世界资本主义的压力下结合起来的现实中的欧盟[②]。不过，"联合"不是新鲜事物，拿破仑战争后有"维也纳体系"，结果却是普、奥、俄各个强国"联合"瓜分了波兰；一战之后有"国联"，这正是康德《永久和平论》中的构想，结果却是各强国对于在中国权益的"交换"。这种看似通过"礼物交换"而形成的和平联盟，其实只是帝国主义侵略弱国的工具。值得注意的是，在柄谷行人的论述中，丝毫没有涉及如何理解日本与亚洲其他国家关系的部分。这样一来，"联合"的构想就有了使日本形成新一轮"脱亚入欧"的危险。子安宣邦指出，日本战后反思的失败，正在于其战后处理以美国为核心，而"亲手封住了通过根本改善与亚洲的关系而重新建设战后日本的道路"[③]。柄谷行人这种以欧盟为理想的联合似乎在重复这一过程。在本尼迪克特·安德森那里，民族是冷战终结之后反抗资本主义的唯一有效单位。而柄谷行人那种抽去了民族立场的"联合"，是否存在着再次沦为空谈的危险？

---

① 参见［法］马赛尔·莫斯《礼物》，汲喆译，上海人民出版社2002年版。
② ［日］柄谷行人：《民族与美学》，薛羽译，西北大学出版社2016年版，第42页。
③ ［日］子安宣邦：《东亚论——日本现代思想批判》，赵京华译，吉林人民出版社2010年版，第12页。

跨文化视野下的"幻象"概念及其辨正

徐瑞宏　刘建平[*]

（武汉大学哲学学院　湖北武汉　430072；
西南大学文学院　重庆　400715）

摘要： "幻象"是西方美学中的一个核心概念，苏珊·朗格围绕这一概念建构了自己的符号论美学体系。"意象"也是中国美学的核心范畴，从《周易·系辞》的"言不尽意""立象以尽意"、《文心雕龙》的"独照之匠，窥意象而运斤"到叶朗提出"美在意象"，这一命题在中国美学和文艺理论中仍具有强大生命力。学界对"幻象"和"意象"概念的解释和界定不够清晰，甚至有将二者混为一谈的倾向。本文在跨文化的视野下，深入剖析、澄清"幻象"和"意象"之间的异同，不仅凸显了苏珊·朗格的"幻象"概念的核心内涵和内在矛盾，而且揭示出这一概念对我们创建新的美学理论的启示意义。

关键词： 幻象；意象；跨文化；艺术本质

一　问题的缘起

在中西美学史上，将艺术本质看作是物象之外的"幻象"的艺术理论颇为流行。西方美学中最具代表性的是苏珊·朗格的"幻象"理论，布尔迪厄的"场论"、格诺德·波默的"气氛美学"等现代美学理论也与"幻象"概念有着紧密的思想关联。中国美学中最具代表性的是"意象"理论，从《周易·系辞》的"言不尽意""立象以尽意"、《文心雕龙》的"独照之匠，窥意象而运斤"到叶朗提出"美在意象"，这一命题在中国美学和文艺理论中仍具有强大生命力。不少学者在考察"幻象"概念时都谈到与"意象"的相似性。但学界对"幻象"和"意象"概念存在过度诠释乃至将二者混为一谈的倾向。归结起来，主要有三种代表性观点。

第一种观点看到"幻象"和"意象"所指"象"的虚幻特征，而忽略"象"的内涵

---

[*] 作者简介：徐瑞宏（1998—　），黑龙江鹤岗人，武汉大学哲学学院硕士研究生；刘建平（1978—　），湖北武汉人，西南大学文学院教授，哲学博士。本文系国家社会科学基金艺术学重大项目"'微时代'文艺批评研究"（项目编号：19ZD02）的阶段性成果。

差异以及与实象的关系。阳晓儒在《情景说和艺术符号论——王夫之和苏珊·朗格的审美意象论》中就二者所指"象"的共性加以考察，认为王夫之的"意象"和苏珊·朗格的"审美意象"不是真实存在于现实生活中的具体形象，都具有虚幻性质。①毛宣国也谈到，苏珊·朗格将"意象"看作"虚幻的对象"，"这一理解，重视的是'意象'的虚幻、不在场，以有限的感性形式表现无限丰富的理性内容的特征，所以更具有审美本体的意味，与中国美学对'意象'范畴的理解也更为接近"②。虽然他们看到了"象"的虚幻属性，但却忽略了"幻象"和"意象"都是以实象为依托生成的虚象，更未能辨析出二者具有对象化和非对象化的本质差异。

  第二种观点认为"幻象"和"意象"同为情感的呈现形式，但未深入考察二者所指"情感"实具有不同意涵。应爱萍在回顾和总结中国"意象"理论的基础上，认为"意象"和"幻象"都要求"主体情感的绝对参与（暂不论是个体的还是人类共有的情感）"③，由此便悬置了"主体情感"是个体情感还是人类普遍情感的问题。杨辉在《中西方审美意象论比较研究》中认为中西方的意象"是主观精神呈以具体感性形态，具体感性形态表现主体思想感情"④。"主体情感"在此具体化为"主观精神""审美主体的主观心态"，相较于应爱萍对此问题的悬置有所推进。但将"幻象"中的情感理解为"主观心态"却是对苏珊·朗格的艺术本质论的误读，"幻象"中的情感绝非艺术家的自我表现，而是他所认识到的人类感受。⑤

  第三种观点对"幻象"和"意象"的生成原因及内在主导要素的差异性缺乏考察。阳晓儒在《情景说和艺术符号论——王夫之和苏珊·朗格的审美意象论》和《中西审美意象比较研究》中指出⑥，中国美学的"意象"和苏珊·朗格的"审美意象"在内在结构的统一上有相似性，"不管是情感与形式，还是情与景，在审美意象中都必须是形式化了的情感，情感自身的形式；景者情之景，情者景之情。情感与形式、情与景都必须化合为一，才能构成审美意象"⑦。事实上，创造"幻象"是呈现出表现人类感受的生命形式，即为感受赋形，而"意象"的生成则必须遵循"感物兴情"的文艺创作规律，二者"化合"的前提和方式截然不同。

  综上，目前学界对"幻象"和"意象"关系的理解还存在肤浅化、泛化的倾向，

---

① 阳晓儒：《情景说和艺术符号论——王夫之和苏珊·朗格的审美意象论》，《辽宁大学学报》1992年第4期。
② 毛宣国：《"意象"概念和以"意象"为核心的美的本体说》，《社会科学辑刊》2015年第5期。
③ 应爱萍：《苏珊·朗格艺术幻象理论研究》，硕士学位论文，广西师范大学，2005年。
④ 杨辉：《中西方审美意象论比较研究》，《喀什师范学院学报》2001年第4期。
⑤ 在20世纪80年代的中译本《情感与形式》和《艺术问题》中，"feeling"往往被译作"情感"，但书中"emotion""sensation"等含义相近的词语也被译为"情感"，这就造成语义的混淆和理解的困难。2006年，高建平在译著《西方美学简史》中首次将"feeling"译作"感受"，并作出相关说明。2013年，高艳萍重新翻译 Feeling and Form，出版《感受与形式》一书，该书沿用高建平将"feeling"译作"感受"的译法，并将"emotion"译作"情感"。除了对引文中的"情感"（"feeling"）不作改动外，本文统一采用"感受"这一更准确的译法。
⑥ 阳晓儒：《中西审美意象比较研究》，《广西社会科学》1997年第2期。
⑦ 阳晓儒：《情景说和艺术符号论——王夫之和苏珊·朗格的审美意象论》，《辽宁大学学报》1992年第4期。

流于大而化之的论述而缺乏深入的辨析,甚至将二者混为一谈。那么究竟何为"幻象"?"幻象"和"意象"有怎样的联系和区别呢?本文在跨文化的视野下,深入剖析"幻象"和"意象"之间的异同,以澄清学界对"幻象"概念的误解及滥用,不仅凸显了苏珊·朗格的"幻象"概念的核心内涵和内在矛盾,而且揭示出这一概念对我们创建新的美学理论的启示意义。

二 何为"幻象"?

"幻象"概念很早就存在于西方哲学和美学话语中。古希腊时期,恩培多克勒将人产生感觉的原因归之于"流射",它是一种使人体感官和外部事物的同类本原触类相通的认识中介。德谟克利特将感觉看作可感对象的影像"流射"在人体感官上造成的印象,"影像"是由原子构成的可感对象的轮廓,而"印象"是这些原子在眼睛中压下的印记。高尔吉亚提出"幻觉"概念,世界上的事物都可以用语言表达,语言的魔力在于可以将灵魂引入幻觉状态,"它乃是一种骗局,其中行骗者比不行骗者更诚实,受骗者比未受骗者更聪明"[①]。悲剧是制造幻觉的艺术,它使人产生快乐、悲伤、怜悯、恐惧等情感。柏拉图认为艺术是模仿感官世界的"幻影",以床为例,"第一种是在自然中本有的,我想无妨说是神制造的,因为没有旁人能制造它;第二种是木匠制造的;第三种是画家制造的"[②]。"画家制造"的艺术是对模仿理念的"木匠制造"的可感事物的再模仿,因而是虚幻的、非真实的。古希腊时期主要从认识论的视角,试图从艺术本体层面探寻"幻象"中的真理性。文艺复兴时期,随着人的主体性地位的确立,"表现论"逐渐取代了"摹仿论",康德将"审美意象"视作"一种理性观念的最完满的感性形象显现"[③],但这种感性形象和理性观念相对立,"它引起很多的思考,却没有任何一个确定的观念、也就是概念能够适合于它,因而没有任何言说能够完全达到它并使它完全得到理解"[④]。席勒延续康德对"审美意象"的探讨,认为"鄙视审美假象,就等于鄙视一切美的艺术,因为美的艺术的本质就是假象"[⑤]。只有作为"假象"(Schein)的艺术才能实现现实救赎和人性自由。这一时期的美学家们侧重从主体心理活动和道德精神层面来解读"幻象"。20 世纪以来,对"幻象"的解读逐渐开放多元,呈现出强调"幻象"的社会功用及虚幻本质的趋向,鲍德里亚由消费社会立场出发,认为商品交换中的需求和满足实质上是意识形态所制造的"消费幻象"。"我们这个'消费社会'的特点:在空洞地、大量地了解符号的基础上,否定真相。"[⑥] 人们沉湎于

[①] [波兰] 塔塔尔凯维奇:《古代美学》,理然译,广西人民出版社 1990 年版,第 97 页。
[②] [古希腊] 柏拉图:《柏拉图文艺对话集》,朱光潜译,安徽教育出版社 2007 年版,第 79 页。
[③] 朱光潜:《西方美学史》(下卷),商务印书馆 2017 年版,第 435 页。
[④] [德] 康德:《判断力批判》,邓晓芒译,人民出版社 2017 年版,第 121 页。
[⑤] [德] 席勒:《审美教育书简》,冯至、范大灿译,上海人民出版社 2003 年版,第 215 页。
[⑥] [法] 鲍德里亚:《消费社会》,刘成富、全志钢译,南京大学出版社 2014 年版,第 11 页。

"消费幻象"中无法自拔,对符号的消费是对社会地位、存在认同的寻求。贡布里希在视觉与心理假象的意义上将"幻象"诠释为"错觉","当我们研究那些身兼伟大的艺术家和伟大的'错觉主义者'[illusionist]的往昔艺术大家时,艺术研究和错觉研究就不可能处处泾渭分明",[①] 平面的绘画却可以呈现出立体的视觉效果。

由上述三个阶段可见,对"幻象"的探究一开始就和艺术本质论以及真理问题联系在一起,基于此,苏珊·朗格重构了"幻象"概念并赋予它新的内涵,系统建构起以"幻象"为核心的符号论美学体系。首先,在西方美学史上,"幻象"概念虽然在历时性维度中有不同的语义流变,但在认识论、主体心灵和意识形态等多重解读中都存在一个对"幻象"的基本规定,即"幻象"是区别于实存的具体事物的虚幻存在,朗格对"幻象"概念的重构便是建立在这一观点的基础上。由于人们在日常生活中看到的事物外观仅被用来判断事物的属性,这种认识遮蔽了对艺术形象的把握,要想使艺术形象从错综复杂的现实生活及利益中抽象、凸显出来,为此要创造出一个超越现实的"幻象"世界。朗格援引席勒的"假象"予以说明,"席勒是最先指出为何'假象'或表象之于艺术是举足轻重的思想家。'假象'从所有实用目的中释放出了知觉以及随之而来的知觉力量,并让思考萦绕于事物的外观之上。艺术幻象的作用并不是'佯信'……而是'信'的搁置,关于感觉性质的思考"[②]。因此"幻象"并非我们日常寻求的具体且实际的事物,而是一种纯然虚幻的对象。

其次,"幻象"又不只是虚幻的形象,而是一种能够表现人类感受的符号形式。自恩培多克勒至苏珊·朗格对"幻象"的考察,都认为"幻象"是一种虚幻的对象,甚至高尔吉亚、柏拉图、席勒等人在不同程度上意识到艺术的本质是虚幻世界的呈现,朗格的创新之处在于从符号层面解读"幻象"并由此建构起系统的艺术本质论。艺术创作是艺术家为他所认识到的人类感受赋形,这种抽象的形式是指"构成整体的某种排列方式",亦即"逻辑形式"[③]。但艺术形式不同于把握一般事实的逻辑推理形式,而是能够表现人类动态的主观经验的复杂形式,故而又被称作"有意味的形式"或"表现性形式"。艺术家为感受赋形是通过创造"幻象"来进行的,"以幻象或类幻象(quasi-illusion)为媒介的范例化使事物的形式(不仅指形状,而且指逻辑形式,比如事件的重要程度,运动的不同速度等)抽象地呈现自身。"[④] 艺术形式的抽象和"幻象"的创造具有共时性,艺术家自艺术创作开始就在创造"幻象",所谓"表现人类感受的符号形式的创造"实则是"幻象"的生成,因此艺术形式"就是艺术家所说的'有意味的形式'或'表现性形式',它并不只是一种抽象的结构,而是一种

---

① [英] 贡布里希:《艺术与错觉》,杨成凯、李本正、范景中译,广西美术出版社2012年版,第6页。
② Susanne K. Langer, *Feeling and Form*, New York: Charles Scribner's Sons, 1953, p.49.
③ Susanne K. Langer, *Problem of Art: Ten Philosophical Lectures*, New York: Charles Scribner's Sons, 1957, p.16.
④ Susanne K. Langer, *Feeling and Form*, New York: Charles Scribner's Sons, 1953, p.51.

幻象。"①

再则，对"幻象"中真理性的揭示，"幻象"最终落实为与生命机体的结构具有逻辑类似关系的生命形式，呈现出恒久的生命本质。朗格认为类似是对不同事物的共同形式识别，符号和所象征的事物之间必须具有某种共同的逻辑形式。"幻象"作为人类感受的符号形式，根本而言是人类内在生命的外在投射，与生命机体的结构存在逻辑类似关系。② 这种逻辑类似是特征上的象征性联系，表现为有机统一性、运动性、节奏性、生长性四个方面。有机统一性是指生命机体的每一组成部分都紧密联系在一起，部分之间的结合具有难以言表的复杂性、严密性与深奥性；艺术符号是单一的有机结构体，其中每一种成分都不能离开结构体而独立存在，作为艺术符号的构成要素的艺术中的符号只能在整体中实现存在价值。运动性是指生命机体内部的细胞组织处于再生与死亡的循环过程，这种持续的循环使生命机体呈现出一种运动的状态；就绘画等视觉艺术而言，线条与空间的生长体现出一种动态样式，这种动态感是艺术的能动形式。节奏性是连续事件的机能性，有开端和结尾的变化过程，生命机体得以持续不断地发展在于通过不同方式的节奏有序进行生命交换活动；无论是动态艺术中小说情节的起伏、人物情感变化的落差，还是静态艺术中布局形态的尖锐与缓和，都体现出这种节奏性特征。生长性是生命机体生长、发展与消亡的规律；音乐中的生长性体现在从音乐呈现到结束的整个连续过程中。正是"幻象"与生命机体结构的相似性，"才使得一幅绘画、一首歌曲、一首诗歌区别于一件普通的事物——使它们好像成为一种生命形式"③。艺术虽为"幻象"，但并非虚假之物，在于它源自人的内在生命表达，又回归生命本身，昭示并确证人类生命的本真状态，展现了生命的自由舒展状态。索拉·拜耳认为，"符号形式之所以是生命形式，因为生命具有推动符号形式生成的动力。生命的基本特征在于，'形式原初便存在其中'并以符号形式为中介'回归到生命本身'。生命转向形式并非转向某种和自身分离的、远距离的东西，而是返回生命本身，实现了生命本质。"④ 因而"幻象"所呈现的不是某种个体的、当下的生存经验，而是普遍性、共性的生命本质，指向人类生命所共有的"一种基本模式"（a fundamental pattern）⑤，使我们在现实中模糊体验到的生命变得澄明起来。

---

① Susanne K. Langer, *Problem of Art: Ten Philosophical Lectures*, New York: Charles Scribner's Sons, 1957, p. 26.

② 在朗格看来，感受是一种集中、强化了的生命，"它们就像是生命湍流中最为突出的浪峰"。参见：Susanne K. Langer, *Problem of Art: Ten Philosophical Lectures*, New York: Charles Scribner's Sons, 1957, p. 46。因而感受和生命之间具有同一性，"幻象"对人类感受的表现就是对人类内在生命的呈现。

③ Susanne K. Langer, *Problem of Art: Ten Philosophical Lectures*, New York: Charles Scribner's Sons, 1957, p. 58.

④ Thora Ilin Bayer, *Cassirer's Metaphysics of Symbolic Forms: A Philosophical Commentary*, New Heaven and London: Yale University Press, 2001, p. 58.

⑤ Susanne K. Langer, *Philosophy in a New Key: A Study in the Symbolism of Reason, Rite, and Art*, The New American Library, 1954, p. 58.

综上，朗格在承袭西方美学史上对虚幻对象和实存具体事物的区分的基础上，肯定"幻象"是一种纯然虚幻的对象，进而将"幻象"看作是表现人类感受的符号形式，使之具有符号内涵并构成艺术本质。通过将"幻象"落实为与生命机体的结构具有逻辑类似关系的生命形式，使其呈现出恒久的生命本质，最终指向对真理的认识，实现了对"幻象"概念的重构。

三 "幻象"、"意象"与艺术创造

"意象"是中国美学史上的核心概念。中国艺术所追求的世界，不是物理的实存世界、抽象的理念世界，也不是单纯的形式世界，而是充满生机、意蕴和情趣的"意象"世界，由"观物取象"到"立象尽意"再到"意象"，是认识和把握中国美学史的一条重要脉络。那么，"幻象"和"意象"有着怎样的联系和区别呢？

首先，"幻象"和"意象"在中西美学中都被看作艺术创造的关键要素。朗格在 Feeling and Form 中认为艺术的中心论题是创造"幻象"，并用多至五分之四的篇幅加以考察。以物质实体呈现出的艺术作品本身与日常事物别无二致，都是现实世界中的物理对象，但"幻象"却赋予艺术作品更为深广的意义——不是单纯的材料安排而成为感受符号。一双由皮革制成的皮鞋，皮革是原本便存在的事物，即使皮鞋经过裁剪、抛光等制作工艺后具有特定的名称与属性，但它仍然只是皮革制品。在绘画中，艺术家运用的画笔、画布、颜料虽取材于现实世界，但经过特定排列组合后的作品却不是单纯的构造物，而是使鉴赏者感知到一种空间幻象，认识到其中内含的生命意蕴，因而艺术的本质就在于始终是某种创造出来的东西，呈现出一个"幻象"世界。同样，中国美学将"意象"的生成视作艺术作品的最高理想，陈望衡认为中国古典美学的审美本体论系统以"意象"为基本范畴[①]；叶朗在梳理和总结中国古典美学史的基础上，提炼出"意象"这一核心概念，认为"意象是美的本体，意象也是艺术的本体"[②]。正是在"意象"世界中，人在与物的应目会心之际产生了超脱个体有限性而同体于自然、独与天地精神相往来的审美感受。因而艺术与非艺术的区分就在于这个作品能否呈现出一个"意象"世界，能否引导审美主体进入这样一个"意象"世界。

其次，"幻象"和"意象"都是艺术家通过对现实物象的摹写营造出独特的艺术效果，进而创造生成虚象。如前所述，若想将艺术作品从日常事物中区分出来，就要创造出一种与现实世界错位、仅为人的感知而存在的"幻象"。"幻象"在非真实的情况下赋予形式以新的呈现，使其脱除在真实事物中的正常显现而为人所知，因而"幻象是一种纯粹虚幻的'对象'"[③] 但从"幻象"的生成来看，它又不是完全脱离现实物象

[①] 陈望衡：《中国古典美学史》（上卷），江苏人民出版社2019年版，第1—2页。
[②] 叶朗：《美在意象》，北京大学出版社2010年版，第57页。
[③] Susanne K. Langer, *Feeling and Form*, New York: Charles Scribner's Sons, 1953, p. 48.

的存在，艺术家以特定方式排列组合艺术中的符号来创造"幻象"，这些艺术中的符号是以现实物象为原型，再经过艺术家的想象虚构作为构成要素参与到"幻象"的创造中，比如文学作品中的人物形象、绘画作品中的花卉植被等。因此，现实物象作为一种间接因素为艺术创造提供素材，构成了"幻象"生成的必要条件。"意象"也是一种无中生有的创造，"雁飞残月天""皎皎空中孤月轮"所描绘的月亮都承载着诗人的情意，但现实世界中的月亮并不具有欢愉悲伤之情，只是一个客观实在物，因而诗中的月亮都是不存在于现实生活中的虚幻之象，正如章学诚在《文史通义·易教下》所言的"人心营构之象"。但"人心营构之象"无法脱离"天地自然之象"而自存，没有现实中的明月，便不存在诗中之月。审美主体体悟特定物象时感发出情感，借助想象力调动已有的审美经验和审美理想，在乘物游心中生成"意象"。因此，"意象"虽是虚象，但不离实象，是主体依托特定物象与自身情意相融合所创造出来的新形象，是"有形之象"与"无形之象"的统一。

再则，"幻象"和"意象"都是情感的呈现形式。格式塔心理学美学认为，艺术作品能给人以美感是因为艺术形式中力的结构和某种人类情感活动的力的结构具有异质同构的关系。以"异质同构"理论为支撑，朗格解答了"幻象"何以表现感受的问题，"幻象"是一种和生命机体的结构存在逻辑类似关系的生命形式，这种"符号形式和某种生命经验的形式的和谐一致，必须通过格式塔的力量来直接知觉。"[①] 舞蹈能够表现人类感受是因为舞蹈动作所呈现的力的结构与人类的感受结构具有同一性。实际上，朗格将"幻象"看作生命形式，就是要使这种和生命机体的结构具有同构关系的形式表现出蕴含的人类感受，使人们获得对这种感受的认识。同样，在"意象"的创构中，"物"原本是外在于人的物质实体、无生命的死寂存在，但主体将自身生气灌注到"物"之中，二者相交相融，由此生成的"意象"则是活泼泼的。因此，虽然主体受客观之物的触动会生发出不同情感，但"意象"始终是一个浸透着艺术家情意的生命空间、情感结构。艺术家在这个情感结构中抒发内心情怀，聊写胸中意气，所谓"遭际兴会，抒发性灵"，即是此意。

四 "幻象"、"意象"与艺术本质

尽管在中西美学史上，"幻象"和"意象"都被看作艺术的本体，或被视为美感得以产生的本体，但二者的意涵大相径庭。在跨文化的视野下，对这两个重要概念进行辨析、划定边界，揭示出"幻象"概念的核心内涵和内在矛盾有助于我们多维度理解朗格的思想及其局限性。

首先，情感是"幻象"的本质，也是"意象"的本质，但中西美学中的"情感"

---

① Susanne K. Langer, *Feeling and Form*, New York: Charles Scribner's Sons, 1953, p. 59.

内涵不同。朗格所指的"情感"一般译作"感受"（feeling）①，其内涵至少包含两个层面：一是个体的某种具体感受（one's feelings），即"自我表现"或"症兆性表现"；二是抽象的感受观念（the idea of feeling）或感受概念（the concept of feeling），即人类感受（human feeling），这两者是具体和抽象、一般和个别的关系。就像在呈现出同一所"房子"的照片、绘画、铅笔素描图、建筑的正面图和施工图表中，尽管它们存在显著差异，但由于都具有一种"部分和部分之间的相同关系"，我们能从中抽象、识别出同一所"房子"。这也即是说，"众多概念（conceptions）包含着同一概念（concept）"。② 朗格认为，"概念（concept）是符号真正要传达的一切。"③ 正如语言意指的是事物和事物之间的概念而非事物本身，艺术表现的是抽象的感受概念而非个体的某种具体感受。艺术家对感受的表现不同于大发牢骚的政客或号啕大哭的婴儿，因为"自我发泄、自我表现严格地讲是一种暂时、个别的情感流露，它没有普遍性和典型性，自然没有概念的抽象"④。然而，尽管人类感受超越了个体的感性经验和私人差异，它仍是难以呈现和传达的，哪一种人类感受能够在一件艺术作品中不借由艺术家的具体感受来实现呢？中国"意象"理论中的情感强调的是具有深厚历史感的、个性化的情感⑤，这种情感具有鲜明的个性色彩，面对同一物象，不同艺术家因人生阅历、性情、当下环境的差异会产生不同情感。例如杜甫的诗中"雨"的意象，时而是"随风潜入夜，润物细无声"的"喜雨"，时而是"床头屋漏无干处，雨脚如麻未断绝"的"愁雨"，但"喜雨"也好，"愁雨"也罢，"意象"中艺术家的情感又不局限于这种私人性、狭隘性，而是超越当下一己之利害，"总天下之心、四方风俗以为己意"，由于"他的精神总是笼罩着整个的天下、国家，把天下、国家的悲欢忧乐凝注于诗人的心，以形成诗人的悲欢忧乐，再挟带着自己的血肉把它表达出来"⑥。这就是"得性情之正"，这才是"意象"理论中情感的本质。刘若愚就此指出："中国诗人表现个人的情感，但他们常常能超越于此，他们把个人的情感放在一个更为广阔的宇宙或是历史的

---

① 在《汉语大词典》中，"情感"的名词含义解释项为"人受外界刺激而产生的心理反应，如喜、怒、悲、恐、爱、憎等。"参见：汉语大词典编纂处编《汉语大词典》（第7卷），汉语大词典出版社1991年版，第583页。然而"感受"的内涵比"情感"更为广泛，即一切可以被感受到的事物，"不仅包含感官知觉到的身体感觉，也包括情绪、感情和态度，甚至包括人类的意识，绝不限于那些与愉悦感或不愉悦感类似的同级情感。"参见：朱俐俐《被重构的织物——苏珊·朗格关于感受的思想及其内在矛盾》，《中南大学学报》2020年第3期。

② Susanne K. Langer, *Philosophy in a New Key: A Study in the Symbolism of Reason, Rite, and Art*, The New American Library, 1954, p. 58.

③ Susanne K. Langer, *Philosophy in a New Key: A Study in the Symbolism of Reason, Rite, and Art*, The New American Library, 1954, p. 58.

④ 刘大基：《人类文化及生命形式——恩·卡西勒、苏珊·朗格研究》，中国社会科学出版社1990年版，第78页。

⑤ 朱利安认为中国画是一种通过"非个性化""非特征化"而不断向"未分化的内在性"返回的"非一画"，具有"个性化"和"非个性化"一体共存的特征。参见：[法]朱利安《大象无形：或论绘画之非客体》，张颖译，河南大学出版社2017年版，第366页。

⑥ 徐复观：《中国文学精神》，上海书店出版社2006年版，第2页。

背景上来观察，因而他们的诗歌往往给人以普遍的而非个人的印象。"①"意象"中这种带有深厚历史感的个性化情感正是中国美学的重要特点。

其次，"幻象"和"意象"的生成原因和内在主导要素不同。虽然朗格试图克服表现主义美学重视艺术家的情感表现和形式主义美学重视艺术作品中的形式因素的理论局限，将感受和形式统一在"幻象"中，但从"幻象"的生成来看，二者的地位并非对等。艺术是主观现实的对象化，一定要有形式的呈现才能表现感受，但这种形式是以感受为核心抽象出来的，即艺术家要为所认识到的人类感受创造出一种与生命机体的结构存在逻辑类似关系的呈现形式。如果没有这种感受，朗格提出的"有意味的形式"就落入贝尔空有形式而无实际意味的"有意味的形式"的窠臼中。因而"幻象"以感受为核心，感受相较于形式具有先在性、主导性。"意象"则以"感物"为基础，是物色调动艺术家的情感和兴致进而产生了创作的欲望，"是以诗人感物，联类不穷……属采附声，亦与心而徘徊"②，"若乃春风春鸟，秋月秋蝉，夏云暑雨，冬月祁寒，斯四候之感诸诗者也"③，都深刻指出"感物兴情""物在情先"的文艺创作规律，"物在情先是文学艺术创造和审美体验过程中的真实存在，这种真实存在业已成为一种固定的模式"④。因此，"意象"的生成以艺术家即景会心为前提，"物"相较于情感具有先在性、主导性。

再则，"幻象"和"意象"中"象"的意涵不同。苏珊·朗格将艺术定义为"表现人类感受的符号形式的创造"，这仍是延续了柏拉图的"美是理式"、黑格尔的"美是理念的感性显现"等西方传统美学对美的本质思考的形而上路径，试图寻求作为实存的具体对象而存在的艺术本质，将"幻象"视作一种对象化的形象。"幻象"一旦生成便是落实于具体的艺术作品、独立于艺术家的客观存在，就像在绘画中"创造出了一种独立存在、具备一定形式的空间"。⑤ 鉴赏活动只是为知觉到"幻象"表现的感受内容，并不参与"幻象"的建构。但"意象"审美恰恰是从有形之象升华为无形之象、从对象性的象转化为"非对象性"的象。朱利安曾深刻指出中国绘画这种"非对象化""非客体性"特征。中国绘画的形象，往往规定最少、限制最少、形式也最少，但却可以通向最丰富的、最无限的、最本源的存在，绘画在某种意义上就是由实入虚、从有形到无形、从有限到无限的中介，"它们并不提供一种再现目标，而是推动构型上的——能量式—灵性上的——部署。在我看来，中国文人风景便包括了这点。中国

---

① [美]刘若愚：《中国文学艺术精华》，王镇远译，黄山书社1989年版，第2页。
② （南朝梁）刘勰：（清）黄叔琳注，（清）李详补注，杨明照校注拾遗：《文心雕龙校注》，中华书局2021年版，第625页。
③ （南朝梁）钟嵘：《诗品全译》，徐达译注，贵州人民出版社2021年版，第17页。
④ 李健：《中国古代感物美学的"感物兴情"论》，《首都师范大学学报》2018年第6期。
⑤ Susanne K. Langer, *Problem of Art: Ten Philosophical Lectures*, New York: Charles Scribner's Sons, 1957, p. 32.

文人并不描述具体物的种种具体化过程;它所描绘的是生机载体,而非视觉客体"[①]。艺术创造和审美都离不开感性形象,"大象无形"也好,"大音希声"也好,这是一个由物我两分的感性欣赏到超越感性的"神与物游",最后走向"忘象""忘音"的"会心""得意"的过程,也就是主客之间由物我对立的关系走向与物俱化、物我合一的"非对象性"关系。

结　语

综上所述,结论如下。首先,作为表现人类感受的符号形式,"幻象"是一种纯然虚幻的对象,本质上是和生命机体的结构存在逻辑类似关系的生命形式。通过对"幻象"的构成要素、发生条件和核心内涵的剖析,我们不难发现"幻象"理论在内在逻辑上的矛盾和紧张,朗格所说的生命结构包括低级动物的生命结构到人类感受这样复杂高级的生命结构,这就存在一个逻辑悖论:如果"幻象"也与低级动物的生命形式存在同构关系,没有意识、没有人类感受的生物体又是如何感知到艺术的生命意蕴的呢?这样的"艺术"又是谁创造出来的呢?实际上,人类生命与低等动物的生命有显著差异:人类生命除了有感受和生理活动,如血液循环、呼吸、欲望等,还有感知能力、意识、判断、联想、思维乃至创造能力等;低等生物没有神经系统的集中化和对表象群的完善的综合能力,因而不能形成统一的意识,也不能对碎片化的形式进行综合理解、把握以及重组、创造,其神经活动是一种纯粹的自动机,其感觉、表象和意志完全是机械发生的。从"生命形式"到"幻象"生成的逻辑建构上,朗格的美学理论存在不少自相矛盾的局限性。

其次,在中西比较的视域下,对"幻象"和"意象"之间的关联性和差异进行辨析,厘清其内涵很有必要。第一,"幻象"中的感受不是艺术家的自我表现,而是他所认识到的人类感受;"意象"中的情感强调是带有深沉历史感的个性化情感。第二,"幻象"以"感受"为核心,感受相较于形式具有先在性、主导性;"意象"以"感物"为产生基础,"感物兴情""物在情先"是"意象"生成的前提。第三,"幻象"是一种对象化的形象,作为艺术的本体是预成的;"意象"是从有形之象升华为无形之象、从对象性的象转化为非对象性的"象"。由"幻象"所呈现的西方美学是一种认识论美学,较为重视幻象和真理的关系,以"感受"作为认识真理的起点,"幻象"让人类的生命本质变得澄明;由"意象"所呈现的中国美学是一种体验论美学,较为重视意象和情感的关系,"意象"只有在主客合一、物我两忘的情况下才能发生。我们应准确使用"幻象"和"意象"概念,划定二者边界。

另外,19世纪以来,在西方文艺美学思潮的冲击和压迫下,中国美学、文论研究

---

① 〔法〕朱利安:《大象无形:或论绘画之非客体》,张颖译,河南大学出版社2017年版,第368—369页。

因主体性"塌陷"而陷入"失语症"、依赖症的困境,似乎中国传统美学资源从概念到范畴,从理论到结构只有经过西方文艺理论的揭示和裁剪,"才有进入当代中国知识世界的合法性"[①]。苏珊·朗格在现代文化语境下重构"幻象"概念,将"幻象"立足于人的知觉等层面,使其作为一种表现形式传达出荷载的人类感受,由此建立起艺术和感受、真理之间的关系,揭示了艺术本质,这对我们从构成要素、发生原因乃至价值内涵上重建中国文化的主体性、重构中国美学的本体论有重要意义。从跨文化交流的意义来讲,"幻象"和"意象"在中西美学史上有多重意涵,至今仍具有很强的理论解释效力,它们可以也应当成为我们重构中国现代美学、艺术理论的重要资源。朱光潜曾提出"用西方诗论来解释中国古典诗歌,用中国诗论来印证西方诗论"的中西互证法来研究中西美学[②],钱锺书也指出中西交流无不以"打通"为准绳,以寻求中西共同的诗心文心[③],通过跨文化对话不仅能揭示二者的差异性,更重要的是让思想回归自身,在平等对话过程中创建新的美学理论和话语体系,在新的文化语境中重审传统概念、范畴并赋予其更丰富、开放的意涵,这才是中国美学、文论现代转型的必由之路。

[①] 曹顺庆、王超:《论中国古代文论的中国化道路——对"中国文学批评"学科史的反思》,《中州学刊》2008年第2期。
[②] 朱光潜:《朱光潜全集》(第3卷),安徽教育出版社1987年版,第331页。
[③] 季进:《钱锺书与现代西学》,复旦大学出版社2011年版,第174页。

喻象与语境
——余宝琳中西诗学阐释传统比较

李张怡*

(武汉大学文学院　湖北武汉　430072)

摘要： 余宝琳将中国传统的诗歌阐释方式归纳为"语境化解读"，认为这一传统虽然与西方讽喻传统大相径庭，却与另一非主流阐释传统"喻象式解读"十分相似。喻象式解读诞生于《圣经》阐释，被奥尔巴赫用于但丁《神曲》的研究，从而推广至整个文学领域。与语境化解读类似，喻象式解读中诗歌的形象世界具有现实性，而意义世界则具有历史具体性，二者的相似使中西诗学阐释传统的对比有了共通的基础。余宝琳进一步提出语境化解读与喻象式解读的三大差异，包括被解读的对象与解读出的内涵中有无自然意象、有无时间间隔、有无等级秩序等，每一项差异都连接着解读方式背后的文化内涵。语境化解读之所以能够成为中国诗学阐释传统中的主流，并且历经千年而不衰，正是因为其内部的文化支撑，即传统的一元论宇宙观所主导的"合"的观念与"类"的假设。

关键词： 喻象；语境化解读；余宝琳；诗学阐释

在研究中国古典诗学时，余宝琳擅长引入西方传统作为参照，从而打开比较的视野。她十分排斥将西方诗学传统中的理论框架及术语概念直接套用在中国诗歌阐释当中，而更加倾向于在比较中发现中国诗学的民族特性，并在此基础上建立属于中国的独特话语体系。在《中国诗学传统中意象的读法》(*The Reading of Imagery in The Chinese Poetic Tradition*) 一书中，余宝琳提出了一个重要观点，即中国传统的诗歌阐释方式是一种"语境化"(contextualize) 的阐释，它不同于西方主流的讽喻性 (allegorical) 传统，并不会将诗歌解读为虚构的产物，而是试图还原诗歌创作的历史背景和时代语境。与此同时，她特别指出，欧洲中世纪阐释传统中存在一个十分重要的概念——喻象 (figura)，她将这一传统与主流的讽喻传统进行了对比，并且将这一概念所涉及

---

* 作者简介：李张怡（1998—　），河北邯郸人，武汉大学文学院硕士研究生。

的方法论的辨析作为研究中国诗歌阐释传统的前提与参照。本文将分别梳理喻象式解读与语境化解读的历史发展与理论结构，发掘二者的相似之处，并在此基础上进行对比，思考语境化解读作为中国传统的诗歌阐释方式所蕴含的独特的文化性格。

一　西方的喻象阐释传统

根据奥尔巴赫的研究，"figura"原本是一个拉丁语词汇，最早出现在古罗马喜剧作家泰伦提乌斯（Publius Terentius Afer）的《阉奴》（Eunuchus）中，意为"立体造型"。公元前1世纪，受到希腊化的影响，"figura"一词的词义开始发生改变，瓦罗（Marcus Terentius Varro）、卢克莱修（Titus Lucretius Carus）与西塞罗（Marcus Tullius Cicero）三位学者发挥了重要作用。瓦罗将其用于对译"schēma"（希腊人常用此单词指语法、修辞、逻辑、数学、天文等科学术语的形式）、"typos"（有印迹、通用、规定、示范等义）等词，使之逐渐衍生出"塑像""意象""肖像"等含义。卢克莱修进一步赋予"figura"希腊哲学色彩，使其获得"模型""幻象""原子"等义，将"figura"从凝固的具体造型中解脱出来。西塞罗的贡献最为显著，他以"figura"表示一切的"形"，无论平面或是立体，并且将其纳入修辞学术语的范畴当中；但此时的用法与"喻象"相去甚远，只是用来指代文辞的"体"，如"figura gravis, mediocris, extenuata"分别对应文章的"壮丽体、适中体、简约体"[1]。

公元1世纪，"figura"再次迎来重要转变，昆体良（Marcus Fabius Quintilianus）在《雄辩术原理》中使用"figura"一词表示"辞格"，这一用法与西塞罗的区别在于，"figura"不再泛泛地居于文章层面，仅作为文辞"形式"或"状态"的代称，而是触及话语的意义表达本身，具有更精确的定性，即包括转义（tropes）在内的"一切非字面（non-literal）或间接的表达形式"[2]。昆体良将转义与辞格的区别规定为是否存在词语替换，转义是严格意义上的由词语替换所造成的非字面表达，是"一个词语从其妥帖的意义到另一个妥帖意义的艺术性转变"[3]，而辞格则是普遍的话语构造，如奥尔巴赫所说，辞格应包含转义等一切间接的话语表达形式。至此，"figura"一词获得了方法论层面的含义，可作为某种"方法"被应用于文章创作或评论当中。

公元2世纪末3世纪初，基督教神学家德尔图良（Tertullianus）在阐释《圣经》时频繁使用"figura"一词，用意为"兆象"，即后来之事的谶兆。这一含义的获得，可从"figura"的最初含义一窥究竟。经过漫长的发展，"figura"的含义不断扩充，但

---

[1]　[德]埃里希·奥尔巴赫：《"喻象"的释义与考辨——一段概念史》，林振华译，《跨文化研究》2018年第2期。
[2]　[德]埃里希·奥尔巴赫：《"喻象"的释义与考辨——一段概念史》，林振华译，《跨文化研究》2018年第2期。
[3]　[英]泰伦斯·霍克斯：《隐喻》，穆南译，北岳文艺出版社1990年版，第22页。

"形""象"等原始意义并未完全消失，随着深入哲学、文学、神学等领域，其意义在"形""象"的基础上得到进一步界定。因此，在《圣经》阐释的语境中，"figura"的意义被限定为"某种真实的历史的事件，它所报传的事件也是真实的历史的"①，即《圣经》中具有预兆功能"形"和"象"。尽管奥尔巴赫并未说明德尔图良将"figura"作为"兆象"使用的依据，但从该词的发展历程来看，对译是获得新意义的有效途径。弗莱指出，保罗在《罗马书》中将亚当称作基督的"typos"，而标准的拉丁语译文则将之替换为"figura"，意为"《旧约》中所发生的事，皆是《新约》之事的'象'或'预兆'"②。余宝琳也将"figural"与"typological"（预表的）并提，称"喻象性（figural）或预表性（typological）的阐释主要用于《圣经》中，来表明旧约中的人物和事件是如何预示着新约中的人物和事件的"③。种种迹象表明，"figura"之所以被用于《圣经》阐释并获得"兆象"之义，很有可能是因为对译希腊文中的"typos"一词。

更加复杂的问题是，为何将"figura"译为"喻象"，而非依照"typos"译作"预表"或仅仅取其征兆之义译作"兆象"？

首先，"figura"作为一种《圣经》阐释术语，并不能简单等同于预兆，换言之，"figural"解读并不能概括为征兆式的解读。继德尔图良之后，奥古斯丁进一步丰富了"figura"的内涵。据奥尔巴赫所说，奥古斯丁"希望将'figura'作为具体事件从时间中完完整整地剥离，并置于永恒视界"，具体表现为《圣经》"四义说"的提出，即对类比义（永恒的暗示）、字面义或历史义（对事实的重述）、兆象义（对未来事件的预言）、道德义（对我们所行的命令或建议）④。奥尔巴赫将第三重意义称为"狭隘的兆象义"，这说明"兆象"只是"figura"一词意义集合中的子集，而"figura"除对《圣经》进行兆象式阐释这层含义之外，还具有某种永恒性。不仅如此，"figura"还包含抽象的道德训示，正如余宝琳所说，奥古斯丁坚守"figural"的解读模式，拒绝纯粹的抽象讽喻模式，但并不排斥在确保解读的现实性与历史具体性的同时，进行某种具有道德讽喻意义的解读⑤。因此，使用"兆象"来概括"figura"未免有些不够全面。

其次，"figura"式的阐释方法虽来源于《圣经》，却并不局限于其中，正如奥尔巴

---

① ［德］埃里希·奥尔巴赫：《"喻象"的释义与考辨——一段概念史》，林振华译，《跨文化研究》2018 年第 2 期。

② ［美］哈罗德·布鲁姆：《文章家与先知》，翁海贞译，译林出版社 2016 年版，第 31 页。此处为转引，布鲁姆未标明出处。

③ Pauline Yu, *The Reading of Imagery in the Chinese Poetic Tradition*, Princeton: Princeton University Press, 1987, p. 23.

④ ［德］埃里希·奥尔巴赫：《"喻象"的释义与考辨——一段概念史》，林振华译，《跨文化研究》2018 年第 2 期。

⑤ Pauline Yu, *The Reading of Imagery in the Chinese Poetic Tradition*, Princeton: Princeton University Press, 1987, p. 24.

赫曾以此方式解读但丁的《神曲》;"预表"则不同,这一术语所代表的意义是对《圣经》阐释方法的专指,如赖若瀚在《十步释经法》中指出:"'预表'是圣经中独有的文体,是其他文学著作所没有的。"[①] 不仅如此,"预表"作为一种《圣经》阐释方法,其重要意义在于统一《新约》与《旧约》以及调和主张讽喻解读的诺斯替主义与主张字面解读的马西昂主义之间的矛盾,也就是一种维护《圣经》整体统一性的阐释策略[②]。如果用"预表"来指代"figura",关注的重点将被放置在阐释行为或阐释目的上,反而会遮蔽"figura"所强调的"具体事件"本身,即抹杀"figura"一词原本的"形""象"之义。

取"喻象"作为"figura"的中文名称,有如下两点优势:第一,"喻"所涵盖的意义十分宽广,任何明喻、暗喻、隐喻、讽喻等间接表达形式都属此范畴,而"figura"式的解读恰恰意味着对书中人物或事件进行历史与永恒、具体与抽象等多重维度的阐释,"喻"能够很好地概括出阐释对象的内涵性与发散性;第二,"喻"在中国传统中往往具有很强的诗学意味,尤其与比、兴等诗学术语关联密切,如郑玄所说,"兴,见今之美,嫌于媚谀,取善事以喻劝之"[③],因此,将"figura"译作"喻象"既能突出它被用于文学解释所具有的诗性特征,也便于和中国诗学的阐释传统形成对话。但需要注意的是,本文着重探讨的"喻象",是指针对文学作品中的人物、事件等形象进行"预兆—应验"解释时该形象所属的名类,这种解读方法被称为"喻象式解读"。也就是说,"喻象"是从阐释角度而非创作角度提出的命题。

虽然喻象式解读与《圣经》关系密切,但本文并不希望将这种解读方式严格控制在《圣经》文本之内进行讨论。一是奥尔巴赫曾以此对但丁的《神曲》进行了成功的阐释,已具有突破性的经验;二是比起喻象式解读的神学因素,余宝琳更注重对其诗学因素的挖掘,并由此触发了关于中国传统解读模式的思考,她指出,牢记西方传统中存在喻象式解读的可能,对于中国模式的考察十分重要[④]。因此,尝试突破《圣经》的神学视野,着力关注喻象式解读的诗学特性,更有利于探索余宝琳中西诗学阐释观念间的张力。

二 中国古典诗歌的语境化解读

余宝琳格外强调中西方诗学阐释方法的差异。她指出,西方以讽喻性解释为主,通过虚构的"在场之物"将读者的注意力引向"不在场之物",坚持解读的抽象性与

---

① 赖若瀚:《十步释经法》,新世界出版社2012年版,第314页。
② 姜哲:《从经学诠释学看汉代公羊学的"预表"特征》,《徐州师范大学学报》(哲学社会科学版)2010年第1期。
③ 郑玄注,贾公彦疏:《周礼注疏》卷23,《十三经注疏》,中华书局1980年版,第796页。
④ Pauline Yu, *The Reading of Imagery in the Chinese Poetic Tradition*, Princeton: Princeton University Press, 1987, p.24.

"他者性"①；而在中国诗学传统中，阐释的主流"倾向于将诗人的作品视为现实经验的文学记录，评论家可以从中建构出诗人的生平传记"，"他们并没有赋予诗歌以与其表象具有本质区别的他者性内涵——比如属于另一空间存在的内涵，而是揭示了诗歌所属的具体背景或特定语境"②。余宝琳以西方讽喻传统为参照，归纳出中国特有的阐释方法，并将其命名为"语境化"解读。需要明确的是，余宝琳的研究对象并非诗歌本身，而是历代文学评论家关于诗歌意象的解读，或者说，余宝琳旨在研究中国传统评论家的诗学理论，且重点关注诗论中涉及意象解读的部分。所谓"语境化"，是余宝琳关于中国诗学批评传统的判断，是由阐释者所组成的传统，而不代表诗人本身具有这样的创作初衷。

为了探究中国诗歌解读的语境化本质，余宝琳对"比""兴"两大术语在批评传统中的意义变迁进行了考察。

根据余宝琳的研究，"比""兴"最早见于《周礼》，与赋、风、雅、颂并称"六诗"，在《诗大序》中又被称为"诗之六义"。关于这六个术语的分类，孔颖达提出了赋、比、兴为"诗之所用"，风、雅、颂为"诗之成形"③的观点，此观点广为流行。宋代朱熹提出"三经三纬"说，同样将赋、比、兴分为一类，风、雅、颂分为另一类，前者为"三经"，是"做诗底骨子，无诗不有，才无，则不成诗"，后者为"三纬"，是"横串底，都有赋、比、兴"④。郭绍虞在《六义说考辨》中对这六个术语的性质进行了重新讨论，他表示，这六个术语在《周礼》与《诗大序》中的排列顺序均为风、赋、比、兴、雅、颂，显然与孔颖达、朱熹等人的分类不符，"愈分得清，也就愈讲不通"，因此不应拘泥于对这六个术语的分类，而应将其统一视作诗体⑤，这一观点得到许多现当代学者的支持。然而，余宝琳却反驳了郭绍虞的主张，她指出，"《毛诗》从分散在《诗经》各处的'风''雅''颂'中单另分离出116篇诗称为'兴'，这一事实表明，'兴'至少应被看作一种艺术技巧，而不是诗歌类型"，并且"在早期评论中，很难区分'兴'和'比'"⑥。不难看出，余宝琳并无意效仿孔颖达、朱熹等中国古代学者，对赋、比、兴、风、雅、颂进行分类，也无意追随郭绍虞的步伐，探究这六个术语在原始文献中的排列顺序与其在主流观点中的分类之间的矛盾关系，她的关注点在"比"与"兴"之上。相比于作为整体的"六义"的渊源，她更关心"比""兴"这两个术语

---

① Pauline Yu, *The Reading of Imagery in the Chinese Poetic Tradition*, Princeton: Princeton University Press, 1987, pp. 20-21.
② Pauline Yu, *The Reading of Imagery in the Chinese Poetic Tradition*, Princeton: Princeton University Press, 1987, p. 76.
③ 孔颖达：《毛诗正义》卷1，《十三经注疏》，中华书局1980年版，第271页。
④ 黎靖德编，王星贤点校：《朱子语类》卷80，中华书局1986年版，第2070页。
⑤ 郭绍虞：《六义说考辨》，朱东润编：《中华文史论丛》（第七辑），上海古籍出版社1978年版，第211—212页。
⑥ Pauline Yu, *The Reading of Imagery in the Chinese Poetic Tradition*, Princeton: Princeton University Press, 1987, pp. 57, 59.

本身的发展线索。

余宝琳强调，虽然在最初记载中比、兴与赋、风、雅、颂并称为"六诗"，但其进入传统的契机却与另外四个术语不同，"比和兴这两个术语直到公元前2世纪才在文献中明确出现"，虽然与最早的诗集《诗经》密切关联，实际上却是产生于"晚期（晚于屈原）的一种阐释想象"[①]。为了佐证这一观点，余宝琳分析了大量《诗经》和《楚辞》的评论文献，通过对比《楚辞章句》与《毛诗正义》，她发现，早期的《诗经》评论家（王逸以前，如《毛诗序》）在对诗歌意象进行阐释时，并不会特意强调诗歌意象的比附（comparative）功能，而王逸在《楚辞章句》中却常常使用"喻"这一术语来突出意象"比"的特征，受其影响，郑玄在为《诗经》笺注时频繁使用"喻"来阐释意象。因此，余宝琳认为，屈原在《楚辞》中的意象实践以及王逸等人的评论，极有可能影响了后来评论家对《诗经》意象的观点[②]。换言之，传统意义中的比兴概念实际上是源自阐释文本的批评术语，对于《诗经》的创作甚至《楚辞》的创作都有相对的滞后性，而并非《诗经》和《楚辞》这两大诗歌源头在创作之初有意遵循的诗歌技巧，比兴不应也无法参与"六诗"或"六义"的分类。

此处需要解决的问题是，比、喻、兴三者究竟是何种关系？余宝琳将"比"和"喻"一并译为"comparison"，用于体现这两个术语的同一性，尽管二者以不同的名称存在于《诗经》和《楚辞》的评论文本中，但在使用时却没有本质区别。例如，王逸在《离骚经序》中说："《离骚》之文，依《诗》取兴，引类譬喻，故善鸟香草，以配忠贞；恶禽臭物，以比谗佞……"[③] 其中的"配""比"均属"引类譬喻"的范畴，又被王逸与"兴"相关联，便可以这样理解，"兴"与"比"就是"引类譬喻"。余宝琳认为，"兴"与"比"均有"喻"的属性，这种共同属性来源于对《易经》中"类"假设的应用，即"本乎天者亲上，本乎地者亲下，则各从其类也"[④]。余宝琳将此假设解释为"万事万物都可以分别归属于一个或多个非互斥的、先验的和自然的类，……类并非一个静态的集合，而是预设各个组成元素之间的互动和共鸣"[⑤]。也就是说，"兴"与"比"均是依靠"类"的存在来利用意象实现"喻"的功能的。余宝琳进一步指出，兴区别于比的"唯一要素，似乎是其唤起某物、激发读者的功能"[⑥]，这也是她将"比"与"喻"译为"comparison"而将"兴"译为"stimulus"的原因。

---

① Pauline Yu, *The Reading of Imagery in the Chinese Poetic Tradition*, Princeton: Princeton University Press, 1987, p. 114.
② Pauline Yu, *The Reading of Imagery in the Chinese Poetic Tradition*, Princeton: Princeton University Press, 1987, p. 115.
③ 《离骚经章句》，洪兴祖撰：《楚辞补注》卷1，中华书局1983年版，第2—3页。
④ 孔颖达：《周易正义》卷1，《十三经注疏》，中华书局1980年版，第16页。
⑤ Pauline Yu, *The Reading of Imagery in the Chinese Poetic Tradition*, Princeton: Princeton University Press, 1987, p. 42.
⑥ Pauline Yu, *The Reading of Imagery in the Chinese Poetic Tradition*, Princeton: Princeton University Press, 1987, p. 59.

至此，有两个前提十分明确：第一，比、兴作为"诗之六义"中的"二义"，是来源于诗歌阐释文本中的术语；第二，传统评论家以"比"或"兴"来判断诗歌意象时，基于一种先验的、预设的"类"哲学。正是由于"类"的假设，被阐释的"象"与"意"均为非虚构的、具体历史的存在。无论是《诗经》《楚辞》还是后世诗歌，评论家们在使用比、兴进行阐释时，都十分注重这两大术语所蕴含的现实指向性，即说教性和情感性[①]，前者包括对现实政治、历史事实的讽刺与批判，从而实现对读者的教化，后者则是对个人经历的呈现以及个人情感的抒发。余宝琳强调，中国传统评论家在对诗歌进行解读时，偏好一种语境化解读，即赋予诗人的创作以及诗歌中使用的意象、呈现的情境以一个具体的语境。中国传统评论家对诗歌进行解读时，并不会将诗歌的所指置于另一个与现实世界存在本体论差异的世界，诗歌的象与意（包括象外之象、味外之旨）都属于现实世界之内。换言之，以比、兴为批评术语所进行的诗歌阐释，实际上是依照"类"的关联来对意象代表的历史语境所做的还原。透过比、兴这两个术语在中国诗学传统中的地位，可以看出中国诗歌所具有的语境化解读传统。

三 中西诗学阐释传统的相似性

虽然余宝琳极力反对西方主流的讽喻传统对中国诗学的入侵，但这并不意味着她拒绝中西诗学阐释传统中的一切相似性。正如王万象所说，她是在"提醒我们要先了解欧美文学术语在其文化脉络中的意涵，然后才能有效地移植西论以为中用"[②]。《读法》第二章便提到，"中国传统的解读方式可能更接近预表（typology）而非讽喻"[③]，余宝琳的这一观点为中西诗学阐释传统的比较提供了依据。前文已经讨论过，所谓中国传统的解读方式实际上就是语境化解读，而预表则是西方传统中源自《圣经》阐释的一脉，被称为喻象式解读，前者基于"类"的假设对诗歌意象所属的历史语境进行还原，后者则试图在两件真实历史事件之间建立预言性的关联。可以说，现实性与历史具体性如同两杆标尺，衡量出喻象式解读与语境化解读的相似性。现实与虚构相对，是诗歌字面表达所构成的形象世界的不同性质，具体历史则与抽象理念相对，是诗歌意义世界的不同性质。

就形象世界的现实性而言，奥尔巴赫在《摹仿论》中将"figural"称为"古典时代晚期及中世纪基督教会的真实观"，并表示"事件间的关联主要不是被看作时间或因果

---

① Pauline Yu, *The Reading of Imagery in the Chinese Poetic Tradition*, Princeton: Princeton University Press, 1987, p. 60.
② 王万象：《中西诗学的对话——北美华裔学者中国古典诗研究》，台北：里仁书局2009年版，第286页。
③ Pauline Yu, *The Reading of Imagery in the Chinese Poetic Tradition*, Princeton: Princeton University Press, 1987, p. 65.

的发展，而是被看作上帝安排中的整体性，这个整体的各个环节及其不同的反映就是所有发生的事件；而这些事件在尘世上彼此间的直接联系是微不足道的"①。那么，喻象式解读同样代表着一种解读的真实观，虽然它在严格意义上被限定为《圣经》中人物或事件所具有的预兆属性，但在更大程度上则可以被理解为文学作品中的形象与意义的勾连实际上反映着"上帝安排中的整体性"，也就是说，诗歌的形象世界与意义世界属于一个现实的整体，形象与形象的表意方式均为自然的、现实的，而不具有任何虚构或捏造的成分。至于语境化解读，余宝琳曾表示，中国诗歌中形象世界的诞生具有明显的"刺激—反应"②模式，即诗人感于外物而创作艺术。类似的观点在中国传统诗论中屡见不鲜，如陆机《文赋》中的"遵四时以叹逝，瞻万物而思纷。悲落叶于劲秋，喜柔条于芳春"③，钟嵘《诗品》中的"气之动物，物之感人，故摇荡性情，行诸舞咏"④，以及刘勰《文心雕龙·明诗篇》中的"人禀七情，应物斯感，感物吟志，莫非自然"⑤等。诗歌是诗人感于现实之后的创作，形象世界在先，而意义世界在后，意义于形象中所得，二者均为现实。评论家对诗歌进行语境化解读的前提，就是肯定诗歌中形象世界的现实性，即诗歌传达了诗人在现实中的遭遇或感受，只有肯定诗歌的形象世界来源于某个现实语境，才能还原其语境并从中寻找诗歌的意义。

就意义世界的历史具体性而言，喻象式解读意味着评论家将被解读的文本投向某个具体历史的或终将成为具体历史的意义世界。奥尔巴赫将这种阐释方法用于但丁的《神曲》，称世俗加图是《神曲·炼狱》篇中加图的兆象，而诗中的加图为得到应验的真象，以及"历史的维吉尔是集诗人、先知、向导于一身的维吉尔之兆象"，诗中的维吉尔则是历史的维吉尔在彼岸世界的应验。并且，奥尔巴赫将喻象理论进一步推广至一切世俗事件，认为"世俗事件是未来将发生的神性现实之部分的预言或兆象。不过，这一现实并不仅仅是未来；它总是存在于上帝眼中和彼岸世界"⑥。可以这样理解，以喻象式解读阐释诗歌时，所谓的"喻象"有两层含义：第一，诗歌中的形象世界是世俗世界的应验，对其进行喻象式解读就意味着发掘诗歌意象背后的现实征兆；第二，诗歌中的形象同时也是对永恒真理的模仿，对诗歌进行喻象式解读就是渴望窥见意象中所蕴含的真理。按照第一层含义，"喻象"与"兆象"实际上发生了颠倒和错位，喻象式解读阐释的对象不再是"兆象"而成了"应验"，仿佛已经偏离了《圣经》中的阐释方法，但结合第二层含义就会发现，相对于世俗世界的"兆象"而言作为"应验"

---

① [德] 埃里希·奥尔巴赫：《摹仿论——西方文学中所描绘的现实》，吴麟绶、周新建、高艳婷译，百花文艺出版社 2002 年版，第 621 页。
② Pauline Yu, *The Reading of Imagery in the Chinese Poetic Tradition*, Princeton: Princeton University Press, 1987, p. 34.
③ 张少康：《文赋集释》，人民文学出版社 2002 年版，第 20 页。
④ 何文焕：《诗品》，《历代诗话》（上册），中华书局 1982 年版，第 2 页。
⑤ 范文澜：《文心雕龙注》卷 2《明诗》，人民文学出版社 1962 年版，第 65 页。
⑥ [德] 埃里希·奥尔巴赫：《"喻象"的释义与考辨——一段概念史》，林振华译，《跨文化研究》2018 年第 2 期。

存在的诗歌形象，同时也是永恒真理的兆象，正如《新约》在《旧约》与永恒的应许之间的地位一样具有某种双重性。诗歌的形象世界与奥尔巴赫所谓"神性现实"有着复杂微妙的关系，如余宝琳所说，诗人的创作被认为是与上帝创世有着同等神圣性的行为[①]，诗人是造物主的代言，能够用艺术传达永恒的真理。那么，被世俗事件所预言的、既存在于彼岸世界又终将成为未来的"神性现实"，也会早早地体现在诗歌当中，以形象的方式展现尚未发生的历史。

如果断言喻象式解读的历史具体性与语境化解读的历史具体性完全一致，必定会失之牵强。一方面，喻象式解读建立在西方二元论宇宙观基础上，而语境化解读则是中国传统的一元论宇宙观在文学艺术中的体现，评论家对诗歌语境的还原所依赖的是象与意之间先验的类的预设，而不是某种带有上帝旨意的语言关系。另一方面，喻象式解读不可避免地涉及未发生的"历史"，即处于上帝的整体安排中、终将实现的未来，而语境化解读所关注的则是已经发生的历史，诗歌中形象的产生比其意义的存在要相对滞后。但不可否认的是，在喻象式解读所蕴含的两层含义当中，当诗歌形象作为世俗世界的"应验"被阐释时，其意义背景与语境化解读所寻求的意义背景具有相同的历史具体性。奥尔巴赫将以世俗世界为模本的诗歌形象称为"真象"，也就是世俗的兆象在诗歌中的应验，但事实上，对于诗人来说，世俗世界就相当于诗歌创作的语境，这种所谓的预兆关系在诗人手中也可被看作刺激或灵感来源，恰如余宝琳所概括的"刺激—反应"理论。因此，从这个角度讲，喻象式解读与语境化解读同样赋予诗歌形象世界的所指或部分所指以背景式的具体历史性。

四 语境化解读的民族特性

当然，如果想要进一步探究余宝琳对中西诗学阐释传统的不同观点，需要更加关注喻象式解读与语境化解读的区别。正如她本人所说，"差异性可能比相似性更具启发"[②]。她还强调，"尽管中国诗与西方作品在本质上似乎是相似的，然而它们不同的根则形成了不同的关注点"[③]，所谓的"根"，可以看作隐藏在"不同关注点"背后的文化基础。因此，喻象式解读与语境化解读的共同之处只能为进一步比较提供一个基准，关于二者差异性的挖掘才是发现中国诗学阐释传统中民族特性的有效途径。

余宝琳将语境化解读与欧洲中世纪流行的预表式解读之间的差别概括为三点：第一，前者中被解读的对象通常来自自然界，解读出的内涵属于人类领域，而后者中被

---

① Pauline Yu, *The Reading of Imagery in the Chinese Poetic Tradition*, Princeton: Princeton University Press, 1987, p. 6.

② Pauline Yu, *The Reading of Imagery in the Chinese Poetic Tradition*, Princeton: Princeton University Press, 1987, p. 30.

③ ［美］余宝琳：《间离效果：比较文学与中国传统》，王晓路译，《文艺理论研究》1997年第2期。

解读的对象与解读出的内涵均来自人类世界；第二，前者中被解读的对象与解读出的内涵被认为是同时的或紧密连接的，而后者中被解读的对象与解读出的内涵在时间上存在一定距离；第三，前者中被解读的对象与解读出的内涵处于平等状态，任何一方都不被认为是另一方的完成状态而具有更高地位，后者则不然①。

接下来，逐一对上面提出的三点区别进行分析。

余宝琳认为，语境化解读中被解读的对象通常来自自然界，其潜台词是语境化解读的诗歌意象为自然意象。然而，自然意象是否的确来自自然界？事实上，余宝琳在《读法》中也讨论了古今学者对自然意象来源的不同观点：汉儒支持"取类说"，认为自然意象的选取基于"类"，诗人的创作过程只是在庞大的"类"中寻找与表达内容适宜的意象而已；自宋代起，欧阳修、苏辙、郑樵等人赞成"经验说"，即认为自然意象取自生活经验，是诗人从现实的所见所感中提炼出来的；还有宋代学者严粲，海外学者葛兰言（Marcel Granet）、王靖献（C. H. Wang）等主张"套式说"，认为自然意象"只是用于表达主题的一个陈旧既定的套式②"③。与自然意象来源于自然界相比，作为中国哲学传统中重要假设的"类"与作为中国诗学传统中重要惯例的"套式"反而更具说服力。也就是说，语境化解读的对象并不完全来自自然界。因此，喻象与语境化解读的第一条区别或许可以这样表述：语境化解读中被解读的对象通常以自然的形式表达，而喻象式解读中被解读的对象则以人类事件的形式出现。

在这条差异当中，中国诗歌意象由人事向自然的转向尤为醒目，这正是中国诗学有别于西方的特色所在。当自然意象被诗人写进诗中，作为人类遭遇或处境的呈现时，其背后暗示着中国特有的宇宙法则，即自然与人事的统一。人类本就是庞大的自然体系中的一环，是"天地之心"，宇文所安指出，文学代表着"宇宙的显现过程的圆满"，作家不是在模仿自然，而是"世界的显现的最后阶段的中介"④。

换言之，宇宙通过诗人在诗歌中实现圆满。这种一体的圆融的世界观决定了人事与自然的不可分割，也就决定了诗人以自然意象表达人事的可能。语境化解读的对象以自然的面貌出现，其根本上却是从自然与民族文化的结合体中生发出的产物，而喻象式解读的对象并不涉及自然形式，只是具有预兆性表意功能的纯粹人类事件。在两

---

① Pauline Yu, *The Reading of Imagery in the Chinese Poetic Tradition*, Princeton: Princeton University Press, 1987, p. 65.

② "套式"一词的英文表达很多，葛兰言、余宝琳称其为"formula (e)"，王靖献称其为"stock phrase/type-scenes"，此外还有形容词形式"套式的"，余宝琳称其为"stock"，王靖献称其为"oral-formulaic"（即口头程式）。详见 Marcel Cranet, *Festivals and Songs of Ancient China*, trans. E. D. Edwards, London: George Routledge, 1932, p. 86, 以及［美］王靖献《钟与鼓——〈诗经〉的套语及其创作方式》，谢濂译，四川人民出版社1990年版，第125页。

③ Pauline Yu, *The Reading of Imagery in the Chinese Poetic Tradition*, Princeton: Princeton University Press, 1987, p. 62.

④ ［美］宇文所安：《中国传统诗歌与诗学：世界的征象》，陈小亮译，中国社会科学出版社2013年版，第7页。

种阐释方式的解读对象自然或非自然的差异之下，其实隐藏着更深层的文化因素，或者说，语境化解读的特点并不是表面的自然意象那么简单，而是由民族文化传统所决定的必然性质。

第二点区别针对的是诗歌的形象世界与意义世界之间的时间间隔问题。很容易理解，语境化解读的目标是还原诗歌诞生的语境，诗人感物而作，不平则鸣，实为一瞬间发生的事，如《礼记·乐记》中说："人心之动，物使之然也。感于物而动，故形于声。"① 语境（即物）与诗（即声）之间具有紧密的因果联系，大多数情况下，语境的历史背景与发生时间同时也就是诗歌的历史背景与发生时间，即使诗歌创作具有一定的延迟，评论家们关注的重点仍然是"刺激"诗歌产生的语境所发生的历史节点。因此，对于诗歌本身所处的时间，要么被认为与语境相统一，要么被模糊处理。而在喻象式解读中，评论家们不仅要回溯被解读对象所依据的历史事实，同时还要解析该对象所指向的永恒真理，诗歌的意义世界被安置在代表历史进程的时间线上，被解读的对象与解读出的内涵之间的时间间隔不可忽略。语境化解读与喻象式解读的这一分歧，可看作中国传统的"合"与西方传统的"分"之间的分歧。西方诗歌（包括《圣经》）中的喻象分别向前后辐射，以艺术世界联结现实世界与理念世界，时间上的间隔同时也代表着本体论层面的隔阂；而在中国诗歌中，意象的时间归属于它被创作的语境，这种"合"的思想既是现实世界与理念世界的统一，也是人与自然、主体与客体的统一：诗歌中的自然意象被灌注了人类的生命意义，人类也在那一时刻完全投入自然当中，人、物、诗人、读者共同进入一种超我的境界。

至于第三点区别，余宝琳用了"完成状态"（fulfillment）这一表达，涉及的问题实际上是中西诗歌表意方式的差异。在西方评论家使用喻象式解读时，诗歌中的形象以"预兆"的身份表意，其存在是为"应验"而服务，形象本身只是预言流程的起始阶段，意义才是最终抵达的完成状态，于是被解读的对象与解读出的内涵之间就有了鲜明的等级秩序。语境化解读则非如此，正如宇文所安指出的，文学本就是宇宙显现过程的圆满体现，无论是形象世界还是意义世界，都在这最后的显现中达成了圆满。因此，在语境化解读当中，被解读的对象与解读出的内涵既是一"类"，也"合"为一体，既无高下之分，也无等级之别。中国文化传统中"合"与"类"的思想在这一点上得到清晰的体现。

总而言之，余宝琳从浩如烟海的中国诗论中寻找出一条贯穿古今的阐释传统，使其独立于西方主流的讽喻性解读，却又在起源于《圣经》阐释的喻象式解读传统中发现二者的暗合之处。她深谙事物的特点只有在比较中才能得到彰显，因此将语境化解读与喻象式解读的差异一一罗列。无论是自然意象、时间间隔还是等级秩序，语境化解读中这些有别于喻象式解读的问题都蕴含着深厚的文化基础。除诗歌本身外，文化

---

① 孙希旦：《乐记》，《礼记集解》卷 37，中华书局 1989 年版，第 976 页。

中的其他成分也浸润在传统的阐释方式当中,尤其是一元论宇宙观及"类"的假设,它们本就扎根于中国人的思维当中,活跃在中国人每一项动用思维的活动里,诗歌解读当然也不例外。语境化解读彰显着中国哲学传统中"合而为一"的思想观念,也正因为如此,这种解读方式才能在漫长多变的历史抉择中被保留下来,成为中国诗学最主流的阐释传统。

西方基础文论研究

西方基础文论研究

生态叙事中的介体及介质化

马明奎[*]

(湖州师范学院人文学院 浙江湖州 313000)

摘要：生态叙事要解构人类中心主义，就必须回归生态本体性，解决人与自然、人与世界由二元对立思维导致的激烈冲突和深刻矛盾，在持存主体性基础上实现人向自然及他者的生态生命回归。介体和介质的概念不仅创设了人与自然及存在世界之间的中介环节，而且从历史回向及他者占位柔化主体性及对象性，缓释矛盾冲突的普遍性，重构着生态叙事及文学理论的诗性品格和神意功能。

关键词：生态叙事；介体和介质；介质主体性；介体对象性；介质实体化

一 介体和介质的生态本体性

生态本体性不能回归到神本或自然本体，也不是道体——道体蕴含神意性质，而神意是不合时宜的；生态本体性需要科学理性的支撑，那么，解构而不是祛除人类中心主义就成为生态本体性的核心命题。因为，以人类存在为价值核心从而以人为尺度根本无法规避人为主、他者为客，人类驱役其他生命以实现自己的历史进程，人与自然以及对象世界的矛盾冲突是无法避免也解除不了的。比如，病毒是一种生命，而人类要存在就必须消灭病毒，但是人类消灭病毒以保全自己的合法性何在？如果我们保持与病毒的相持共存状态，也是生态学或病理学的缘故，并不是病毒的存在具有人类认可的合法性，这正是人类中心主义的理性之根。所以不管如何削弱或改变主体性，甚或将主体性降格为"主体间性"，都不是究竟的。人必须存在，人类也无法根本改变世界，这是两个不言而喻的前提。介体和介质的概念就是由此提出来的。

（一）作为"技术"的介体和作为"真谛"的介质

介体是生成性的和历史性的，探讨介体就意味着对于人及其存在世界的"本源"的探讨，而不只是人与世界关系的本质追问。海德格尔讲，"本源"是指"一件东西从

---

[*] 作者简介：马明奎（1963— ），内蒙古乌兰察布人，湖州师范学院人文学院教授，主要研究方向：文艺学，少数民族文学及红楼梦研究。本文系国家社科基金项目"生态叙事的本体性研究"（18BZW031）的阶段性成果。

何而来，通过什么是其所是并且如期所是。使某物是什么以及如何是的那个东西，我们称之为某件东西的本质。"① 也就是说，本质只是一事物区别于另一事物的规定性，而"本源"则是"本质之源"，是事物为了构造其自身需诉诸一个时间段和过程性的东西。人及其存在不同于人的本质，更不等于客观世界；在人与世界之间增设介体和介质正在于改善二元对立的思维方式，亦即从主体与对象二元对立的逻辑关系中契入不只是中介环节，而且带有生成性的、具有历史感和经验性的，我们姑且称之为介体或介质的粘连物，将人与世界以及他者存在构建为一种多元性和整体性，从而生成生态本体的概念。人与病毒不仅是你死我活的关系，还可能是一种冲和关系及持存状态。无始劫以来人类的生存史有过无数无量病毒，伴随着人类的历史成长，折射着人类生态生命的本体性生成，构成某种本源性。因此，病毒逐渐从对象位置滑落，成为一些"介体或介质"；从某种意义上讲，人类是以与病毒共存的方式存在的。如果从病毒的视角反观，人类又何尝不是病毒生命存在的"介体和介质"？有必要厘清概念：介体乃是促逼一事物"是其所是"的技术性的东西；介质则从时间沉入心理，一种"如期所是"的状态。换个说法，介体是主体性滑入对象时的凝停物；滑入并凝停时的那种历史感和生态性即介质，是一种亦我亦物的生命状态。如果说介体是将事物引向"正确"的技术参数，介质就是澄明着"真谛"的本源性所在。

（二）介体和介质是生态本体的黏合物和信态源

介体是从对象世界及他者存在说的：它是主体性的堆积物和折射体，直接衍入对象世界及生存状态并实施"本体论承诺"。介体并不是将"在者"与"在"由"此在"直接焊接起来，而是将对象作为同样的"在者"导入存在场域。换言之，介体粘连主体与对象及他者世界是一种"共在"，是存在场域的整体性生成。介质是从主体说的：利奥波德认为人是生态共同体的平等一员，人对生态共同体负有直接道德义务；罗尔斯顿强调自然系统的内在价值，它并不依赖人的偏好和利益而有所损益；奈斯的深层生态学认为生态系统是人的"大我"的一部分，人不仅应当关心生物"小我"，尤其要对生态"大我"负责。他们都试图对主体性作出贬抑或夸张，都是将人作为固定实存来认同。海德格尔注意到科技时代"摆置着的聚集，这种摆置摆弄着人，使人以定造方式把现实事物作为持存物而解蔽出来"②。"持存"而又"解蔽"，已经是对"现实事物"及他者存在的尊重，但海氏依然将人作为固定实存来体认，只是加持了技术元素而已。介质则超越主客二元对立的思维模式，不再把人看作认识改造客观世界的工具性主体，而是强调前逻辑、前心理以及返还经验世界的心理质素，与对象及他者世界建立一种神意交互诗性共在关系：人通过介体摄持对象性与空间性，对象及他者的存

---

① [德]马丁·海德格尔：《马丁·海德格尔选集》，孙周兴译，生活·读书·新知三联书店1996年版，第237页。
② [德]马丁·海德格尔：《马丁·海德格尔选集》，孙周兴译，生活·读书·新知三联书店1996年版，第937页。

在又折射介质本源性和历史感，以道法自然的方式重新定义现实世界，重塑社会文化形态及自然生命状态，实现生态本体性的重构。介质作为文化传承和心理积淀，是在介体与对象及他者的交道中衍入生态本体性的。所谓黏合物是指介体摄持对象及他者世界的本源性并强调中介的技术关联性，乃是生态本体建构的要件和元素；介质则折射着主体价值域，持存历史感和情境性，是价值元素的活态，一种历史传承的"信态源"。所谓人能养道、道不弃人。生态本体是要人来建构的。

（三）介体和介质是生态本体以审美方式干预叙事的主体性质地

介体和介质不是神意却携带神性；不是诗性却凝结着诗意。麦克卢汉说"媒介即讯息"，又说"媒介即人的延伸"。本意在说技术是人的物性强化和功能延伸，但我们注意到介体及介质干预对象及他者存在的本体性和现实性（麦克卢汉没有介质的概念）；换言之，麦克卢汉将作为工具和技术的媒介从主体性扩张的角度加以价值延伸和意向强化。启示是：介体和介质是人与对象及他者存在的生态当下关系的本体性呈示。麦克卢汉从本体论高度揭示了媒介与人、与世界的深层关系，这一关系是由介体和介质提携着的。他没有追问人的本质和存在的实相，但他启迪了这一切：主体是以介质化了的本体性摄持和观照着存在全域；生态本体不仅融入生态进程，而且将人与对象及他者的冲突整体承载并作审美持存，实现"在者"与"在"的历史同一和相互提振。审美持存是一种叙事干预。就生态本体持存价值主体性和世界客观性言，介体和介质是一种主体性质地，融渗于生态叙事的全域：主体性的、对象性的和介质化的。"作为一种媒介，叙事具有把某些限制条件强加于故事结构之上的偏向，这一偏向反过来又导致叙事往往遵守某些可识别的模式"。斯特拉斯强调：此模式使其区别于其他形式。"形式并不局限于故事的源头或讯息，但本质上，故事是有关环境的（媒介生态学是对媒介，也是对形式作为环境的研究）。"[①] 亦即，模式是故事的"源头或讯息"，形式则包含"源头或讯息"并且作为"环境"；模式（介体和介质）摄持的叙事指涉本文与文本共构的意义区间。本文是历史发生的故事，文本是"遵守某些可识别的模式"对于故事的表述，亦即符号或文字所构建的"持存物"。就故事发生的历史本文言，介体乃是一些散碎的历史遗存或信态迹象，必然进入文本建构；就表述故事的文本形式言，介质持存"某些可识别的模式"，成为一些指向本体的历史感知或领承存在的审美意识。作为一种审美主体性质地，它们共同介入存在构拟及叙事操作，使海德格尔的"此在"从"上手之物"变成审美之事，从而大于人类中心主义的全部命题。

二　介质主体性对于叙事的审美干预

"叙事代表一种提取方法，帮助我们从外部世界的混乱中重整秩序，为一连串的

[①] ［美］兰斯·斯特拉特：《论作为媒介之叙事——谈讲故事之研究的媒介生态学方法》，张云鹏译，《上海大学学报》（社会科学版）2019年第2期。

事件施加可以理解的、可以预测的连续性结构与感觉。作为人类，这是我们作为意义的制造者，以我们叙述和转播我们经历的方式，所能做到的一切。"① 斯特拉斯是说：（1）文本是一种提取，即对本文（"外部世界的混乱"及"一连串的事件"）施加"可以理解的、可以预测的连续性结构与感觉"而有的形式；（2）从本文到文本乃是"叙述和转播我们经历的方式"。这就将主体处身的本文与形式表述的文本同一起来；这个"方式"指向叙事本身的介质化。"正如我们以沉默思考的形式使口头语言内在化一样，我们使叙事内在化"。斯特拉斯又说，"仿效我们文化中的叙事原型，使我们自身成为我们自己故事中的英雄"。② 就是说，媒介乃至叙事均非搬用技术或裁剪题材这么简单，而是"仿效我们文化中的叙事原型"，在"叙述和转播我们经历"的进程中施加"连续性结构与感觉"，从而代表"来源与接受者之间的一种关系"③，也就是"我们文化中的叙事原型"与"我们自己故事中的英雄"之间的介体和介质。"它们不是寄存于计算与数据的数字化言说，消除了历史性时间中的时间间隔，使思考和叙事变成不可能"；不是只负责"主观性"而变成"弥补客观数据缺失的权宜之计"④。相反，介体和介质是于"现在"的间歇处有所回忆，使过去以"曾在"样式现身：当"过去"作为"现时"在当下被即时调用时"曾经，在历史性时间中，经验主体对过去的回忆中于现在对将来有所期备"从而"将来变成一个个将要发生的'现时'连续相继"⑤。可见，介体和介质的根本任务是将经验主体拉回历史性时间，使"曾在"的历史与我们"有所期备"的"将来"纠集于瞬间，变成与当下相接续的"现时"，实现过去、现在、将来能够富含意义且有所指向的历史性关联。

这就需要全面深入的心理关联从而达成人与世界，主体性与对象性及他者存在的本体性联结。在此基础上，"叙事从一种形式和媒介到成为叙事本身，一直拥有独立于其他语言与媒介的结构性要素，叙事通过诸如人物、情节和背景进行表达，也就是行为者（agents）以某种顺序表现行为，构成一个清晰的、大于各部分总和的整体"⑥。我们关注的不仅是人物、情节和背景之类文本构件，更重要的是那些介体和介质，那些感应着"外部世界的混乱"及"一连串的事件"的"叙事原型"：意象、情境、模式、结构等等，一种"审美主体性质地"。

---

① ［美］兰斯·斯特拉特：《论作为媒介之叙事——谈讲故事之研究的媒介生态学方法》，张云鹏译，《上海大学学报》（社会科学版）2019 年第 2 期。

② ［美］兰斯·斯特拉特：《论作为媒介之叙事——谈讲故事之研究的媒介生态学方法》，张云鹏译，《上海大学学报》（社会科学版）2019 年第 2 期。

③ ［美］兰斯·斯特拉特：《论作为媒介之叙事——谈讲故事之研究的媒介生态学方法》，张云鹏译，《上海大学学报》（社会科学版）2019 年第 2 期。

④ 于磊：《媒介技术、身体与叙事的共构：数字媒介时代女性主义媒介研究进路的初探》，《全球传媒学刊》2021 年第 1 期。

⑤ 于磊：《媒介技术、身体与叙事的共构：数字媒介时代女性主义媒介研究进路的初探》，《全球传媒学刊》2021 年第 1 期。

⑥ ［美］兰斯·斯特拉特：《论作为媒介之叙事——谈讲故事之研究的媒介生态学方法》，张云鹏译，《上海大学学报》（社会科学版）2019 年第 2 期。

(一) 基拉尔对于介体的阐释

基拉尔的"介体"就是欲望结构,一些从本体性下降到主体间性进而坠入对象性和客体性的范畴,一些较"叙事原型"更为直接强劲的心理质素或价值原型①,可分为两类。一类是基于自身缺陷而追求"神圣的自足"的垂直性超验典范(vertical transcendency)。这类介体未必是外在于主体的确定人物或对象,它可能就是一个意象或一种情境,一种心理结构或意义模式,但促逼着心理驱动的价值性和意志力。另一类是偏斜世俗体验(deviated transcendency),构成语境压迫的竞争对手②。通俗地讲,前一类是距离较远的、完全无可比拟的神性典范;后一类是距离较近、有着驱离可能的他者对象。欲望徘徊于两者之间,形成人的价值追逐状态,从而生成社会历史的深沉动力。transcendency 多翻译为"超验",在我看来,放置于"垂直"和"偏斜"之后意义完全不同:"垂直"直承本体,译为"超验"是对的;"偏斜"则进入欲望,译为"体验"更合适些。从"垂直超验"到"偏斜体验",这些具有潜意识或集体无意识性质的介体,就变成一些活泛于本体神性与社会历史之间的"主体性质地"。基拉尔介体的概念启迪我们:生态叙事中的介体和介质与欲望和典范有着等值同畴的结构力和规约性,是深刻影响叙事的介质化心理因素。

(二) 介体和介质作为审美主体性质地

生态叙事不仅仅是一种概念移植或观念建构,不仅是文本建构或本文设计,尤其是一种审美干预。而"美学对于当下生活的'审美干预',只有在它不是被固定为某种悬空当下生活及其直观感受性的观念力量,而是作为一种从生活可感性本身出发所发生的直接介入力量,此时美学才可能成为生活意义的有效阐释模式"③。亦即,只有当现实生活进入生态叙事并构成审美时,人才能以介体的方式干预到审美实践。这就存在一个欲望介体进入审美变成人的内在驱动从而干预生态生存的问题。根据基拉尔的观点,前一类介体只是一些模仿对象,如堂·吉诃德崇奉的阿马迪斯,因太遥远而具有神圣感。后一类如《红与黑》中的瓦勒诺,存在于雷纳尔视野中,完全可以将于连这个欲望客体抢走,就成为偏斜介体即竞争对手。两类介体无疑都在心理域界内,但层次不同。前者源于潜意识或集体无意识,是不证自明的神圣之物、之事,先验地存活于人的心理深层。后者是具体的生态事件或叙事情境,是社会历史实践获得的感性对象,一种直接介入力量。我们的认知是:(1)这些介体无论垂直还是偏斜,都不仅占有或替代欲望对象,成为人性异化力量,而且接受价值典范的审阅或语境事实的黏附,变成一种"审美主体性质地";(2)在形而上与形而下之间,在垂直与偏斜之间,这些介体相互间会有一种参照或斟酌,它们不是单质孤绝的,而是多元共存的。这就衍生了复杂广阔的主体内部情形和审美义域空间,决定了生态本体是文化的或人性的,

---

① 关于基拉尔介体的概念国内已有众多论文及学者予以绍介和研究,此不赘述。
② [法] 勒内·基拉尔:《双重束缚:文学、模仿及人类学文集》,刘舒、陈明珠译,华夏出版社 2006 年版。
③ 王德胜:《当下生活的"审美干预"——从重建美学与生活的关系出发》,《社会科学辑刊》2018 年第 1 期。

而不是自然本体或社会化固体;(3)按照基拉尔的意思,欲望是本空的,须借助介体充实主体性,占有欲望对象。我们的观察是:主体的形上领悟是太阳临照万物般的介体映射:意象、情境、模式、结构等垂直超验,荣格所谓原始经验;其题材指涉即偏斜介体:事件、话语、语境、体验,一些携带典型情境的题材经验;还有一些就是介质化了的叙事单位:母题、神话、仪式、情节。三类介体摄持着主题义域和价值前景,作为一种审美主体性质地,使叙事本身介质化。

(三)意象、情境、模式及结构对于叙事的规约和摄持

这些介体由于深沉地介质化,处于深潜意识的历史时间中,其浮现景象是模糊而零乱的:意象和情境常常作为一种氛围或感觉衍射题材,模式或结构则可能提取为介体实存,都规约和摄持叙事全域。

1.一些核心意象作为原型乃是叙事的总摄提。作为原型的外显,意象是一种恍兮惚兮的心理境相和意识絮片,意味着一种本体冲动及价值期许,构成"心像",濡染为某种叙事心态。它直接关系到叙事的审美品格和主题边际,构成垂直超验介体的心理现实。《秋声赋》和《沁园春·长沙》都描写一种秋的意境,欧阳修在听,毛泽东在看,二人"心像"(介体)不同,映现世间苍凉和宇宙浩渺的境相亦不同:欧阳修隔窗在室,阒寂宁静;毛泽东则独立寒秋,江天寥廓。其摄持对象时就体现了不同的"介体值"[①]:阴噆肃杀的宇宙悲声与生机勃发的万类霜天。前者渲染了春秋代序人世短暂的凄凉,后者蕴含天地孤栖特立不群的傲岸;前者的惊涛骇浪之下有战战兢兢的怵惕,后者的轰轰烈烈中有大野无声的寂寞[②]。叙事文本中的核心意象更是统摄全域的"枢机",不仅透示意义,而且规约形式。

2.情境呈示叙事"真谛"。前面说过,介体指涉"是其所是";介质呈示"如期所是",蕴含历史性时间的"曾在"或"有所期备的将来",折射着海德格尔的"真谛",即本源性。情境是本源性的、携带着原始经验,一种"想象中的记忆"[③]。记忆是当前的视角,想象中的记忆就追加了想象视域,乃是二度想象。唯此,情境由原始情境转换为主体性境遇:一段凝结的记忆,一缕往古的诗情,一种幻想的情境化。在处境和状态的意义上,情境作为中介将存在现场扩展到整个宇宙。舜与二妃传说就是一段记忆,联系着九嶷、江湘、云雨、高唐等意象:那段隔开舜与二妃的永生永世无以超越的哲学距离凝结了人之于世空茫无寄的愁思和人之为人愁病交加的哀怨,后世不断复制,成为中国文学中一个眷恋而深挚的价值介体。不论贾宝玉与林黛玉的空劳牵挂,还是许仙与白娘子的孽缘阻隔,乃至屈子怨楚,武穆怀宗,都是在重建那个江湘与九

---

① 介体值是笔者创设的一个概念,指介体折射的主体心理质地和情感价值指数,是介质形而上形态的审美表达,与主体性是不分别的。

② 欧阳修《秋声赋》和毛主席《沁园春·长沙》是抒情性文类,一种"大叙事",是主体与对象及世界熔铸更紧洽的叙事,故此以叙事介体来阐释。

③ [德]恩斯特·卡西尔:《人论》,甘阳译,上海译文出版社1985年版,第66页。

嶷间的故事：那种悲苦哀怨的间阻，赤诚无托的处境，无穷思爱又无尽追寻的愁思，都超越题材本身的意义，成为情感审美典范。

3. 模式是一种介体实存。若说意象和情境是"心灵图式与客观对象之间的异质同构"①，一些心理元素，一种本体性迹象和意绪，尚未进入动作体系及话语建构，模式就不同了：（1）相对稳定的叙事结构；（2）深刻持久的价值命题；（3）从现实情境拓展到存在全域。模式作为介体是垂直超验向社会历史的偏斜体验的转折；在"一个从本体性下降到主体间性进而坠入对象性和客体性的范畴"，人的行为被命题化从而介质化之后，模式作为意义载体介入动作体系。模式浮出与题材分析构成内在潮汐，体现为灵感爆发，有三个条件：原始经验的还原；心理能量的爆发；历史事件所蕴含的情感逻辑与现实题材的叙事结构高度契合。所谓原始经验的还原是指历史事件所携带的情境、意象瞬间还原了，主体恍然进入超验感觉，恢复历史身份，柏拉图谓之灵魂回忆。所谓心理能量的爆发是指包括生物能量在内的意志冲动因"想象中的记忆"而引爆，主体随之进入深层体验，沉溺于一种深度喜悦和迷狂，所谓诗神凭附。此点尤为重要：历史事件所蕴含的情感逻辑（文化中的叙事原型，亦即模式）与现实题材的叙事结构于刹那间等值同构。"在形而上与形而下之间，在垂直与偏斜之间，这些介体相互间会有一种参照或斟酌"，在更开阔背景和更深刻语境下被领悟：模式承载的垂直超验摄持题材偏斜体验，生成全新的价值介体和审美典范，浮出于对象世界并规约叙事。因此，所有叙事结构看似来自客观概括，本质却是先验而有；所谓天才不过是一种想象记忆能力和模式领承能力。模式从题材内部规定着叙事的意义界域，主题就不需要作者出面发表议论；通过把握模式进入文本，在原始情境和叙事结构的洽切点上与作者相遇。事件分析、话语研究、语境参考等模式概括题材的一些着实步骤即所谓"从形式进入意义"："如果我们把真正的形式（'实现的内容即形式'）分析作为文学研究的思维的逻辑起点，且尽可能地尊重叙事文学的本体存在特征，我们的研究最终必然蕴含某种意义或意味"②。就是把语境及叙事结构与主体情感逻辑联系起来生成命题，使叙事具有普遍意义。

4. 结构即意象结构并衍化为文本结构。一个核心意象可以作结构分析。模式与意象在心理界域是一种拓扑等值关系。一个意象的逻辑结构常常就是模式结构的胚胎，代表着欲望结构生成价值介体的雏形；进入叙事后，意象或保留其原型存在，成为融洽原始情境与当下语境的介质。（1）意象与题材存在结构同型性和义域同一性。即维特根斯坦语言是世界的"图式和投影"③。绛珠与神瑛诗泪相酬的情缘与宝黛情煎恨煮无穷思爱的处境完全吻合，两者是一个故事的仙凡变易；而宝黛钗之间天涯离离庭院深深的境遇又重演了舜与二妃那场永世阻隔的悲剧。神瑛与绛珠、舜与二妃作为垂直

---

① 可参考施旭升《艺术创造动力论》，中国广播电视出版社 2002 年版，第 305—319 页。
② 曹禧修：《叙述学：从形式分析进入意义》，《文艺评论》2000 年第 4 期。
③ 可参考［英］维特根斯坦《逻辑哲学论》，郭英译，商务印书馆 1963 年版。

介体，生成宝黛钗的情感路径并规约叙事，凝结于太虚幻境，成为《红楼梦》的意义之源。（2）核心意象映射题材义域，摄持叙事结构，整体制导着人物、情节及文本，既是叙事中心，也是结构轴心，规定了题材叙事的价值走向和历史景深。太虚幻境即核心意象①，垂直介体的情境化，进入叙事后其天道运演因缘际会，各殿宇警情悟情的神能职司乃至诸钗册籍影射宿命、造历身世、教化天下的伦理功能，深刻濡染着家族社会的偏斜体验，提摄着《红楼梦》的叙事逻辑及人物命运，成为文本结构图谶。②（3）意象结构作为模式介入叙事成为文本形式构件。英伽登说文学作品是一种意向性客体，分析为字音等五个层次③，但若缺失了介体摄持的生命体验和艺术想象，缺失了意象结构及意义模式的内在支撑，所有层次都是题材的空壳。从意象到情境、从模式到结构，主体性是一个逐渐完形的生命成长过程。

三 介体对象性对于主体的呼应和回归

"……过去、现在、将来之间的差异与间隙在数字社交媒介中统统不见了，它们在数字技术手段的操持中，全部归入'现时'的空名之下。无数个'现时'瞬间毫无间隙接续相连，完全排除了在间隙处生成有意义叙事的可能性。"④ 此种对于传媒技术集置的感慨颇涉叙事：属于历史性时间的"过去、现在、未来之间的差异与间隙""统统不见了"，只留下"现时"；"作者已死"的闹嚷和数理逻辑的统治使叙事经营变成纯客观技术流程，这意味着"现时"也只是一个"空名"，属人的东西都没有了。唯介体和介质，不仅作为黏合物携带着"技术"，尤其作为信态源发射着生态本体的"真谛"，以"审美主体性质地"干预并阐释着对象及他者存在。波斯特讲，"媒介的自指性语言所构筑的符号世界往往塑造着人类行为：一方面，作为交往行动及交往结构的外显表象的社会场景，越来越由电子媒介所组成，而主体的形成与其所处的交往行动及交往结构密不可分；另一方面，在文化生产中语言的作用极其敏感，语言构型中的变化，或说是语言包装中的变化，改变着主体将意符转化为意义的方式"⑤。这里蕴含着双重介体：一是电子媒介组成的社会场景；二是包装变化的语言构型。波斯特只看到场景和语言作为介体和介质对于人的改变，没有看到人通过媒介对社交场景和语言构型实施改变，从而将受众源变成信态源，不仅持存意象、情境、模式及结构等"想象中的

---

① 核心意象与意象的概念在此处是一种同体别用：作为文本结构轴心和叙事中心时，就是核心意象；作为层级叙事或情景描述的细节时，就是意象。两者的心理本质是一样的，都是本体性存在沉入心理域界时的情境、意绪、图像或符号。
② 太虚幻境作为《红楼梦》文本的结构图谶需要红学的支撑，这里不能展开，读者可参考本人的红学论述。
③ 朱立元：《当代西方文艺理论》，华东师范大学出版社1997年版，第134—135页。
④ 于磊：《媒介技术、身体与叙事的共构：数字媒介时代女性主义媒介研究进路的初探》，《全球传媒学刊》2021年第1期。
⑤ 高明月：《从麦克卢汉、波斯特到斯蒂格勒：媒介研究中主体转向分析》，《新闻研究导刊》2020年第2期。

记忆",而且重建着自我和世界:一方面实施意向辐射和审美观照,向对象世界及他者存在发出意义呼唤和价值吁请;另一方面,"不同的信息方式对应着不同面向的自我构成"①。人与世界的双向介质化意味着题材界域同时具有了与"审美主体性质地"相呼应的介体对象性;所谓生态叙事,乃是以意象和情境笼罩叙事,模式和结构介入题材,从人性的最根本和世界的最深层持存神性和诗意,重建一个介质化世界。

1. 事件蕴含着典型情境向原始经验的还原。进入叙事的生态事件具有"介体对象性",盖在于原始经验与典型情境的共在。典型情境是客观性的刺激联想条件,与原始经验(意象、情境、模式及结构等"审美主体性质地")生成呼应契合的关系,指涉话语、语境、体验;主客两路都是原型一体所化。荣格意义上的原始经验"没有个人的或文化的差异,没有分裂,是非二元性的原始统一领域,通过它,每一个体都与他人联系在一起"②。是一种原型气质的本体性领悟:感召意象,感应情境,感悟模式及结构的心理能力。事件不纯粹是活动,而是包孕生命关切和价值缅怀的历史实践。无限的存在事件隐含着深刻的神性体验,基拉尔所谓垂直超验,但是被遍在充斥的偏斜竞争所占据。叙事结构的提取不存在客观认知及概括的困难,而是缺乏垂直超验的介入,缺乏本体之光的照临。那些无数次重复、无穷尽变现的饮食男女和世俗经验早已不能激发生命的诗情,灵感枯竭,心性枯萎,机械制作,功利营谋,正如基拉尔所焦虑的,将替罪羊祭奠扩张为生命存在的毁灭性威胁。我们将事件从客观义域拉回到介体指涉,旨在解除客观世界的深固障碍,从鸡零狗碎生成存在事件,成为话语表述对象,从而改善二元对立的思维方式,追逐介体对象性向着生态本体性的回归。

2. 话语感应原始情境而生成。话语是介质性的,含蕴着原始情境,与典型情境不同。原始情境携带意义结构及叙事模式,是作为介质或介体进入题材,形成意义发射和价值流注,从而生成叙事话语。典型情境作为偏斜体验的世间场景,只有凝结原始情境才能生成意义,从而叙事成为话语建构。孟悦讲:"从混沌到获形与其说是宇宙诞生的过程,毋宁说是叙事自身诞生的过程。混沌与有形的关联相当于历史与叙事的关联;叙事正如宇宙从混沌中生成那样,从历史中生成"。她又说"事件的历史曾经存在,但并不应声而至,留下的乃是话语——对事件的叙事"③。可见事件本文就是"曾经存在"的历史,一种典型情境和偏斜体验④。话语形态则是事件的"意义在场",是包含了评价和阐释的意义光显;它是通过介体干预"把被叙事世界(不管是虚构性的还是事实性的)'推出在场'"⑤,关键正在于原始情境照临当下的事件从而光显了"在

---

① 高明月:《从麦克卢汉、波斯特到斯蒂格勒:媒介研究中主体转向分析》,《新闻研究导刊》2020年第2期。
② [美]拉·莫阿卡宁:《荣格心理学与西藏佛教》,江亦丽、罗照辉、孟悦译,商务印书馆1994年版,第12页。
③ 曹禧修:《叙述学:从形式分析进入意义》,《文艺评论》2000年第4期。
④ 我们在表述当下题材时用"事件",回忆或曾经的题材用"历史事件",比如舜与二妃故事就是历史事件,包含原始经验,后世凝结为模式或情境,有时是一个意象,成为深层心理的沉淀物。
⑤ 赵毅衡:《"叙述转向"之后:广义叙述学的可能性与必要性》,《江西社会科学》2008年第9期。

者",形成话语表述,从而重建对象。这是历史和现实的情境熔铸:人持存着"审美主体性质地"进入模式操作,俾题材介质化。人与世界在话语中相遇,没有情境指涉和话语建构的叙事只是新闻报道。

3. 语境。话语更是一种介入系统。"所谓'介入',即指作者/说话者与文本中多种声音的协商。介入系统……是运用相应的词汇语法资源,参照文本/话语中各种各样的命题或提议,为作者/说话者的声音定位……介入系统是关于评价主体的资源"[①]。亦即,话语是包括人物在内各种声音构成的介质化语境,生成主体评价的资源。叙事介入话语就进入意义投注和生命重置,包括在场及主体两方面:在场即在话语中;主体即法理和学理的持存者,遵循基本语境看守。那种专事颠覆的叙事之所以有不可理解之处在于法理和学理两方面走失。从法理看,严重违犯历史情境规定,从"在场"吊诡:抽换意义模式,培植霉质语境,造作评价资源,实现伦理颠覆。从学理讲,抽撤"结构同型性和义域同一性",将事件变成题材躯壳,变成一堆横七竖八的结构残骸,实证成为恶作,主体变成嘲讽对象。维特根斯坦讲"在形象和被描画的东西之中,必须有某种同一的东西,使得前者一般地成为后者的形象。"他又说,事实的逻辑形象就是 Gedanke(思想)。形象与事实符合或不符合从而真或假[②]。"Gedanke"类似意象或模式,"形象"则包含语境。那种颠覆叙事大多抽离"Gedanke"和"形象"的义域同一性,以偷换语境、错置主体资源的方式解构历史真实,达到删除原始情感的目的。在违犯法理和学理的意义上,模式就是多余的,积淀了千百万年的人类情感典范悉为解构,叙事成为废墟逐臭的蝇迹。模式及语境的价值领承乃成为经典艺术与大众文化的重要区别。

4. 体验。不同于超验,体验是题材认知的价值领承。"任何叙事本文,都不可避免地存活在人类所生活的时间与空间中,它既由人所创作也是为了人而创作、为了人而存在的,而人是历史地存在着的。因而成功的艺术作品不仅具有永恒的审美艺术价值,也是一定社会历史文化氛围下的产物。"[③] 谭君强的叙事本文和艺术作品,即我们强调的原始情境的本文和叙事现场的文本,分别以时间性和空间性构筑着人的存在。但我们必须强调体验。体验是历史时间通过场域空间达成的本体同一。话语构建离开体验可能并不违犯法理和学理,但是背离生命本身。所以意象或模式不能直达语境干预现场,应该尊重存在体验,它意味着一个时代和社会必须观照那些道德历史观念和生命具体价值,不仅是诗性怀想和历史沉思。丧失模式的叙事是可怕的,拒绝道德历史观念和生命具体价值就是阴谋和陷阱,而且就设在现场。

---

① 刘世铸、张征:《主体间资源的介入研究》,《山东外语教学》2021 年第 2 期。
② [英] 维特根斯坦:《逻辑哲学论》,郭英译,商务印书馆 1963 年版,第 5 页。
③ 谭君强:《叙事理论的发展与审美文化叙述学》,《思想战线》2002 年第 5 期。

四　介质化实体具有相对独立性

"模式规约叙事进程，参与意义建构；时间性的消逝，让我们在数据时代丧失了与自身对置而立的对象他者，进而也丧失了有关自我与他者的叙事——当他者事物幻化成离散的无所指的数据时，关于世界的理论知识由此转化成数据库，失去他者的'自我'也就只是基于数据算法生成的'量化自我'"[1]。一个丧失主体性质的世界，对象及他者的存在也是莫名的，叙事就被"数据算法"普遍替代。介体不仅深度植入主体性并将之牵引回历史时间，而且参与叙事进程及文本建构。它们与题材绵连融洽，大多是一些介质化的心理质素诸如意象、情境、模式、结构，但不是独立实体。介体的意义就是将叙事代入话语建构，使题材本文变成"审美主体性质地"的叙事文本，乃有事件、话语、语境及体验等对象性介体，是主体性介质的接洽方，虽然此种接洽不是一一对应的，但是从介质向介体，正是从垂直超验到偏斜体验，从审美典范到生存实践的历史进向，一个从本文到文本的叙事进程。在此进程中介体逐渐实体化形成独立叙事单位：或为叙事铺垫，或为话语元素，或为语境参数，或为情节构件。这意味着文本有可能成为"半人半神"本文："审美主体性质地"实现为"诗意栖居"的赛博格世界。"赛博格（eyborg）是一种控制论有机体（cybernetic organism）"[2]：通过技术物（介体）植入实现对身体机能的改造与控制。"安装电极的帕金森病人、连接胰岛素泵的糖尿病人、未来接入马斯克脑机的人，都是作为赛博格的接合体，刺破了有机体与技术物、主体与客体、男性与女性这些原先被先行筹划的普遍性对立的稳固边界"[3]，消解着二元对立思维。赛博格显然不是我们所说的实体化介质，但它拟喻或描述着介质实体化的方式和路径。

1. 母题。事件的意象化、符号化和本体化，积淀于集体无意识，成为后世文学中不断重复的历史主题。这些主题不是用来描述的，而是作为介体来传达垂直超验从而制导叙事的。大地母亲：感生创世，生殖繁衍，补天劳作，深明大义，从女娲到佘太君、直到《红楼梦》的贾母老人。弃妇忠诚：忠贞贤良，惨遭弃置，痴心不改，道德献祭，从《氓》里的女子到白娘子和刘巧珍。母题在题材化、对象化、命题化的进程中不断凝结并提炼，成为意义活体，显现于意象与题材融合的叙事话语中。中国有寻夫、弃妇、知音、孝亲、因果、侠隐等，西方有献祭、淫水、复活、受难、乱伦等。广义上看，任何叙事都可能是一个母题，隐喻原始经验和垂直超验；具体看，不同民

---

[1] 于磊：《媒介技术、身体与叙事的共构：数字媒介时代女性主义媒介研究进路的初探》，《全球传媒学刊》2021年第1期。

[2] ［美］唐娜·哈拉维：《类人猿、赛博格和女人：自然的重塑》，陈静、吴义诚译，河南大学出版社1991年版，第149页。

[3] 于磊：《媒介技术、身体与叙事的共构：数字媒介时代女性主义媒介研究进路的初探》，《全球传媒学刊》2021年第1期。

族的母题规定了不同的文化品质。母题作为叙事介体是意义之核,映照着题材的阐释阈限和价值畛域,但关键的是它持存了历史性时间,持存了"审美主体性质地",熔铸了意象化和符号化所指涉的现实题材及存在世界,最后提升了主题。一段叙事分析到母题就走到意义的绝对处和形式的终极处。母题将意象与题材孕结为胴体,在逻辑形式和价值趣向同一的关系上变为意境,变成神祇,成为终极绝对的诗性本体。

2. 神话。离开原始情境最远的话语,凸显了人类自我张扬的幅度,本质是想象。当然这种想象不会与原型脱节:只是人变成神,时空变为神界,动作和过程因为想象而夸张了。神话不是历史的客观反映,而是集体无意识的外化,是意象(原型)吞噬题材的结果。一种想象中的记忆是历史感和心灵史的。神话离开情境愈远,想象幅度就愈大,其人性就愈足。神话将叙事文本的历史本质作了大幅度提升:不仅以诗意,而且以神性(本体性)亦即原型来塑造题材,本质是欲望结构吞噬了世界。明星出场费高达上千万并非社会劳动的客观价值体现,而是粉丝们欲望结构的狂热投射和巫感外化,明星只是聚焦点和炽化值而已。神话作为介体乃是游走于主客间及存在世界的本体性,集体无意识汹涌乃其心理条件,对象被夸张、变形、意象化、符号化;想象力从模式飙出,神性炽燃了诗性,人性欲望占领叙事,原始意象转化为利润狂想,衍化为图腾绘制和魔幻包装,叙事主体就成为纳米湖边被摘走金枝的国王。

3. 仪式。事件的现场感和语境的迫切性将话语硬塑为动作场景,硬塑成一个意象——不是意象吞噬题材,而是题材浇铸意象,俾变成充满张力的意义孕体和逻辑实体。每个仪式都是模式的硬化:题材沿着模式的脉径向意象回溯,一种熵定律下的意义递归,但是介体被强调出来:动作、节奏、骨鲠和轮廓。它不像神话,场景是作为义域出现的;仪式场景就是主体形象及其处境和状态。神走回幕后,人走到台前,成为主角和主人。全部仪式都演绎着祝福与死亡、歌颂与咒诅、祈祷与宣告、模仿与戏仿的悲喜剧,从而进入设计。哈贝马斯说:"本雅明以'现时'为轴心,把构成现代性的典型特征的激进未来取向彻底倒转过来,以致现代性具有了一种更加极端的历史取向。对未来新事物的期待,只能依赖于对被压制的过去的回忆"[1]。用来体悟仪式介体非常恰切:(1)任何仪式都有明确主题,其现代性愈激烈,其历史回向就愈紧张现实;(2)都有一套话语作为人神沟通的方式,常常变成沦陷于偏斜体验的现代人觊觎垂直超验的抢白式表达;(3)一套程式化的模仿动作,没有比仪式动作更接近原始意象及情感逻辑的叙事了;(4)以达成终极体验为目的,仪式几乎是偏斜体验与垂直超验的直接同一,历史垂落于当下的审美实践和欲望提升。母题和神话属于心理范畴,仪式就进入历史当量,以现场的方式被显现或被凝固。仪式确立的体裁是戏剧,其现代变体就是影视。一部影视没有实现题材的意象化,没有仪式化和历史感,就退回生活,成为滥剧。仪式是意象和模式对于题材的重铸,以最逼真原则腊制着社会和时代的历

---

[1] [德]于尔根·哈贝马斯:《现代性的哲学话语》,曹卫东等译,译林出版社2004年版,第14页。

史真容。

  4. 情节。在具体叙事操作中，母题和神话只是作为垂直超验提供或拓展着人物的心理界阈或价值畛域；仪式是人物动作的现场建构，它淋漓尽致地表达着偏斜体验和审美劳作，深刻展示着人物遵循的价值模式及其历史境遇，在意象图腾及垂直神性的辉映下完成着存在的建构。总其三者为"情节"。京剧《赵氏孤儿》有三个"神话介质"：一是义士鉏麑受屠岸贾之命潜入赵府行刺，深感于赵盾的大义忠诚不忍下手，自刎而死；二是程婴夹带孤儿出城时被门卫韩厥识破，程婴道出实情，韩厥感于程婴的义勇、愤恨屠岸贾的阴毒，放关通行，然后自刎；三是公孙杵臼替死保下孤儿。三个介质都具有神话及原型气质。比如，如果鉏麑自刎的刹那改变了利害得失观点，一念间就可以致赵盾于死命；如果韩厥在识破程婴夹带时并不关切道德人心，只执行禁令，救孤就落空；如果公孙杵臼念及天年不愿配合救孤，即成大祸。可是都没有如果。在凶险叵测的尘世间，他们是一些"介质化主体"：萦怀宇宙大义（天道母题），孤守于世间乱离（人格神话），舍身取义（殉道仪式）而不弃馁。他们不断输入着经行大道、承担大义的生命潮汐，铺垫着救孤叙事中不泯的价值脉冲和神性流派，是一步步把程婴推向大义忘死、忍辱负重的介体典范。救孤情节就是母题、神话、仪式三个介体的逐步升级，其人性内质一步步提升到惊天地泣鬼神的本体高度。题材处理真实逼人，参究着历史情境和现实语境以及时代的全部人类偏斜体验，"赵氏孤儿"的意象逐渐从情节超离，变成人类人性存在的境相折射，摄持着良知不泯的价值途程，成为"悲欣交集"的生命存在图腾，是基拉尔无法理解的"斥毁灭"[①] 介体。情节体系不仅从张学津出神入化的表演涓涓泄出，引导着观众的想象和联想，而且编织着关于人性、存在、道义的全部话语，观众的心理能量亦为之汹涌。我们在进入叙事情境的同时也进入程婴光芒万丈千古不泯的心性和执着，让我们感到这个世界有活下去的理由。

  情节不仅是叙事对象，而且作为神性本体使人的存在介体化：意象的义域幅度与题材的意义边际相契合，模式的逻辑形象与本文的叙事结构相吻合，扩展为既是动作过程又有深度体验，既是存在事件又有历史情境的仪式化进程。如果说母题和神话是集体无意识的冲腾，仪式是社会事件的腊制，情节实现了原始经验和历史记忆的还原。一个放纵无忌的时代只有题材没有历史，一个怪诞荒谬的社会又只有模式而没有情节，想象和思考其实也没有，只有欲望和猥亵。体验变成实用价值兑换，一个时代和社会的意义空间就塌缩了。

---

  ① 从基拉尔的欲望结构推衍，人类现代性的终局是毁灭。中华文化则以同一性思维规约人类人性的竞争，从而导向和谐、大同、圆融之类存在境相，我们谓之"斥毁灭"。

德国前古典美学初探：概念辨析、主要贡献与当代价值

陈新儒[*]

（福建师范大学文学院　福建福州　350007）

摘要： 德国前古典美学至今并未形成整体研究和统一概念，但其中诞生了众多产生重大影响的原创性思想，其中包括从对理性法则的怀疑引发的对感性与美的本质的形而上关注、作为学科的美学的建立、将美与艺术在哲学层面相关联、审美现代性观念的诞生、审美历史主义和审美民族主义观点的初步建立等诸多方面。有必要重新认识德国前古典美学的原创贡献与今日价值，对德国前古典美学史上的核心文献及其思想进行更加全面的谱系梳理，并以此勾勒出德国前古典美学的整体面貌，充分认识德国前古典美学的当代价值。

关键词： 德国前古典美学；审美现代性；审美历史主义；审美民族主义

作为现代美学学科的公认命名地和审美现代性的发源地之一，德国一直都是中外美学史界的重要研究对象，但与德国美学史有关的研究始终处于某种不平衡的状态。一方面，因其与马克思主义文艺理论的直接渊源关系，德国古典美学——以德国古典哲学为理论基础、18 世纪末 19 世纪初在德国从康德到黑格尔的一个美学流派，以 1790 年康德出版《判断力批判》为开端，以 1838 年黑格尔《美学》全部出版为结束[①]——始终处于德国美学史的中心位置；但另一方面，德国古典美学之前出现的诸种美学思潮与流派，不仅始终徘徊在主流研究视野的边缘，而且学界对其尚未有足够的观照。[②] 在此我们尝试提出"德国前古典美学"这一新的美学史研究范畴，并对这一时期的美学思想进行初步的整体考察。

---

[*] 作者简介：陈新儒（1992— ），江西永修人，福建师范大学文学院讲师，文学博士，研究方向：西方美学史。

[①] 蒋孔阳：《德国古典美学》，安徽教育出版社 2008 年版，第 1—3、55 页。

[②] 今日主流学界依然倾向认为，英国经验主义美学和法国启蒙运动中的美学思想构成了德国古典美学思想的主要来源。例如近期发表的一篇笔谈中提到，德国古典美学从英国文化中吸纳了自然人性、个体自由等概念，同时又从法国文化中汲取了社会民主、国家正义等观念。详见张政文等《德国古典美学的生机和危机对话——中心场域中的边缘问题》，《求是学刊》2021 年第 5 期。

一 德国前古典美学的研究现状和概念辨析

作为哲学史概念的德国古典美学脱胎于恩格斯分别在早年写作但未完成的《自然辩证法》和1888年出版的《路德维希·费尔巴哈和德国古典哲学的终结》中提出的"德国古典哲学"。[①] 实际上，恩格斯所谓的"古典"是用以形容19世纪前期在德国高度成熟的认识论与观念论哲学（发端于康德、以黑格尔为集大成）。尽管其体系本身已高度成熟，但却无法适应日益激烈的社会革命要求，从而遭到以费尔巴哈为代表的继承者的"扬弃"，最终被以马克思的理论为指导的德国工人运动所批判继承。[②] 此后，以康德、费希特、黑格尔等人为代表的德国观念论哲学作为德国古典哲学这一名称下的集合被普遍视为马克思主义哲学的三大来源之一，并首先在德语学界通行，而作为哲学分支的美学则将这一概念逻辑顺延为"德国古典美学"。[③] 吉尔伯特和库恩合著的《美学史》（1939）是英美学界首次以"德国古典美学"（Classical German Esthetics）为这一时期的美学命名，其中收录康德、洪堡、歌德和席勒四人的美学思想。[④] 该著长期以来作为国际通行的美学史教材，也使作为术语的"德国古典美学"得以推广。借助朱光潜的《西方美学史》（1963）中的同名章节和蒋孔阳《德国古典美学》（1980），这一概念也在中国学界深入人心。

在美学史研究中，以齐默尔曼《作为哲学科学的美学史》（1858）为起点，西方学界很早就对德国前古典美学有所关注。但此时的主流美学观念和研究范式依然主要受到德国古典美学的强大影响，德国前古典美学仍被视为德国古典美学诞生的准备阶段。鲍桑葵在《美学史》（1892）中首次对莱布尼茨、鲍姆嘉通、温克尔曼和莱辛的美学思想做过较为系统的论述，但他将这一时期称为"康德以前哲学中的美学观念"和"过渡时期"；[⑤] 克罗齐的《美学的历史》（1910）还加入了对迈尔、祖尔策、门德尔松、赫尔德等人的评述，但他并未对18世纪的欧洲美学进行国别上的划分，而是将其统称为

---

① 恩格斯在《自然辩证法》（中共中央马克思恩格斯列宁斯大林著作编译局编译，人民出版社2015年版）的导言中两次提及德国古典哲学："1848年这一年在德国一事无成，只是在哲学领域中发生了全面的转折。这个民族由于热衷实际，一方面初步建立起大工业和投机事业，另一方面为德国自然科学此后所经历的、由巡回传教士和漫画人物福格特、毕希纳等等所揭开的巨大跃进奠定了基础，于是这个民族坚决摈弃了在柏林老年黑格尔派中陷入困境的德国古典哲学。"（第43页）"辩证法的第二种形态恰好离德国的自然科学家最近，这就是从康德到黑格尔的德国古典哲学。"（第45页）
② 详见［德］恩格斯《路德维希·费尔巴哈和德国古典哲学的终结》，中共中央马克思恩格斯列宁斯大林著作编译局编译，人民出版社2018年版，第11—16页。
③ 例如库恩的《黑格尔对德国古典美学的终结》（1931）和贝格瑙的《德国古典美学中的美论》（1956），详见李伟《确然性的寻求及其效应——近代西欧知识界思想气候与康德哲学及美学之研究》，中国社会科学出版社2017年版，第2页。
④ Gilbert, Katharine Everett & Kuhn, Helmut, *A History of Esthetics*, New York: The McMillan Company, 1939, pp. 321—370.
⑤ ［英］鲍桑葵：《美学史》，李步楼译，商务印书馆2019年版，第247—262、350—352页。

"次要的美学";① 直到吉尔伯特和库恩的《美学史》才首次单设"德国理性主义和新艺术批评"(German Rationalism and New Art Criticism)一章,集中讨论了德国前古典美学思想;② 贝克的《早期德国哲学:康德及其前驱》(1969)是西方学界首部以德国前古典哲学为专门研究对象的著作,该书用三章的篇幅讨论早期德国美学对德国古典美学的影响,主要涉及沃尔夫的艺术哲学、莱辛的诗学以及以哈曼和赫尔德为代表的反启蒙美学。③ 但在分析美学占主导地位的20世纪后半叶,西方学界对美学史的兴趣逐渐让位于其他美学议题,这一阶段出现的两本重要的美学史著作(比尔兹利1966年出版的《西方美学简史》和塔塔尔凯维奇1974年出版的三卷本《美学史》)均未专章讨论德国前古典美学。进入21世纪以来,西方对于这一阶段的德国美学的关注逐渐升温,出现为数众多的美学史研究与个案研究并重的论著。④

在中国学界,德国古典美学作为马克思主义以前规模最大、最具影响力的美学体系,对它的分析和研究几乎伴随着中国美学现代化的整体步伐而推进。但与百余年来对德国古典美学的充分研究形成鲜明对照的是,德国前古典美学始终处于焦点之外。在朱光潜的《西方美学史》中,德国前古典美学作为"德国启蒙运动"被简短提及,其中涉及高特谢德、鲍姆嘉通、温克尔曼和莱辛四位美学家⑤;蒋孔阳和朱立元主编的七卷本《西方美学通史》(1998)专列《十七十八世纪美学》一卷,其中第三编"德国美学"论涉莱布尼茨、鲍姆嘉通、温克尔曼、莱辛和赫尔德五位美学家⑥,是至今为止对德国前古典美学的最详细研究;汝信主编的四卷本《西方美学史》(2008)之第二卷《文艺复兴至启蒙运动美学》在"大陆理性主义美学"和"德国启蒙运动美学"中涉及德国前古典美学⑦,具体对象基本与《西方美学通史》相同。在其他各种西方美学史论著中,讨论基本不出上述范围。随着西方美学史研究的逐渐细化,与德国前古典美学有所关联的间接研究也已初见收获,主要包括德国前古典美学思想家个案研究、18世纪启蒙美学整体研究中涉及德国部分、18世纪德国诗学与文艺理论的相关研究等等。⑧

---

① [意]克罗齐:《美学的历史》,王天清译,商务印书馆2016年版,第69—122页。
② Gilbert, Katharine Everett & Kuhn, Helmut, *A History of Esthetics*, New York: The McMillan Company, 1939, pp. 289 - 320.
③ Beck, Lewis White, *Early German Philosophy: Kant and His Predecessors*, Cambridge, MA: The Belknap Press, 1969, pp. 278 - 392.
④ 例如哈蒙斯特的《德国美学传统》(2002)、拜泽尔的《狄奥提玛的孩子们:从莱布尼茨到莱辛的德国审美理性主义》(2009)、盖耶尔的《现代美学史第1卷:18世纪》(2014)、朱克特的《赫尔德的自然主义美学》(2019)。
⑤ 朱光潜:《西方美学史》,人民文学出版社2020年版,第279—315页。
⑥ 范明生:《西方美学史第3卷:十七十八世纪美学》,北京师范大学出版社2013年版,第555—696页。
⑦ 彭立勋、邱紫华、吴予敏:《西方美学史第二卷:文艺复兴至启蒙运动美学》,中国社会科学出版社2005年版,第467—632页。
⑧ 代表性成果有刘小枫主编《德语美学文选》(2006)、刘珊《温克尔曼、莱辛、赫尔德艺术问题论争研究》(2010)、高艳萍《温克尔曼的希腊艺术图景》(2016)、范昀《艺术与启蒙:十八世纪欧洲启蒙美学研究》(2010)、万梁铖《十八世纪美学中的"自由"观念探析》、许迪索《狂飙突进:十八世纪下半叶的德国文学运动》(1985)、谷裕《隐匿的神学——启蒙前后的德语文学》(2008)。

尽管研究成果已经十分丰硕，但令人尴尬的是，不仅德国前古典美学的受重视程度远远不及德国古典美学，而且似乎很难形成如德国古典美学这般统一的概念。学界目前对德国前古典美学的主要称呼为德国启蒙运动时期的美学（朱光潜）/德国启蒙主义美学（比尔兹利）、德国理性派美学（蒋孔阳）/审美理性主义（拜泽尔）、18世纪德国美学（范明生）等。但这些称谓或多或少存在一些问题：如果以"启蒙"或"理性"来为这一阶段的德国美学命名，则难纳入同一时期对启蒙与理性持质疑乃至反对态度的美学思想；如果以18世纪来命名，则需要包括同样诞生于18世纪末的德国古典美学和德国浪漫主义美学，这种命名方式无法对其进行必要的区分。对此，笔者在此尝试提出"德国前古典美学"这一新的称呼方式。我们将在下文中初步证明，这一称呼不仅可以准确概括出其与德国古典美学的历史关系，而且能在一个相对边界固定的范围内把握从17世纪晚期到18世纪晚期德国美学的发展历程及其内部的复杂关系。

二 德国前古典美学的时代背景与主要贡献

德国前古典美学的诞生与发展，与17世纪中叶到18世纪晚期的德意志民族神圣罗马帝国所在的德意志地区的政治、经济、宗教和文化密切相关。伴随着三十年战争的结束，欧洲近代民族国家正式开始形成，但德意志各邦国也因此陷入长期的分裂状态。与其他欧陆国家相比，此时的神圣罗马帝国"既不具备亚里士多德所指称的国家形式，也不符合拥有主权的国家理论，而是一个有点不规矩的政治实体，是一个怪物"。[1] 这不仅导致德意志地区的经济生产力和政治水平的长期落后，也使邦君专制制度遍存，普通人并无参政的权利。资产阶级政治力量弱小，他们一方面渴望在德国也能确立资产阶级的统治，另一方面却害怕由此引发的社会动荡会损害既得利益，所以更倾向于通过思想文化领域的革命性思考，展示自己的利益诉求和愿望，并通过精神上的追求和解脱达到一种内在的心理平衡。[2] 正是在同时，欧洲大陆上广泛开展的启蒙运动也传入德意志北方地区，但和以认识理性为核心的欧陆启蒙运动不同的是，德国的启蒙运动把敢于运用理性摆脱蒙昧状态放在比认识理性更加重要的位置。[3] 这使得德国启蒙运动有两大鲜明特征：其一是重视对公民的启蒙教育，呼吁建立一般民众的思想改造和自由发展的宽松氛围；其二是在思想改造的过程中同样敢于怀疑理性法则本身，并深入到对情感与人性的形而上思考。

德国前古典美学的第一个主要贡献便是从对理性法则的怀疑引发的对感性与美的本质的形而上关注，这是作为独立的美学诞生的哲学基础。被称为"德国哲学之父"

---

[1] 刘新利、邢来顺：《德国通史·第三卷》，江苏人民出版社2019年版，第85页。
[2] 刘新利、邢来顺：《德国通史·第三卷》，江苏人民出版社2019年版，第448—449页。
[3] 例如康德对于启蒙的著名定义中强调："拿出勇气，使用自己的理性！这就是启蒙的座右铭。"详见刘新利、邢来顺《德国通史·第三卷》，江苏人民出版社2019年版，第154页。

的莱布尼茨（Gottfried Wilhelm Leibniz）首先发现了理性领域之外的独特价值。他提出真理分为"推理的真理"和"事实的真理"，前者依据的是矛盾律，是必然的、可靠的，其根源在于心灵理性，后者依据的是充足理由律，是偶然的、不可靠的，其根源在于感性知觉。① 莱布尼茨在这种划分方式中承认，在上帝所赋予的理性认识能力之外，世界上还存在着需要靠偶然方式进行把握的对象。针对这些对象，莱布尼茨又提出了不同的认识在性质上的差异，他在多部不同的著作中都谈到了有关认识的不同术语，其划分方式也有所不同。有时候他将认识划分为"清晰的"和"模糊的"，在"模糊的"认识下面又划分出"混乱的"和"明确的"两种认识；有时候他又将清晰的认识等同于明确的认识，将模糊的认识等同于混乱的认识，但很快他又指出，存在着"可以既是明确的又是混乱的"认识，这些"我所不知道的"（je ne sais quoi）东西只能通过举例来把握。② "我所不知道的"是一个流行于 17 世纪法国思想界的短语，朱光潜在《西方美学史》中指出，这是当时还不能被清楚认识的关于美的要素，并将其背后所代表的感性与理性对立起来。③ 莱布尼茨随后在下文中举了一幅画的例子来说明为什么认识可能一方面非常明白和清楚，另一方面又非常模糊和混乱：当一幅被认为是风景画的作品展示的是乌云密布的杂乱天空，那么对它的认识就是明确的；但如果有人指出这幅画中实际上应该使人看出的是人物肖像时，就有理由说这种认识是混乱的了，因为"这样一幅画，我们清楚地看到它的各部分，而没有注意到这些部分以某种方式所指向的结果，这是真正混乱的"。无论对认识进行分类的方式如何，莱布尼茨无疑承认了理性之外的认识方式的存在，乃至将其命名为使得观念与真理之间的联系能够被直接把握到的"直觉知识"。④

尽管莱布尼茨是坚定的唯心主义者，但他个人涉猎的知识领域十分广泛，并对各个艺术门类都有所涉及，这必然会使得他在强调理性与信仰的统一的同时不自觉地流露出对于感性与美的重视。《斯坦福哲学百科全书》对此这样评述："尽管莱布尼茨没有明确表示我们在完善感知中获取的愉悦实际上指向的是愉悦感自身的完善，但他暗示了这样一种新的观念：（包括艺术在内的）美感既是本质上令人愉悦的，又是对我们有益的，因为它会导致自我的完善。"⑤ 尽管并未形成体系，但许多此后不久被反复探讨的与美和感性密切相关的关键问题已经在莱布尼茨的思想片段中生根发芽，这为日后感性成为人的与理性同等重要的生存方式和生活方式奠定了哲学基础。

莱布尼茨的主要思想在日后被沃尔夫（Christian Wolff）体系化，被后人称为"莱布尼茨—沃尔夫体系"，并主导德国哲学将近一个世纪。这一体系的最大特点在于坚持

---

① 刘新利、邢来顺：《德国通史·第三卷》，江苏人民出版社 2019 年版，第 157 页。
② ［德］莱布尼茨：《人类理智新论》，陈修斋译，商务印书馆 1982 年版，第 266—268 页。
③ 朱光潜：《西方美学史》，人民文学出版社 2020 年版，第 288 页。
④ ［德］莱布尼茨：《人类理智新论》，陈修斋译，商务印书馆 1982 年版，第 588 页。
⑤ "18th Century German Aesthetics: 1.1 Leibniz", https://plato.stanford.edu/entries/aesthetics-18th-german/#Lei.

用理性来认识一切事物,并且是通过几何学的演绎方式,因此莱布尼茨以通过一种神秘的思辨方式来表达的理性演化成了一种抽象的理智,莱布尼茨哲学中的辩证的成份被淹没在了一种僵化呆板的形式逻辑中。沃尔夫在美学上的贡献主要在于给"美"下了一个与愉悦相联系的"完善"的定义,以取代莱布尼茨所含糊表达的上帝之善:"美在于一件事物的完善,只要那件事物易于凭它的完善来引起我们的愉悦。"① 而到了鲍姆嘉通(Alexander Gottlieb Baumgarten)这里,美与完善的关系被置于美学这样一门与感性有关的新学科下探讨:"美学的目的是感性认识的完善,而这完善也就是美……感性认识的美和审美对象本身的雅致构成了复合的完善,而且是普遍有效的完善。"② 在这个论断中,美、感性与完善从两个方面被联系起来:一方面是感性认识自身的完善成为了美的观念,另一方面是感性认识到的完善对象可以被视为美的对象——而美的对象与观念的统一反过来成了主体认识与客观对象的完善的统一,美与完善从而成了一对同义替换。整体而言,德国前古典美学尝试在美的客观主义和主观主义理解中开辟一条中间道路,认为美存在于主观与客观的关系之中,尤其是事物在我们内部生产愉悦的力量中,这根植于充足理由律基础之上的"真善美"三位一体论贯穿于德国前古典美学的发展过程中。

德国前古典美学的第二个主要贡献是将美与艺术在哲学层面相关联,并最终催生了审美现代性与艺术自律这两个重要观念。启蒙现代性观念所推崇的科学与理性精神在17世纪便已经通过笛卡尔主义的广泛传播形成了巨大影响,并且经由新古典主义延伸到文艺创作领域。但与此同时,对理性法则的怀疑与挑战也酝酿着与启蒙现代性完全不同甚至针锋相对的现代性观念,这种观念公开拒斥中产的价值标准,并通过感性的确立和美的独立形成对艺术本质的重新思考,这种日后被称之为"审美现代性"的全新观念同样酝酿于德国前古典美学之中。路德宗教改革以来在德意志北部地区形成的世俗化的新教神学为文艺活动在市民文化生态中的出现与迅速发展提供了肥沃的土壤。③ 受此影响,鲍姆嘉通在处女作《诗的哲学默想录》已注意到如下问题:当时对诗的一般探讨多如牛毛,但还没有人能从形而上学的角度说清楚诗产生与运作的一般原则,而仅仅将其简单地归为客观存在的和谐与完善。鲍姆嘉通明确提出了自己研究的问题缘起:"哲学和如何构思一首诗的知识是连接在一个最和谐的整体之中,却往往被视为完全相反的东西。"④ 他认识到了哲学与诗二者本紧密相连,但却被古典诗学强行分割成了两个不同的领域。在鲍姆嘉通看来,古典主义所说的处于理性的和谐之中的东西,恰恰应该属于理性之外的领域。由此,他引出了与"感性"密切相关的两个概

---

① 详见朱光潜《西方美学史》,人民文学出版社2020年版,第289页。
② [德]鲍姆嘉通:《美学》,简明、王旭晓译,文化艺术出版社1987年版,第18—21页。
③ 关于18世纪的德国如何得以产生审美现代性的文化土壤,详见张政文《德意志审美现代性话语的文化生态要素探究》,《中国社会科学》2012年第11期。
④ [德]鲍姆嘉通:《美学》,简明、王旭晓译,文化艺术出版社1987年版,第126页。

念:"感性表象就是通过低级的认识能力所接受的表象。欲望只要是源自于善的混乱的表象,它就是感性的欲望;另外,既然混乱的表象和模糊的表象都是通过低级的认识能力接受的,我们同样也可以称其为模糊的,以便和各个层次上的明晰概念区别开来……完善的感性谈论,就是其各个要素都指向对感性表象的认知。感性谈论越能激起感性表象,就越完善。"① 这便是莱布尼茨意识到但无法对其进行准确辨析的感性观念。

尽管鲍姆嘉通在此时已经认识到了感性的价值并希望以此建立一门独立学科,但直到 1839 年出版的《形而上学》中,才对 Ästhetica 进行了更加精确的定义:"与感觉相关的认识与呈现的科学(低级认识功能的逻辑,优雅与沉思的哲学,低级的神思,优美地思考的艺术)。"② 在 1850 年出版的《美学》导论中,鲍姆嘉通为其做出如下定义:"作为自由艺术的理论、低级认识论、美的思维的艺术和与理性类似的思维的艺术是感性认识的科学。"③ 这不仅是"美"和"艺术"首次在哲学层面建立联系,而且将感性认识所代表的美与艺术类比于理性思维,如果将这种观点放到对一般艺术作品的创造与欣赏中,那么艺术作品本身的完善和被主体所感受到的美就成为了同样重要的价值的两个方面。日后出现的莱辛的《拉奥孔》(1767)、祖尔策的《美的艺术的一般原理》(1774)、赫尔德的《论雕塑》(1778)等论著,都可以看到美与艺术在哲学层面的进一步联系。这种联系最终催生了以莫里茨为代表的艺术自我目的说,他在《论美的造型模仿》(1788)中首次以纲领性地、严格地强调了艺术同所有功利性形式的对立,由此捍卫了艺术之自我目的的尊严。④ 这也成为艺术自律观念的萌芽。

德国前古典美学的第三个主要贡献是审美历史主义和审美民族主义的初步建立,二者存在着密切关联。如果说前两个贡献主要来自对启蒙运动核心原则的怀疑与改造,那么审美历史主义与审美民族主义则是从美学角度旗帜鲜明地反对启蒙主义,这也是整个欧洲范围内反启蒙运动的先声。温克尔曼首次将关注点放在了对艺术实践的历时考察中,他们在激烈批判新古典主义的唯理主义弊端之后,将古典时期的艺术作品视为整体文化成就的重要组成部分,这标志着现代艺术史的研究范式的初步形成。温克尔曼在评价古希腊雕塑时说道:"希腊杰作上共通的卓越特征,是姿势与表情上高贵的单纯与静穆的伟大。正如同大海的表面即使汹涌澎湃,它的地层却仍然是静止的一样,希腊雕像上的表情,即使处于任何激情之际,也都表现出伟大与庄重的魂魄。"⑤ 尽管看上去依然严格从新古典主义的"完善之美"的立场出发来论证自己所认为的艺术价

---

① [德] 鲍姆嘉通:《美学》,简明、王旭晓译,文化艺术出版社 1987 年版,第 128—129 页。
② Baumgarten, Alexander, *Metaphysics: A Critical Translation with Kant's Elucidations, Selected Notes and Related Materials*, Trans. Courtney D. Fugate & John Hyers, Bloomsbury Publishing, 2014, p. 205.
③ [德] 鲍姆嘉通:《美学》,简明、王旭晓译,文化艺术出版社 1987 年版,第 13 页。
④ Guyer, Paul, *A History of Modern Aesthetics*, Vol. 1, New York: Cambridge University Press, 2014, pp. 414-415.
⑤ [德] 温克尔曼著,潘襎译·笺注:《希腊美术模仿论》,中国社会科学出版社 2014 年版,第 72—73 页。

值，但如果把这段话放到当时的语境中会发现，温克尔曼所强调的伟大艺术家在创造作品时精神上必须具备的崇高与神圣是新古典主义此前从未明确涉及的，存在着"非感官领域"对感性刺激的精神超越，这就是为什么温克尔曼认为对于古代作品的学习能够赋予作品高尚的品位。正如《论古希腊雕塑与绘画的摹仿》的中译者所指出的，温克尔曼代表的"德国古典主义的国家主义表现为文化落后的自卑感之反弹的反抗意识，而法国的古典主义则将过去本国文化的优越意识直接投射到光荣的古代罗马。这两种主义是相对立的"。① 法国古典主义与德国古典主义的对立，表面上看是古希腊艺术与古罗马艺术之间的价值碰撞，但实际上却是法国民族与德国民族在18世纪这一欧洲民族性普遍觉醒的关键节点在艺术观念领域所产生的不可调和的矛盾，后者在温克尔曼看来是软弱无力的，需要通过唤起古希腊艺术的淳朴精神进行净化。

而随后到来的"狂飙突进"运动则进一步反对理性作为检验文艺作品价值的最高标准，转而提倡情感与天才的核心作用，这大大动摇了理性主义与新古典主义在美学上的统治地位，也在欧洲大陆掀起了一轮以历史主义和民族主义为标志的新美学革命。赫尔德将古希腊的史诗、戏剧和雄辩术当作趣味的历史源头，而且认为"良好的趣味在希腊人那里，在他们最美好的时代中就像他们自身，他们的文化教养、气候、像生命行动和心情那样，是一种自然的产生"。② 这是赫尔德对温克尔曼的艺术史观点的一种发展。在温克尔曼乃至其后的莱辛看来，古希腊的艺术作品从一开始就是与美有关的精神价值相关的，但是赫尔德认为这是典型的古今错位，实际上在古希腊人那里并没有形成独立的美和艺术的观念，这些伴随着趣味是自然而然地产生在他们生活的土壤中的。概言之，赫尔德把时代、种族、天才、自由、民主政体均视为在各类艺术中的古希腊趣味生长繁荣的土壤。③ 而从亚历山大时代开始，那些对古希腊的刻意学习和模仿乃至体制化，反而损坏了这种天然的、自由的趣味："良好审美趣味的原因放置得越深沉，它的自然本性也就越真实，它的持续就越稳定和长久。古希腊绝不会重新回来了，因此，审美趣味同样绝不再那么深刻地长久持续了。在我们这里，它始终存在于民族的表面之上。"④ 如果说温克尔曼的艺术史研究的目的是借助对古希腊艺术的推崇来纠正当时的种种华而不实的宫廷趣味，那么赫尔德则显然更加从中看到了这种尝试的徒劳，因为艺术就像其他各类社会生活习性一样有着从繁荣到衰退的自然过程，并非只有按照古希腊的标准才能创造伟大的艺术，每个时代、每个民族都可能诞生对自身而言独一无二的艺术高峰，应该从具体语境出发看待艺术分类在不同地域与不同时代的表现。

---

① ［德］温克尔曼著，潘襎译·笺注：《希腊美术模仿论》，中国社会科学出版社2014年版，译后记第183页。
② ［德］赫尔德：《赫尔德美学文选》，张玉能译，同济大学出版社2007年版，第109页。
③ ［德］赫尔德：《赫尔德美学文选》，张玉能译，同济大学出版社2007年版，第22页。
④ ［德］赫尔德：《赫尔德美学文选》，张玉能译，同济大学出版社2007年版，第135页。

三 德国前古典美学的后世影响与当代价值

与其原创性贡献相比，德国前古典美学对后世美学思想带来的巨大影响同样重要。作为德国前古典美学核心思想的主要继承者，德国浪漫主义美学和德国古典美学这两股美学思潮最终奠定了德国在西方近现代美学史中的重要地位。但这并不意味着德国前古典美学仅仅是德国浪漫主义美学和德国古典美学的注脚，它们之间的复杂关系依然有待更细致的挖掘。

学界通常认为，是德国古典美学把美本质的主观性和客观性、艺术作品的内容方面与形式方面分别加以调和，并且以此确立了"美在理性内容表现于感性形式"①的一般原则。但通过上文我们已经可以看到，德国前古典美学在这之前已经迈出了这一步。正如拜泽尔所指出的，在认同充足理由律的基础上，德国前古典美学"小心翼翼地建构了一个可以避免这两个极端的美的概念，它既不是客观的，也不是主观的，他们坚称美不仅仅存在于欣赏者的心里，也不仅仅是存在于事物之中的客观品质，不管我们是否注意到它们，相反，他们认为美存在于主观与客观的关系之中，尤其是事物在我们内部生产快乐的力量中"。②在对于美的认识的折中过程中，德国前古典美学家同样乐于承认艺术作品能够带来情感上的价值，只要这种情感处于规则可以控制的范围内，而且规则应随着时代的变化而变化——这是其与新古典主义分道扬镳并且带来魏玛古典时期文学辉煌的重要理论基础。此后康德对美的主客观统一的界定、席勒的审美教育理念与审美王国理想、谢林将艺术被视为全部哲学的"拱顶石"所创立的艺术哲学、黑格尔的辩证美学体系中对艺术体系的历时性考察，均脱胎于德国前古典美学对于类似问题的思考。

而发源于耶拿的浪漫主义美学则从审美民族主义和艺术自律两个方面大量汲取了来自德国前古典美学的营养。本雅明经过考据后指出，在当时的语用中，"浪漫"的意思是骑士的、中世纪的；像他通常所喜欢做的那样，施莱格尔在这一意思之后隐藏了他的本来看法。③由此可见，早期浪漫主义者的"浪漫"这一命名，不仅体现了对启蒙主义者惯用的"中世纪—现代的黑暗—黎明"隐喻的根本性否定，也体现了德意志民族自身在审美意识方面的觉醒。尽管赫尔德和"狂飙突进"运动的领导者没有见证浪漫主义所带来的艺术繁荣时代，但他的审美民族主义观点已经预示了此后不久出现这样一种包含更鲜明的时代与民族特色的美学思潮。此外，早期浪漫主义者还"确立了

---

① 朱光潜：《西方美学史》，人民文学出版社2020年版，第651—652页。
② [美]拜泽尔：《狄奥提玛的孩子们——从莱布尼茨到莱辛的德国审美理性主义》，张红军译，人民出版社2019年版，第11页。
③ [德]本雅明：《德国浪漫派的艺术批评概念》，王炳钧译，北京师范大学出版社2014年版，第124页。

一种有别于规则的艺术作品标准,即作品自身的、确定的内在结构标准"。[①] 正是这样一种内在的批评标准所呼唤的普遍美学理想不仅要求文艺批评观念上的变革,而且要求科学与艺术领域的全面革命,他们坚持打破艺术与生活间的樊篱,以便世界本身变得浪漫化,这是对德国前古典美学强调的真善美"三位一体"观念的重新召唤。

综上可见,从莱布尼茨到莫里茨的德国前古典美学家在美学史上首次将美、感性和艺术等话题纳入自己的哲学思考,其中诞生了作为独立学科的美学、艺术哲学的最初构想、系统化的艺术分类与文艺批评原则、现代意义上的艺术史观念、作为有效教育手段的审美与艺术、审美民族主义原则等一系列在美学史上具有重要影响力的思想,这些思想不仅具有举足轻重的美学史影响,而且使得政治上依然分裂的德国一跃跻身欧洲拥有伟大思想文化国家序列,至今依然具有全球范围的影响力。因此,我们有必要重新认识德国前古典美学的原创贡献与今日价值,对德国前古典美学史上的核心文献及其思想进行更加全面的谱系梳理,并以此勾勒出德国前古典美学的整体面貌,这不仅能够推进西方美学史的研究视野,也能够对马克思主义美学与文艺理论的思想来源进行更加深入的探寻。

那么最后的问题是,今天立足于中国本土的学术语境,应该如何认识德国前古典美学的当代价值呢?对此我们可以给出如下尝试性回答:第一,美学如今正处于哲学、诗学与艺术学的交叉地带,而这三者之间的良性互动正是德国前古典美学的主要视角与研究方式,这能为今天重新思考美学的进路提供思路参照;第二,随着新时代科学技术的发展,许多新的美学范畴得以产生,这构成对德国古典美学以来割裂伦理与无功利美学观念的挑战,有必要回到德国前古典美学的理论语境,站在社会日常生活经验的角度重新建立伦理与审美之间的紧密联系;第三,如今我们已处于消费主义时代,其一大特征是感性需求不断充盈,美感逐渐被快感取代,美也从美学研究的中心议题沦为边缘化议题。纵观当今社会,尽管今天并不缺乏美的现象,但对美的内涵以及提高审美能力的思考依然缺乏,这是始终强调美的中心地位的德国前古典美学能够带给我们的宝贵思想资源。美学的根本研究对象是美还是感性?如何修复真善美之间的割裂状态?如何弥合审美与艺术之间的观念鸿沟?这些当今美学与文论的前沿议题都能够从德国前古典美学的丰富思想遗产中找到激发新研究思路的路径。

[①] [德]本雅明:《德国浪漫派的艺术批评概念》,王炳钧译,北京师范大学出版社2014年版,第86页。

"邦德及其超越":托尼·本尼特对大众文化文本的分析

金 莉*

(河南师范大学外国语学院 河南新乡 453007)

摘要:托尼·本尼特质疑和批评欧陆西方马克思主义者对大众文化文本的贬低,他在力主大众文化研究"葛兰西转向"的同时,提出了"阅读型构"和"文本间性"概念。在他看来,意义的产生依赖于一套交叉的话语即多种文本在一定条件下的相互激活,"文本间性"除了拥有"互文性"的特征与优越性之外,更注重阅读活动中读者与社会的、历史的因素向"文本本身"内部的渗透和交织。基于此,本尼特以大众文化"邦德形象"为文本解读范例,深入细致地阐释了"邦德"是谁又是如何实现"超越"成为"非邦德"的"邦德",此分析解读深入贯彻了其"葛兰西转向"、"阅读型构"和"文本间性"的思想主张,呈现出了独特的思维向度。

关键词:大众文化;西方马克思主义;"阅读型构";"文本间性";邦德

托尼·本尼特是当代英国文化马克思主义重要的代表人物,其文化思想以激进务实著称,他对20世纪70年代末80年代初居于主导地位的欧陆西方马克思主义批评进行了质疑和批判,提出了别具一格的文本批评对象及方法。本尼特认为西方马克思主义批评的基本指向是"在同一平台以自己的依据与资产阶级批评竞争,而不是争论或移植那个平台"[①]。此处的"平台"意为"批评对象",欧陆西方马克思主义批评的"批评"对象都是所谓的"经典"或"高雅文化",都将大众文化排斥在外。本尼特"批评了欧陆西方马克思主义对大众文化与大众文本的忽略"[②],他不仅提出了大众文化研究的"葛兰西转向"[③],更提出了文本分析的可操作方法——"阅读型构"和"文本间

---

* 作者简介:金莉(1978—),河南叶县人,文学博士,副教授,硕士生导师。研究方向:西方文艺理论。本文系教育部人文社会科学项目"托尼·本尼特文化思想研究"(20YJAZH044)和河南省哲学社会科学规划项目"西方马克思主义大众文化理论流变研究"(编号2021BKS022)的阶段性成果。

① [英]托尼·本尼特:《马克思主义与通俗小说》,刘象愚译,[英]弗朗西斯·马尔赫恩编:《当代马克思主义文学批评》,北京大学出版社2002年版,第206页。

② 金莉:《文化研究范式与"社会文本"——论托尼·本尼特的大众文化观》,《文艺评论》2021年第1期。

③ [英]托尼·本尼特:《大众文化与"转向葛兰西"》,陆扬译,陆扬、王毅选编:《大众文化研究》,上海三联书店2001年版,第63—64页。

性"。本尼特对日益高涨的大众文化文本进行了热情回应,尤其对"邦德"的大众文化现象投入了大量的笔墨。他坚持马克思主义政治维度、历史维度和实践维度之统一,采众家之长,树一家之言,在大众文化研究领域独树一帜。

一 大众阅读的"阅读型构"

大众阅读是有效的和积极的阅读。本尼特一直批评西方马克思主义对大众文化的贬低和排斥,他与威廉斯、霍加特、霍尔等人一样并不赞成文化是少数人才能理解、享用的权利,他也反对将大众文化看作是统治阶层从上至下向社会从属阶层灌输其意识形态的工具,他倡导葛兰西的文化霸权理念,认为大众文化是"上与下"两种文化与两种力量争夺文化霸权的场域。为了显示大众文化的重要意义,本尼特将研究投向了大众阅读。在这里,"大众阅读"是指:"产生于学院之外,与学院中运行的文学批评话语没有多大关系的阅读……"① "大众阅读"也就是里维斯主义和法兰克福学派学者口中的"无教养阅读",本尼特倾向使用"大众阅读"表达了对"无教养阅读"贬低大众阅读活动的不满,赋予前者更多正面的含义。大众阅读并不是"完全被动地"活动过程,高层文化与大众文化的交流方式也不是只能从前者到后者,反之亦然。实际上,大众文化与大众阅读有其历史和物质基础,它们产生的意义甚至能够遥遥领先于同时代的知识分子文化(高层文化),并对知识分子产生积极影响。

为了证明自己的上述观点,本尼特首先以例子来说明"阅读型构(reading formations)"的概念和意义。阅读型构是指"一套交叉的话语,它以特定的方式生产性地激活了一组给定的文本,并且激活了它们之间的关系"②。

本尼特举了下面这个真实案例来说明在阅读过程中,意义的产生是怎样依赖这样的"一套交叉的话语"的。曼诺齐欧(Menoeehio)是生活于 16 世纪的一位意大利的磨坊主,他对宇宙的起源有自己独特的看法,这是一种创世的唯物主义说明:他认为上帝和天使诞生于蠕虫,而蠕虫又是从一块巨大的元素尚未分离的原始奶酪中产生的③。卡洛尔·金兹伯格(Carlo Ginzburg)想揭示曼诺齐欧为什么会有这样的世界观,于是他像侦探与猎人那样开始研究和追踪曼诺齐欧的阅读习惯,这构成了他的《奶酪与蠕虫》④ 一书的主题。金兹伯格既研究曼诺齐欧所读的书又研究他读书的方式,发现这位意大利的磨坊主常读书目有:《圣徒的故事》、《圣经》、《中世纪编年史》、《曼德维尔游记》、《十日谈》、《古兰经》(意大利语版的),其中最重要的文本是《圣经》,特别

---

① [英]托尼·本尼特:《文化与社会》,王杰、强东红译,广西师范大学出版社 2007 年版,第 69 页。
② [英]托尼·本尼特:《文化与社会》,王杰、强东红译,广西师范大学出版社 2007 年版,第 71 页。
③ [英]托尼·本尼特:《文化与社会》,王杰、强东红译,广西师范大学出版社 2007 年版,第 69 页。
④ Quoted by Tony Bennett, "Text, Readers, Reading Formations", *The Bulletin of the Midwest Modern Language Association*, Vol. 16, No. 1, 1983, p. 4.

是已经译成意大利语的《创世纪》。

曼诺齐欧是 16 世纪文艺复兴时代的一位农民，他的奇特的"创世观"主要在阅读《圣经》时被塑造出来，他的阅读受着多种文化、社会、政治等因素的交叉影响：教会的官方文化、文艺复兴时期新知识人文主义和意大利农民的口头传播文化。在这些文化文本所构成的"互文"语境中，前述曼诺齐欧的物质唯物主义"创世观"就比较容易理解了：奶酪与蠕虫是农民常见的事物，代表着其农民身份与农民文化，《创世纪》与那些文艺复兴人文主义文本，经过农民口头文化的口腹之欲的物质主义，即奶酪与蠕虫的物质主义过滤后，就造成了对《圣经》创世神话的颠覆，形成了磨坊主的"创世观"。显然，曼诺齐欧对《圣经》文本、《曼德维尔游记》《十日谈》等文本的生产性激活是因为他置身于多种文化的交叉矛盾之网的结果。这就是本尼特所说的"阅读型构"，交叉的话语以特定的方式生产性地激活了一组给定的文本，即曼诺齐欧日常读的《圣徒的故事》《圣经》《中世纪编年史》《曼德维尔游记》《十日谈》和意大利语版的《古兰经》等，并且激活了它们之间的关系，形成了磨坊主朴素的物质主义"创世观"。

而且，本尼特认为阅读型构有自己的历史和物质基础。曼诺齐欧身处文艺复兴时期的历史时期，当时"纸张和印刷术的发展、教育世俗化的普及，引起了教皇霸权的衰落，结果是由新权威引起的大众文化与教会意识形态之间的相互作用授予土话合法地位。"[1] 技术的发展、宗教势力的衰落和教育的普及是大众阅读得以发展的历史物质基础。除此之外，曼诺齐欧朴素的唯物主义创世观也受惠于他是磨坊主的历史社会身份。身为磨坊主，介于农民与封建贵族之间，既要与经常把谷物送到磨坊场的农民紧密联系，又要把精米送货给贵族而与封建贵族有着经济联系。这种连接"上与下"的身份，使得高层文化与大众文化之间的交流显示出一种"上下"互动而不仅仅是从"上"往"下"的方式。而且，曼诺齐欧所代表的大众阅读更显示出"一种独立的声音，生机勃勃的物质主义和人本主义的宽容，是一种来自下部的声音……，它们不是知识分子的人文主义的传递下来的学说，而是更生机勃勃的物质主义的延伸"[2]。

本尼特的"阅读型构"把文本、读者与社会历史语境之间的关系看成是相互生产的动态性关系，"阅读型构具体地、历史地构建了文本与读者之间的相互作用。……这样的相互作用应该被看成文化激活文本与文化激活的读者之间的存在，这样的相互作用被物质的、社会的、意识形态的、制度的联系构建而成，文本与读者都不可逃脱地铭记于此种联系之中"[3]。

---

[1] [英]托尼·本尼特：《文化与社会》，王杰、强东红译，广西师范大学出版社 2007 年版，第 19 页。
[2] [英]托尼·本尼特：《文化与社会》，王杰、强东红译，广西师范大学出版社 2007 年版，第 73 页。
[3] [英]托尼·本尼特：《文化与社会》，王杰、强东红译，广西师范大学出版社 2007 年版，第 79 页。

二 阐释"文本间性"观

虽然没有给"文本间性"（inter-textuality）下一个明确的定义，但是本尼特首先肯定了它与"阅读型构"之间的密切关系。如前文所述，本尼特在阐释"阅读型构"概念时，曾以曼诺齐欧奇特的"创世观"的形成为例。本尼特认为曼诺齐欧朴素的唯物主义观点是在多种文化文本所构成的"互文"语境中得以产生，包括教会的官方文化、文艺复兴时期新知识人文主义和意大利农民的口头传播文化。曼诺齐欧阅读《圣经》《曼德维尔游记》《十日谈》等文本时，它们相互作用，相互渗透，相互影响，似乎是多声部的交响曲，你中有我、我中有你，不仅如此，曼诺齐欧磨坊主的社会身份也在阅读活动中积极地在向各个文本内部融合，这才产生了其朴素的"创世观"。可见，从"阅读型构"的概念去看文本的话，就会发现任何文本都不是以单个形式孤立存在，总是处于因读者的阅读经验而产生的某种文本间性（inter-textuality）之间，并且文本不仅是"文本自身"（内部文本）也是社会文化的产物（外部文本），"没有固定的边界可以阻止外部文本对内部文本的重构，实际上，内在文本总是一定文本间性关系的产物"[①]。

本尼特的"文本间性"（inter-textuality）与朱莉娅·克里斯蒂娃的"互文性"概念（intertextuality）是近亲，前者是对后者的新发展与运用，二者的英文差异仅在于前者多了一个小小的连接线。"互文性"表示一个（或几个）符号系统与另一个符号系统之间的互换[②]，是俄国形式主义、心理分析学说、西方马克思主义和后结构主义等当代西方多种文论的共同结晶。"互文性"理论具有明显的"后学"特征，理论家们以它为武器，通过打破传统的自主、自足的文本观念而实现对文本和主体的解构。在这一理论中，过去被认为具有"天才"创造能力的作者不再发挥极其重要的作用，天才的作用被减小至仅仅是为文本间的相互游戏（interplay）提供场所或空间；原来那种所谓"单一、本源、完整"的文本因为在符号系统的无限繁殖性的位置交换中消失了，取而代之的是"文本与其他文本之间的相互依存，相互改造，相互吸收的文本之间生产的关系"[③]。这样，读者和批评家的阅读活动的创造性和生产力也得到了凸显、强调和重视。本尼特的"文本间性"（inter-textuality）观不局限于克里斯蒂娃仅用符号学方法解释文本的复数性生产，而把"文本之外"的社会文化因素纳入"文本之内"的生产活动加以强调。因此，"文本间性"除了拥有"互文性"的特征与优越性之外，更注重

---

① Tony Bennett, "Texts in History: The Determinations of Readings and Their Texts", *The Journal of the Midwest Modern Language Association*, Vol. 18, 1985, pp. 1–16.

② [法]朱丽娅·克里斯蒂娃:《诗歌语言的革命》，见[英]拉曼·塞尔登编《文学批评理论——从柏拉图到现在》，刘象愚译，北京大学出版社2003年版，第422页。

③ [法]朱莉娅·克里斯蒂娃:《符号学》，巴黎色依出版社1969年版，第89页。

阅读活动中读者与社会的、历史的因素向"文本本身"内部的渗透和交织。

"文本间性"和前述的"阅读型构"共同构成了"社会文本"的内涵。在本尼特看来，"文本"的意义和作用是由多种因素决定的，不仅仅是由文本所产出的条件所决定的，更大程度上取决于文本在社会关系中采取立场的方式，取决于包括负载于其上的话语模式和体制模式在内的整个社会环境，也取决于受众对文本的使用、阐释和理解的各种能动方式[①]。本尼特的"社会文本"观是对西方马克思主义中"反映论"的反驳，后者仅仅将社会历史文化因素作为外在的推论对"文本本身"进行判断，也就是说，社会文化因素只不过是外在的背景或者环境与文本发生联系。在"阅读型构"和"文本间性"这两个术语视角下，分析读者的阅读活动和文本生产与再生产活动时都要"将分析的角度持续关注与文本和社会条件之间的关系，因为社会条件将构架文本的消费，甚至将文本的阐释限定于某些特定历史定位。"[②]

三 "邦德及其超越"：大众文化的文本研究范例

"阅读型构"概念和"文本间性"观能使文本，特别是大众文本处于历史和社会相互关联形成的"互文"关系网络中，强调大众阅读文本意义是多种文化因素通过多种途径被激活而产生的，文本的消费与再生产的阅读活动受特定社会历史条件的制约。因此，对文本的理解就需要超越"文本本身"的分析方法，整体地分析文本在社会的、制度的和意识形态的语境中发生的无穷无尽的转变与位移。为了经验地说明"葛兰西转向"、"阅读型构"概念和"文本间性"观在大众文化与大众阅读中的作用过程，本尼特分析了英国大众文化中一个突出个例——"邦德"文化现象。

（一）"邦德"形象的跌宕起伏

代号007的特工詹姆斯·邦德在20世纪50年代诞生于英国侦探小说作家伊恩·弗莱明之手，它在英国本土大红大紫之路是坎坷曲折却颇有深意的。1953年至1955年，由弗莱明创作，出版商乔纳森·凯普出版发行的邦德小说《皇家赌场》《生死关头》和《天空之城》被含糊地定位为介于"文学"与"通俗小说"之间，既要考虑审美又要满足市场，其理想的读者是"会心的读者"，即知识分子阶层，他们具有较高的文学修养，弗莱明不得不玩起诙谐化的文字游戏，运用多种修辞和隐喻以便引起读者的欣赏兴趣。因此，初期的邦德小说装帧精美，价格昂贵，但发行量并不理想，这种冷遇不仅在英国国内，而且在其他国家也是如此。由于市场低迷，收入微薄，弗莱明在1955年中期意识到自己从邦德小说中所获得的金钱回报远远抵不上他所付出的努力，仅仅把读者群限定为"知识分子"显然不合时宜，于是他和出版商只得推出邦德系列的平装本，大众读者的加入才使得邦德系列的销量有了大幅提升。1957年邦德形象迎来了

---

① Tony Bennett, *Formalism and Marxism*, London and New York: Routledge, 1979, p. 121.
② ［英］格雷姆·特纳：《英国文化研究导论》，唐维敏译，台湾亚太出版社2000年版，第143页。

命运的真正转折，邦德这个来自系列虚构文本中的人物形象变成了家喻户晓的名字。这要归功于邦德系列文本形式的载体扩大，从小说载体跨越到了《每日快报》的报纸连载和每日卡通漫画。《每日快报》的报纸连载大大地推动了小说的销量，1956年仅为5.8万册，至1959年飙升至23.7万册。此时邦德从诞生初期的英国绅士般的间谍变成了一个大众英雄形象，其影响力虽大，但还是局限在一定社会范围内，读者层主要是英国中下阶层，或者称为"无教养的读者"，正如"邦德之父"弗莱明所说尽管"人们会认为故事里面复杂的背景和细节超出了他们的经验范围并且有些不能理解"，但读者会发现"他们同样是易读的"①。

如果说1957年是邦德系列的命运转折点的话，那么20世纪60年代则是邦德形象发展的黄金时期，这主要归因于电影文本的发行成功带动起来了电视、广告、商业设计以及小说销售的骄人成绩，使得邦德从英国走向了世界。邦德电影在1962到1967年间几乎每年都最少推出一部，主演是肖恩·康纳利，其中"《来自俄国的爱情》1963年在纽约发行的第一个星期就总共赚得460186美元，1965年发行的《霹雳弹》到1971年为止共赚得4500万美元，在同一年，《金刚钻》在发行后的前十二天就赚得1560万美元。在电影工业中，再也不会有如此成功的例子了"②。观众的数量也很惊人，据统计截止1977年在世界范围内观看邦德系列电影的人数有10亿人次，另外还有大量的电视观众未计算在内。票房、利润和观众意味着邦德电影的巨大成功，电影的成功也带动小说的销售量升到最高峰，1965年时，邦德系列小说仅在英国就达到了678.2万册，另外法国、意大利、丹麦和瑞典等国也大量翻译出版了邦德系列小说。值得一提的是，美国的《花花公子》也对邦德进行了连载，并且增设了"邦德女郎"的图片文章。20世纪60年代初期，邦德形象脱离了它原来的文本存在方式，不仅仅是小说载体、报纸连载、每日卡通刊载而且还广泛出现在广告和商品设计上，由于邦德女郎的出现更是促进了邦德形象在上述载体中不断流行，如法国口红广告和澳大利亚内衣广告等。这时候，邦德已经从完全虚构的形象具有了半自主、半真实的人物身份特征，并且越出了英国本土，成了世界人民不分上下阶层、男女老幼和民族种族差异而被共同分享的大众英雄和半真半假的人物形象。

20世纪60年代黄金期的"邦德时代"逐渐落幕，从70年代至今邦德形象处于时不时的休眠期——只有当一部邦德电影发行时，人们对它的兴趣才会被再次激起。这一时期的电影有《生死关头》(1973)、《金枪人》(1975)、《海底城》(1977)和《天空之城》(1981)，主演由原来的肖恩·康纳利换成了罗杰·摩尔。如果有新电影发行出来，与该电影对应的小说单行本就会局部的销售量大增，邦德形象被用于广告的情况也随着时代的发展而越来越具有时代风气，被用于劳力士手表、儿童用品、冰激凌和花生等等，而且其文本形象也发生了变化，更像是科幻与超人而不是社会生活中的间

---

① Ian Fleming, "How to write a Thriller", *Books and Bookmen*, Vol. 3, 1963, p. 14.
② [英]托尼·本尼特：《文化与社会》，王杰、强东红译，广西师范大学出版社2007年版，第91页。

谍。"邦德的流行，作为每两年发生一次的或多少有些孤立的偶然事件，不仅是局部范围的，而且是更为程式化的——特别是1975年后，ITV在圣诞节对邦德电影的转播使邦德在英国人民的'生活方式'中作为一个例行习惯被确立下来"①。还有一些邦德迷俱乐部和收藏家们时常举办一些纪念活动，如互换邦德纪念品等等。这些都表明，邦德现象从70年代起大多数时间是不活动的，但是可以被阶段性地激活，成为人们共享的文化意识的一部分。

（二）邦德的"能指"与邦德文本

邦德形象的发展兴衰过程充分显示了本尼特所主张的大众文化的"葛兰西转向"、"阅读型构"和"文本间性"理念。谁是邦德呢？是最初的小说创作者弗莱明，还是后来使邦德家喻户晓的电影文本的主演肖恩·康纳利和罗杰·摩尔？他们都是，也都不是。本尼特认为，"只有詹姆斯·邦德才是詹姆斯·邦德，他是一个超越了他的那些不断变化的化身的神秘形象。他总是与自身保持一致但从不相同，他是一个一直都游移不定的"能指"，用不同的方式来充实自己，并在邦德现象的不同历史时期遭遇意识形态的刻记和物质的肉身。"②詹姆斯·邦德形象从20世纪50年代到60年代再到70、80年代经历了三个发展阶段，期间其文本形式也不断变化，它所代表的意义，即其"能指"也成了拉康口中的"漂浮的能指"。起初，邦德仅在弗莱明的小说文本中是大中城市知识界时髦的人物，随后充当冷战时期的谍战英雄，他帅气、冷酷、身手敏捷，他凭借第六感总能在危急关头化险为夷、完成不可能完成的任务，再后来成了世界范围内的大众偶像，甚至成为具有超人和科幻因素的个人英雄，最后邦德作为人们潜意识的一部分而被沉淀下来，这种潜意识时不时的会被激活。

20世纪50年代，邦德文本主体是小说，少许的报纸连载和每日画报。60年代首先是电影文本，然后是电视、广告、商品设计、时尚杂志、人物访谈等等都促进了邦德形象的成熟与蜕变，使他在多种文本间的"文本间性"和"阅读型构"中成了世界范围内的大众偶像。70年代以来，虽然邦德已经不像以前那么火爆，但是他仍然时不时的在局部范围内被选择性地和策略性地激活，其文本形式仍然是电影、小说、广告和商品设计等等。邦德形象的每次转变都是在一定社会历史的、物质的和意识形态的语境中完成的位移与交换。邦德这种文化现象成功地营造出了一个空间，使得不同甚至对立的思想和价值理念得以进行对话、交流并产生共鸣，充分体现了文化文本的解读应该"转向葛兰西"；邦德各种文本的意义是多种社会文化因素通过多种途径被"互文"性地激活而产生的一种"社会文本"。

最初之时，邦德小说被定位为介于"文学"与"通俗小说"之间，其初步的意识形态被限定为知识分子所享有的强调审美意蕴的高层文化；随着平装本的发行和报纸连载的推动，越来越流行的邦德小说在20世纪50年代末期被一种特别的思想意识形

---

① ［英］托尼·本尼特：《文化与社会》，王杰、强东红译，广西师范大学出版社2007年版，第96页。
② ［英］托尼·本尼特：《文化与社会》，王杰、强东红译，广西师范大学出版社2007年版，第98页。

态冠以"冷战英雄"的称号，成了大众关注的焦点，此时为了保护"无教养的阅读"免受小说中"性、施虐狂"等观念的过度影响，一些批评者发文对小说进行了分析解评，对大众读者进行了引导阅读，小说第一次明显成为各种思想观念对话和协商的场域，既有作者的、又有读者和批评解读者的各种声音。

20世纪60年代是"邦德的时代"，伴随着邦德电影的巨大成功，其文本形式更加多样化了。特别是时尚杂志《花花公子》对邦德与"邦德女郎"的关注以及邦德形象被广泛用于广告和商品设计之后，一系列意识形态问题围绕着性别认同、英国式新风尚和新形象的构建展开。本尼特认为最典型的应该算是对女性身份认同的构建，由于邦德形象成了男性最佳形象的意识形态化的简略表达，因而法国口红广告的口号是"为邦德准备的芳唇"、澳大利亚的内衣广告标语则为"让自己配得上詹姆斯·邦德"，尽管这些广告口号含有强烈的"男权中心意识"，很可能会招致女权主义者的批评，但依然挡不住邦德形象作为"最佳男性"形象在发达国家的流行。此时，邦德形象成了性别关系和性别认同的意识形态构建过程中的"能指"之一，还一度引起对性别认同进行文化上再定义的潮流。邦德形象还被那些"了不起的英国"的拥护者所推崇，成了当时无产阶级性和现代性意识形态主体的体现，因为他们宣称英国已经摆脱了传统精英们所一贯的阶级局限，并实施新的管理方式促进英国以彻底的方式走向现代化。总之，邦德形象"不再是大城市知识界的时髦人物，也不再是（但并不完全排除）中低阶层的政治英雄，邦德形象成为一个成功地超越了（虽然仍是不均等并互相矛盾的）阶级、辈分、性别和国家的大众偶像"[①]。邦德形象彻底成了各个社会阶层、文本载体、性别意识建构和不同国家意识实施对话和协商的场域，最终成了一种被世界"认同"的超级英雄和偶像。

由于20世纪60年代的辉煌，邦德形象作为长期的文化与意识形态的流通形式已经确立，他被当成半自主、半真实的人物，甚至成了大众生活中潜意识的组成部分，因此70年代以后邦德文化现象进入了随时可以被激活的休眠期。邦德更像是一个历史形象与过去时代的传说，随着电影的再次发行而又流行一阵并与大众文化的新趋势相联系。70年代文本形式仍然与60年代类似，除电影、小说外还有电视、广告和商品设计等，其形象已不似60年代那么风靡，但是却以更加深刻的印记影响人们的意识建构，因为他已经成为了某种潜意识而存在于世界范围内。

概言之，邦德形象的诞生与崛起、发展与辉煌、休眠与激活，展现了各种思想、观念和价值的相互对话与交流，是葛兰西"文化霸权/领导权"的形象阐释；而各种邦德文本（小说、电影、电视、广告、商品设计、主角访谈、图片文章等）和邦德形象塑造者（小说原创者弗莱明，电影主演康纳利和摩尔、出版商、制片人等）都因"邦德"这一名称而组织在一起，"邦德"把一切文本和社会文化因素聚集在一起，使它们相互影响、相

---

① ［英］托尼·本尼特：《文化与社会》，王杰、强东红译，广西师范大学出版社2007年版，第98页。

互渗透、相互生成，发挥出巨大的文本间性作用，充分体现了"阅读型构"和"文本间性"的特征。而这样的结果有一个动态的累积和发展过程，本尼特指出，"邦德文本"的每一个新增成员都是以"前存在"的文本为基础并进入它们、发生联系，与它们之间有着万花筒一般的交易和交换关系。就电影而言，弗莱明的小说则是其原初文本，电影则是派生出来的，而电影使邦德形象彻底流行之后，就比小说更有特权。另外，不管邦德形象在读者心中是什么样子，康纳利所塑造的荧屏形象可能已经压倒了读者心中的原有形象，就连小说的原创者弗莱明本人在谈到康纳利时也说，虽然不是他所想象的邦德形象，但是让他再写一遍的话，可能就是康纳利所塑造的样子。随着文本范围的扩大，小说和电影又都成了广告、访谈、影迷杂志等等的"前存在"文本，并开始了新的交换与转变。特别是访谈，对扮演邦德银幕形象的演员康纳利、摩尔和与他们搭档的女演员的采访，对读者的阅读影响巨大，它们发挥着"解释的操控者"的作用，有选择地重组对电影和小说的阅读，借助暗示某种意识形态和文化所指来指导读者如何阅读；显然，演员作为绎解邦德形象的密码而与其他文本紧密相连，发挥作用。可见，随着读者的阅读活动的进行，诸多邦德文本相互激活并且刺激读者的阅读，调整文本与读者之间的关系和交流。读者与文本的关系是相互影响、相互融合、相互"协商"的。阅读的过程不是二者抽象地相遇，而是文本网格中的读者与文本网格构成的文本之间的相遇，这就是本尼特所提出的"阅读型构"和"文本间性"的典型作用。

结　语

本尼特在构建自己的大众文化相关理论和概念的基础上，还将葛兰西文化霸权/领导权理论、"阅读型构"和"文本间性"概念运用于分析"邦德形象"这一大众文化现象，实现理论与实践的有机结合。本尼特指出，对邦德现象这一很有影响力的大众文化的分析可以理论地说明文本与社会进程之间相联系的问题。各种各样的邦德文本在不同历史时期、不停地与多种意识形态的、社会文化的、政治的领域发生关联、失去关联并又重获关联。邦德在20世纪50年代、60年代和70年代的不同地位和影响见证了邦德小说介入了瞬息万变的"文本间性"和"阅读型构"的相互转化过程、阅读对文本的调适关系和"互文"文本对阅读的强有力的决定作用。对邦德文本进行网络的分析，在于说明它们重组了被文化地激活的"社会文本"关系，其意义是不同区域的文化与意识形态行为互动的结果。由此可见，本尼特的大众文化观念在坚持马克思主义历史唯物主义的基本原则基础上，又深受后结构主义的影响，是反本质主义的，因为它将文本及其意义与作用过度置于经济、政治和社会文化的背景中，将之诠释为具有永恒变化的特征，该变化受制于文本与其他社会进程之间关系的不同组合方式。本尼特的大众文化观既是对马克思主义大众文化观的继承又是对马克思主义大众文化思想的发展和扬弃。

事件何以生成:巴迪欧与德勒兹论争

李方明　郁安楠[*]

(南京师范大学文学院　江苏南京　210097)

摘要：事件是近年来学界非常重视的哲学概念，而德勒兹与巴迪欧则是法国事件哲学的两位代表人物。不过，二者关于事件的具体生成机制始终未能达成一致，前者将事件纳入差异本体论之中从而实现对"混沌宇宙"的把握，后者则通过数学本体论来区分"大写的一"与"连续的杂多"。探究两位哲学家关于事件何以生成的具体论争、厘清二者事件之思的共性与差异，这不仅有利于我们弄清事件哲学在本体论方面的两种截然不同的生成机制，而且对我们进一步理解法国后结构主义乃至法国马克思主义都具有十分重要的意义。

关键词：事件；大写的一；德勒兹；巴迪欧

法国哲学家阿兰·巴迪欧的事件哲学为法国马克思主义找到了一种言说哲学的全新方式，它以一种另类的思考方式使马克思的思想再一次复活在欧洲激进左翼思潮当中。需要注意的是，事件概念并非巴迪欧的原创思想，因为法国哲学家吉尔·德勒兹早在1969年出版的《意义的逻辑》中便明确提出了作为瞬间发生的事件。当然，巴迪欧本人也曾承认其思想受到了来自德勒兹的一些影响，他在2006年出版的《存在与事件2：世界的逻辑》中更是直接用一整章来讨论德勒兹的事件概念。尽管德勒兹与巴迪欧的事件哲学存在许多思想上的亲合性，但是二人就事件之本源层面的发生问题却始终未能达成一致，巴迪欧倾向于用数学本体论来解释事件的复多性，而德勒兹则依靠差异本体论中的艾甬时间来理解事件。换言之，巴迪欧与德勒兹论争的焦点就在于事件之本源是数学本体论还是差异本体论。遗憾的是，国内现有研究文献多从德勒兹或巴迪欧的研究视角出发，并未对二者事件哲学的根源问题进行本体论意义上的探究。因此，本文的写作意图就是从本体论角度厘清德勒兹与巴迪欧事件哲学的根本差异，这对于我们理解二人各自的哲学路径、理解事件哲学在法国马克思主义中的地位都具

---

[*] 作者简介：李方明（1996—），山东潍坊人，南京师范大学文艺学专业19级硕士研究生，研究方向：西方文论研究；郁安楠（1997—），江苏沭阳人，南京师范大学文艺学专业20级硕士研究生，研究方向：法国美学研究。

有十分重要的意义。

一 差异本体论中的事件：作为"艾甬时间"的复数偶然

为了将时间问题化以便于思考事件，德勒兹对两个希腊词汇 Chronos 与 AiÔn 进行了再创造，从而使二者分别对应于《意义的逻辑》中的历时时间与艾甬时间。也就是说，Chronos 与 AiÔn 不再作为原典中的神祇或神迹，而是作为德勒兹思考事件进行的概念创造。德勒兹在《意义的逻辑》中写道，"一方面，历时时间总是有限的现在，它作为动机能测量身体行动以及深度层面混合物的状态；另一方面，艾甬时间作为本质上无限的过去与未来，它作为情动在表层聚集起非实体的事件。"[1] 换言之，历时时间与艾甬时间是两种时间面向，前者总是面向诸实体的行动与属性，而后者则面向一个非实体事件的场域。

在德勒兹那里，历时时间是一种线性经验时间，它假设时间整体由可分且均等的现在构成，过去是已经逝去的现在，将来则是尚未到来的现在。这种时间观对应着亚里士多德在《物理学》中提出的观点，他认为时间不是运动，却又无法脱离运动的线性时间观。亚里士多德用空间的先后为时间赋序，进而认定关于先后运动的数为时间，即将时间看作使运动成为可计数的东西。这种观点使得现在居于极其重要的地位，甚至说没有现在就没有时间，时间正是因现在之存在而得以连续与划分。"因此'现在'作为限就不'是时间'，而是'属于时间'，而作为计数者，它是数。因为'限'只是属于被它们限定的事物，而数，例如'十'，则是这十匹马以及其他可数的事物的数。因此可见，时间是关于前和后的运动的数，并且是连续的。"[2] 所以，在亚里士多德看来，时间与运动总是相互确定的。我们不仅可以用时间来衡量运动，更可以用运动来衡量时间，时间与运动都是"有量的、连续的和可分的"。"在这种情况下，现在就是一切；过去与将来仅表示两个现在之间的相对差异，其中一个具备较小的外延，而另一个受收缩影响具备了更大的外延。"[3]

然而，相较于被现在所限定的历时时间，艾甬时间却表现出了另一种可能，一种非现在且不在场的时间观。"在另一种情况下，现在什么都不是；它是一个纯粹的数学瞬间，一个理性的存在，它表达了它所划分的过去和未来。"[4] 也就是说，艾甬时间与历时时间的最大差异就在于如何看待现在。历时时间中的现在总是连续的、可分的，

---

[1] Gilles Deleuze, *The Logic of Sense*, trans. Mark Lester & Charles Stivale, New York: Columbia University Press, 1990, p. 61.

[2] ［古希腊］亚里士多德：《物理学》，张竹明译，商务印书馆2006年版，第127页。

[3] Gilles Deleuze, *The Logic of Sense*, trans. Mark Lester & Charles Stivale, New York: Columbia University Press, 1990, p. 62.

[4] Gilles Deleuze, *The Logic of Sense*, trans. Mark Lester & Charles Stivale, New York: Columbia University Press, 1990, p. 62.

它借助空间的先后实现了对时间的排序,使得过去与将来之间并未产生巨大差异,因而呈现出一种和谐的、运动与时间相互关联的局面;而艾甬时间中的现在则是断裂的、不可分的,历时时间在此刻开始混乱、失序与脱节,这是一种能够从现在中逃逸的强力,不定与中立才是这种时间观的唯一主题。需要注意的是,艾甬时间并未区分好的现在与坏的现在,因为这种做法没有逃出基于现在的时间观,重要的是提出一种不同于现在的时间性,形成一种经由失序、混乱、脱节等否定性词汇表现意义的事件时间观。艾甬时间因脱离现在、脱离实体而获得自由,它以非实体的状态同时朝着过去与将来两个方向,并将自身展开为一条生成之线与空集形式,一种名为事件——情动的时间。德勒兹的艾甬时间观向我们提供了时间的另一种可能,即将伴随事件带来的意外与偶然视为正常,将混乱状态视为时间的本真面貌。总之,艾甬时间就是以流动的瞬间来取代历时的现在,以一种不在场的现在来解释绝对运动产生的变化,唯有这样才能从现实经验中返回先验场域,进而以一种反现实化(contre-effectuer)的方式思考时间、肯定事件。每一个事件都足以满足艾甬时间,每一个事件都与其他事件相关联,最终所有事件构成了一个永恒的事件。与此同时,艾甬时间作为一种空的、展开了的纯粹时间形式,永远无限细分着萦绕于其上的事物——所有事件的事件。

由上可见,德勒兹认为事件并非已经现实化之后的事物状态,这也是为什么历时时间中不存在事件的真正原因,因为历时时间中的事物状态总是已经现实化了的。也就是说,事件只涉及尚未现实化的事物状态,重点在于先验的和虚拟的事物状态。换言之,"虚拟与实际,或先验与经验的根本区分严格地存在于德勒兹的每个概念中,而且对他而言,任何思考上对二者的混淆都是致命的。德勒兹在《意义的逻辑》中多次提醒:'意义在这个意义下就是事件:只要不混淆事件与它在事物状态中的时空实现。'"[1] 事件的时间是瞬间,事件仅发生于事物状态"即将发生"或是"已经发生"的瞬间,每一瞬间都消解了现在与历时,每一瞬间都同时朝着过去与将来生成、逃逸。于是乎,思考生成就是思考事件,斯多葛主义与柏拉图之间的根本差异就是以生成代替本质、以事件代替理念、以艾甬时间代替历时时间。

在《意义的逻辑》第二十一系列"事件"(The Event)的开头部分,德勒兹引用过法国诗人乔·布思奎特(Joë Bousquet)的一句诗歌:"我的创伤先于我而存在,我生来就是为了让它化身于我。"(Ma blessure existait avant moi, je suis né pour l'incarner.)[2] 这句诗歌十分生动地表现了事件的特性,作为创伤的事件先于作为主体的"我"存在,主体"我"的降生是为了表现事件而非相反。创伤与死亡的关系实际隐喻着死亡与死亡之间的对立;死亡仅仅是对死亡的否定,死亡的人格不再仅仅表明我消失在自己之外的那一刻,而是死亡失去自我的那一刻。

---

[1] 杨凯麟:《分析分裂德勒兹》,河南大学出版社2017年版,第32页。
[2] Gilles Deleuze, *The Logic of Sense*, trans. Mark Lester & Charles Stivale, New York: Columbia University Press, 1990, p. 148.

如此看来，德勒兹显然将身体深层的创伤理解为一个纯粹的事件。"纯粹的事件既是故事，又是中篇小说，而非现实。正是在这个意义上，事件是签名。"① 创伤总是出现在身心内部而非肉体表面，它是使我们内心意志不断生成的"准原因"（the quasi-cause），它使我们再次发现身心的非实体性质，表现出事件本身的非个人、前个体的性质。因而，事件超越了普遍与特殊、个人或集体，迈向了通往世界公民与游牧民族的道路。事件不是已经发生的事物状态，而是促成这一发生的内部条件、一种纯粹的信号表达，行为本身总是经由事件才得以发生。

德勒兹强调，事件总是更接近于演员而非上帝，因为此二者在解读时间时的立场是截然对立的。上帝是柯罗诺斯的代言人，上帝总是将人们理解的过去与将来放置于永恒的现在中。"神的现在是整个时间圆圈，而过去和将来是相对于时间圆圈的一个特定部分的维度，它把其余的部分留在外面。"② 与之相反，演员的现在是生成线上的奇异点，在这条无限划分的生成之线上，每一个点都同时地被不断划分为过去与将来。"正是在这个意义上，存在着一个演员的悖论；演员在瞬间保持自己，以便表现出一些永远期待和延迟、希望和回忆的事情。但演员所扮演的角色从来都不是一个角色，而是一个由事件的各个成分构成的主题（一个复杂的主题或复杂的意义）；也就是说，它是通过情动进而从有限个体和个人中解放出来的、交流着的奇异点。"③ 换言之，演员扮演的角色不是有限的个体或个人，而是一个非个人且前个体的角色。这是因为演员在扮演一个角色的同时亦在扮演着其他角色，角色与行动者之间的关系同艾甬时间所对应的动态瞬间与过去、将来的关系相同。每一事件都是双重结构的，一方面每一事件都具有其所要现实化的当下时刻，表现为某一事物的状态、某人或某个体所要现实化的时刻；但另一方面每一事件都以避开现在的方式考虑了过去和将来，在非个人、前个体的事件中不存在事物现实化状态的限制，它既不是普遍的，也不是特殊的，而仅仅是偶然的。事件的存在，除了代表它的动态瞬间，还总是同时被划分为过去和将来，并形成所谓的反现实化。更确切地说，行动者在事件中并没有将事物现实化，而是以重复自身的反现实化方式成了自己事件的行动者，这一逻辑显然与《差异与重复》中关于重复的论述是契合的。从这一点来看，《意义的逻辑》实际上将《差异与重复》中的诸多概念融合到了"事件"之中，"事件"成了《差异与重复》的再问题化，"事件"成了"差异"的最新版本。

此外，德勒兹创立差异哲学的最初目的就是重构西方形而上学，摧毁传统的表象哲学并建立一个富有生成性、包含多的差异化本体论。德勒兹在写给友人的信中亦曾

---

① Gilles Deleuze, *The Logic of Sense*, trans. Mark Lester & Charles Stivale, New York: Columbia University Press, 1990, p. 63.
② Gilles Deleuze, *The Logic of Sense*, trans. Mark Lester & Charles Stivale, New York: Columbia University Press, 1990, p. 150.
③ Gilles Deleuze, *The Logic of Sense*, trans. Mark Lester & Charles Stivale, New York: Columbia University Press, 1990, p. 150.

自言,"我认为我自己就是一个纯粹的形而上学家"。虽然德勒兹坚守差异本体论的策略让他在法国后结构主义里显得格格不入,但是将德勒兹与传统形而上学家相提并论仍是有失偏颇的。究其根本,德勒兹希望通过将经验视为一个多元性的存在来破除形而上学给予"我"的规定性。他希望借助尼采的"永恒回归"建立一个无超验性的总体性,使多摆脱对一的再现,让经验自己成为自己的主体,从经验中自我生成出超验的维度。德勒兹的差异本体论完整地向我们展示了主体的整个先验生命是如何在三种时间综合之上被建构起来的,他穷其一生去描述传统形而上学差异概念的局限性。换言之,他试图证明的是:唯有当我们将对世界的理解建立在时空动力机制之上时,我们才能保证自身对经验世界判断的连续性。德勒兹事件之思的全部教诲就是如何让一个有限之人"先验"地运用时间综合与空间综合进而鼓起勇气以肯定的方式面对一整个"混沌宇宙"(Chaosmos)。

二 "计数为一"与复数的多:巴迪欧的数学本体论

在《存在与事件》(L'être et l'événement)中,巴迪欧宣称存在就是纯粹的多样性,多样性是他重启存在之思的关键路径。为了显示其事件之思的独特气质,巴迪欧指出了哲学史上存在的两种错误立场:第一种立场宣称存在不是多样的,这种观点的错误在于其忽视了我们的经验就是一种多样性,而且这些多样化的事物总是以差异的姿态呈现于世界中,"换言之,不同种类的事物之存在告诉我们,一个事物可以以不同的方式存在着。"[①];第二种立场认为多样性事物总是同一的,它们会经由某种方式再度返回到"大写的一"之中,例如尼采和德勒兹的"永恒回归"。为了打破这两种思想上的僵局,巴迪欧决定重新提出对本体论的质疑,希望以此来克服"大写的一"、实现真正的存在之思。在《存在与事件》开头部分,巴迪欧宣称海德格尔是"最后一位公认的哲学家",主要是因为他更新了存在问题。海德格尔将本体论与诗性语言联系起来,这直接导致后世的法国哲学痴迷于语言问题。正因如此,巴迪欧拒绝将海德格尔的诗歌话语作为哲学的主要模式,而是选择了一个数学本体论来描述自己的纯粹多重性。"对于诗性本体论而言,像大写历史一样,它在显在溢出的困境中发现了自身,在溢出中,存在隐匿了自身,这就必然会取代数学本体论,而在数学本体论中,通过书写,无法辨识和未能呈现的东西可以得到实现。"[②]

在巴迪欧看来,柏拉图之后的哲学家通过开创问题场域的方式取代了哲学,这使得原有的作为同一性范式的数学与哲学的关系发生了偏离。然而,柏拉图却在《蒂迈欧篇》中曾设想过一个数学存在论框架,他在理想数字上重构了一个宇宙空间。哲学

---

① Becky Vartabedian, *Multiplicity and Ontology in Deleuze and Badiou*, New York: Palgrave Macmillan, 2018, p. 5.
② [法]阿兰·巴迪欧:《存在与事件》,蓝江译,南京大学出版社 2018 年版,第 15 页。

并非集中于本体论研究的学科，本体论反而是从哲学中独立出来的分支学科，它就是自古希腊以来便已经存在着的一门关于探究"存在之所为存在"（l'être-en-tant-qu'être）的科学——数学。"数学即本体论——即存在之所为存在的科学"。作为纯逻辑的数学是"本真"（réel）的科学，当然这个本真仍然属于主体之范畴。为了避免重新陷入"形式"与"经验"或者"经验主义"与"柏拉图主义"的二元陷阱，巴迪欧开始将数学理解为一种非形式上的建构，"一个真实界的东西"。

"于是，我倾向于肯定，有必要认为，数学性的书写，即存在本身，在理论的领域是可以宣告的。似乎对我来说，一旦我们认为数学绝不是一种没有对象的游戏，而是从注定去支持本体论话语的严格的法则中抽离出来某种例外出来，那么理性思想的整个历史就可以得到阐明。在对康德式问题的颠倒中，我们不再追问'纯粹数学如何可能'，而去回答，由于先验主体的存在，相反，纯粹数学就是存在的科学，即主体何以可能。"①

由此可见，巴迪欧认定数学是一门独特的科学，因为其必然性本质直接依赖于数学所宣告的存在本身。世界上不存在数学的对象，数学并不外展或表现任何东西，它只呈现作为大写的多的自身。我们无法通过"对—象"（ob-jet）的形式来理解数学，因而数学中不存在针对存在之所为存在而施加的任何话语前提。引述数学正是为了让本体论自身呈现出来，引述数学的可能性是由于真理和主体能够在数学的存在中思考。

巴迪欧用三重关系来表示多样性：非连续的杂多（inconsistent multiple）——空集（void）——连续的杂多（consistent multiple），他试图经由纯粹数学而非神学信仰的方式，来抵达人类知识范畴之外的真理。于是乎，巴迪欧数学本体论的前提抉择就成了"一不存在"（l'un n'est pas），"一"不存在是因为其自身是一种运算。没有"一"存在，只有"计数为一"存在。对他而言，"多是呈现的体制（régime）；相对于呈现而言，一是运算的结果；存在就是展现（自身）的东西。在这个基础上，存在既不是一因为只有呈现本身才适于计数为一，也不是多因为多仅仅是呈现的体制。"② 国内学者蓝江认为，巴迪欧事件哲学中存在着两种呈现体制：一种是杂多的呈现体制，而另一种则是再现的呈现体制。在前一种体制中，由于计数为一的运算尚未发生，于是此时的杂多以直接在场的方式呈现着；而在后一种体制中，"通过计数为一的运算，被计数的杂多变得可以辨识，成为结构中的一部分"③。正是通过计数为一的运算，杂多才变得可以被我们认识，倘若计数为一的运算没有发生，杂多之间是不可辨别的。正是在这个意义上，巴迪欧认为差异函数必须建立在同一性函数之上才能被我们认识。我们可以引入德勒兹对差异的看法来解释这一点，德勒兹认为"一"是不存在的，因为世界的本来面目仅仅是差异；而巴迪欧却认为我们之所以能够认识差异，是因为差异早

---

① [法] 阿兰·巴迪欧：《存在与事件》，蓝江译，南京大学出版社2018年版，第8页。
② [法] 阿兰·巴迪欧：《存在与事件》，蓝江译，南京大学出版社2018年版，第33页。
③ 蓝江：《从事件本体论到事件现象学》，《黑龙江社会科学》2019年第6期。

已经过了"计数为一"的运算,而差异本身则是不可认识的。例如,我们之所以将某物命名为"狗",是因为我们在认知途中将其计数为一条"狗",而"狗"本身实际上是经由人类思维结构("情势状态":état de la situation)生产出来的再现。连续的杂多对应着再现体制,而非连续的杂多则对应着杂多体制,而数学本体论的核心就是作为杂多呈现的非连续的杂多。

行文至此,我们已经基本弄清了数学本体论的形式证明,那么什么是巴迪欧意义上的事件呢?简而言之,事件就是一个独特项(singularité),它就是德勒兹意义上的奇异点,奇异点的存在是事件得以发生的前提条件。独特项意味着其本身是非再现的,即它无法通过"计数为一"的运算程序呈现自身。在某种特殊条件下,无法呈现自身的东西击碎了运算程序制造的幻觉,进而为事件之发生提供了契机。独特项的存在为事件提供了一个以潜在方式存在的"事件位"(site événementiel),事件只能发生在事件位之上。事件就是"一个不可能被命名的部分得到了可以辨识的命名,让原先不能被再现出来的,且在情势中业已存在的多获得了计数为一程序上的存在,让其从不可能的存在变成了可以被再现的存在一样……"①

《存在与事件》出版十四年之后,巴迪欧于2006年出版了副标题为"存在与事件2"的《世界的逻辑》。巴迪欧本人曾将这两本书的关系比喻为黑格尔的《精神现象学》与《逻辑学》之间的关系,只不过黑格尔的写作是"上行",而他则反过来从数学本体论"下行"到真理的表象问题。《世界的逻辑》的出版标志着巴迪欧的事件哲学的最终完成,如果说《存在与事件》为事件哲学提供了数学本体论上的形式证明,那么《世界的逻辑》则使得事件哲学可以经由"真理程序"降临于大地之上。正如学者克罗克特·克莱顿(Crockett Clayton)评价的那样,"作为《存在与事件》的后续著作,《世界的逻辑》发展了一种超验的逻辑来解释事件是如何脱离存在的。"② 当然,巴迪欧的目的绝非仅仅解释事件如何脱离存在,他还试图使主体完全地忠实于那个曾经发生过的事件。"如果在《存在与时间》中,巴迪欧旨在从数学原理上来为时间哲学找到一个本体论的根基,那么在《世界的逻辑》中,巴迪欧试图让这个形式化的逻辑降临到大地上,面对我们现实世界中的诸多表象,让事件的真理可以在这个世界上以身体的方式来道成肉身。"③

在《世界的逻辑》中,巴迪欧发展出了一个新概念:非实存(inexistant)。非实存是一个属于表象的元素,它之所以是非实存的,是因为我们无法感觉到其存在。"非实存并非本体论意义上的不存在,而是相对于某个世界的超验函数 T 而言,非实存无法

---

① 蓝江:《从事件本体论到事件现象学》,《黑龙江社会科学》2019年第6期。
② Crockett Clayton, *Deleuze beyond Badiou: Ontology, Multiplicity, and Event*, New York: Columbia University Press, 2013, p.6.
③ 蓝江:《从事件本体论到事件现象学》,《黑龙江社会科学》2019年第6期。

被表象出来,这意味着,所谓的非实存都是相对于某个世界的非实存。"① 我们可以拿现实世界中的边缘群体来举例子,例如希腊城邦中只有自由人享有投票权,奴隶、妇女与儿童每天都生活在城邦之中却不享有政治权利,因而他们沦为了城邦政治生活的"非实存"。也就是说,非实存并不意味着不存在,而是相对于某个超验函数 T 的非实际存在。或者我们可以解释为,由于超验函数 T 的存在,某些东西的存在被其遮蔽了,进而成了表象意义上的不存在。正是基于非实存的概念,巴迪欧将真正的变化与现实世界的变化区分开来,他认为人们经历的往往是普通的生成,而非事件意义上的生成。事件意义上的生成,正如巴迪欧的真理类性程序总是复数的。正是一系列真理程序的存在,才使得主体能够以回溯的方式感知到曾经发生过的事件。而且,在事件发生之后,真理的类型程序在事件中创造了一系列全新的关系,赋予了这一系列关系以身体及姓名。早在《存在与事件》中,巴迪欧便已经提出了四个符合真理的类性程序:爱、艺术、科学和政治。他认为只有这四个类性程序能够支撑主体,除此之外,再无其他任何主体。

三 "单义性存在"是否摆脱了再现:德勒兹与巴迪欧论争的关键

"单义性存在"是德勒兹差异本体论中的重要概念,亦是巴迪欧批评德勒兹事件时选取的主要驳斥对象。在《德勒兹:存在的喧嚣》中,巴迪欧认为德勒兹并不是一个真正的多元主义者,他不相信世界上存在什么本体的、总体的"一"提供给我们来作为实现永恒回归的前提。巴迪欧宣称,"德勒兹主张我混淆了'多'与'数'(nombre),我则主张他在斯多葛主义、虚拟大写整体性(Totalit)或德勒兹称为混沌宇宙之物间立场不坚定,因为就集合而言,既无普同集合、亦无大写整体也无大写的一。"② 巴迪欧语境中纯粹多样性的基底是数学本体论,而德勒兹语境中多样性的基底却是生机活力论。倘若按照巴迪欧数学本体论的逻辑,德勒兹事件由"潜在"到现实化的过程必然会经过"计数为一"的运算,否则事件本身应该是完全不可知的而非现实化了的。正是由于这个原因,他断定德勒兹是一位近似于柏拉图式的古典哲学家,因而他提醒读者不要忽视德勒兹文本中存在的那种"大写的一"的形而上学。偶然在德勒兹那里是留有位置的"褶皱游戏",他想在不牺牲偶然的前提下接纳永恒回归。德勒兹异质性的差异背后存在着一种"大写的一",这种做法无异于承认"一"先于"多"而存在。因而,巴迪欧断言:德勒兹的差异无非"一之多",而拟像则以中性化的方式回避了一切主动性。需要"大写的一"支撑的偶然仍然属于同一而非差异,尼采和德勒兹信奉的生命意志依旧源于一种主体的操作,是一种"没有偶然的偶然"。而真正存在之总体应该被视为一个永远的空无,唯有不需要任何支撑的偶然才能表达偶然性。"偶然

---

① 蓝江:《从事件本体论到事件现象学》,《黑龙江社会科学》2019 年第 6 期。
② [法]阿兰·巴迪欧:《德勒兹:存在的喧嚣》,杨凯麟译,南京大学出版社 2018 年版,第 5 页。

是复数的，排除掷骰子的单一性之物。"①"掷骰子"游戏并不是完全的偶然，"永恒回归"的思想仅仅是对存在者的均等化肯定，真正的差异总是建立在排除单义性（univocity）的基础之上。用巴迪欧的术语来说，纯粹的多样性/差异应该是无法现实化的，一旦差异自身能够呈现为现实，那么它一定是经过了"计数为一"的再现体制。德勒兹文本中的"单义性存在"显然被巴迪欧认定为"计数为一"的运算过程。

假如偶然总是需要靠"单义性存在"的支撑，那么"大写的一"就是同一而非差异，因为差异函数总是需要同一性函数的存在才能呈现自身。所以，在巴迪欧那里，只有偶然才是真理的物质本身，"因为大写存在的空无只作为事件而来到某一情势的表面"。巴迪欧坚信唯有"多"的偶然性才能表达偶然性，"偶然是复数的，排除掷骰子的单一性之物"②，真正属于存在上的那个总体应该是一个永远的空无，如同巴迪欧文本中那个其自身永远无法呈现、我们唯有事后通过回溯才得以感知的事件一样。巴迪欧否认世界上存在什么先天性的"大写的一"，"大写的一"可以是任何一个主体操作的结果，尼采和德勒兹所坚信的从生命意志力中产生的直觉，仍然是一种知识精英主义观点，一种柏拉图主义的变种。唯有让真理不再曲折地借助于"大写的一"来证明自身合法性，才能改变这种让"一"凌驾于"多"之上的传统柏拉图主义，才能真正解决德勒兹哲学中存在的知识精英主义问题。③ 当然，巴迪欧的这些批评非空穴来风。毕竟，德勒兹当初之所以创立差异本体论，其目的就是要重构西方形而上学，但是将德勒兹与传统形而上学家相提并论的做法仍是有失偏颇的。

关于巴迪欧对德勒兹的解读，美国学者贝基·瓦尔塔贝迪安（Becky Vartabedian）曾评价道，我们应该将德勒兹——巴迪欧置于哲学史上"柏拉图主义 vs. 反柏拉图主义"的著名论争中去探究。"作为本体论的选择，多样性的可用性（正是巴迪欧和德勒兹所援引的那种）将这些程序吸引到与卢克莱修和原子论者的对话中，而巴迪欧公开的数学柏拉图主义更像是提供了一个被德勒兹推翻的柏拉图主义描述。"④ 而克罗克特·克莱顿则认为，德勒兹与巴迪欧论争的关键在于："德勒兹认为巴迪欧无法用集合理论建立一种真正的多元思维，而根据巴迪欧的观点，这是因为德勒兹将观点设定为现实，或事务的状态。因为它们不能上升（或下降）到虚拟的水平，以至于集合不能成为本体论的基础，哪怕巴迪欧证明德勒兹的所有形象（褶皱、间隔、混乱）都可以在和合中表示为集合。因而，巴迪欧宣称德勒兹之所以批评他的集合理论太过实际，是因为德勒兹想要保留、保护虚拟的优先性。"⑤ 在巴迪欧看来，倘若德勒兹认为虚拟是真实

---

① [法] 阿兰·巴迪欧：《德勒兹：存在的喧嚣》，杨凯麟译，南京大学出版社 2018 年版，第 99 页。
② [法] 阿兰·巴迪欧：《德勒兹：存在的喧嚣》，杨凯麟译，南京大学出版社 2018 年版，第 97—99 页。
③ 蓝江：《德勒兹的本体论与永久轮回——浅析巴迪欧对德勒兹的批判》，《现代哲学》2011 年第 5 期。
④ Becky Vartabedian, *Multiplicity and Ontology in Deleuze and Badiou*, New York: Palgrave Macmillan, 2018, p.178.
⑤ Crockett Clayton, *Deleuze beyond Badiou: Ontology, Multiplicity, and Event*, New York: Columbia University Press, 2013, p.14.

的，那么虚拟就应该能够对自身进行现实化与肯定。正是通过将虚拟理解为现实之物与超验之物的基底，巴迪欧将德勒兹归类为一位柏格森主义者，甚至将柏格森的地位提到了尼采和斯宾诺莎之前。当然，这种将德勒兹哲学曲解为"德勒兹——柏格森"的做法是笔者不能认同的，例如《差异与重复》中的三种时间综合与伯格森的时间观完全不同，巴迪欧的这种阐释明显简化了德勒兹的差异本体论。此外，巴迪欧还刻意地讨论了德勒兹文本中与"运动"有关的论著：《运动—影像》，然而却只字不提德勒兹于《时间—影像》中对"运动—影像"的突破。另外，巴迪欧按照自己的逻辑混淆了同一性与单义性，他有意地忽视了德勒兹思想中与黎曼几何、微积分有关的部分，目的显然是为了维护自己才是数学本体论的唯一代言人身份。正如杨凯麟在《德勒兹：存在的喧嚣》译序中的辛辣讽刺，"这本书（如果不是全部）在大部分时刻里是巴迪欧的单口相声，他说唱俱佳地讲述名为'德勒兹思想'视为巴迪欧的本体论哲学。"[1]

总而言之，尽管巴迪欧对德勒兹的批评存在一些不周且存在误读德勒兹"潜在"的迹象，但是他的批评完全符合《存在与事件》中关于数学本体论的相关逻辑。因此，笔者认为我们可以将《德勒兹：存在的喧嚣》理解为一出哲学戏剧，巴迪欧在这场戏剧中以德勒兹为假想敌将其数学本体论的逻辑又推演了一遍，尽管剧本是《存在与事件》，导演是巴迪欧，编剧是巴迪欧，演员是带着德勒兹面具的巴迪欧。德勒兹的忠实读者显然不会认可这场戏剧，但误读本身不正是法国哲学的魅力所在嘛？后起之秀在对前人的一次次误读中徘徊、踌躇，并最终构筑起独具特色的哲学气质。科耶夫笔下的黑格尔如此，萨特笔下的现象学如此，德勒兹笔下的尼采如此，巴迪欧笔下的德勒兹也是如此……

四 结语

尽管巴迪欧与德勒兹关于事件能否再现的问题始终未能达成一致，但是孤立地看待二者的事件之思进而忽视其思想上存在亲合性的做法也是不妥的。毕竟，在巴迪欧看来，德勒兹以"混沌宇宙"为终极归宿的差异本体论证明了他始终是当代法国哲学（21世纪的法国哲学）的"同代人"。正是秉持着这样的立场，他才会怀着缅怀的心情在德勒兹逝世十周年时写下这段激动人心的话：

> 是的，那就是我先前谈到过的前线，就是他和我们站在一起的前线，通过和我们站在一起，他证明了他自己就是我们最重要的同路人：让思想忠实于其所以来的无限。让我们不在可恶的有限精神面前退缩半步。在我们的生命中，我们绝不承认任何因循守旧的保守分子为我们设定的界限，我们将不惜一切代价去穿越

---

[1] ［法］阿兰·巴迪欧：《德勒兹：存在的喧嚣》，杨凯麟译，南京大学出版社2018年版，第5页。

它，正如一个古人说的那样，"走向不朽"。这意味着：我们竭尽所能在我们内部将人类敞露在超越有限的存在那里。①

德勒兹的事件之思就是将任何有关真理的建构都视为短暂而片面的，真正的伦理问题就是以描述性的方式直面迫切的、具体的生命遭遇。因而，真正的哲学问题总是在于怎样从盛行的普世想象中逃逸，而生命就在一次次的逃逸与生成中获得了绝对且真切的自由。正如巴迪欧在《小万神殿》中对德勒兹所作出的最终论断，"那个伟大而独一无二的'骰子一掷'，让我们的生命既赌下了偶然性的发生，也赌下了永恒性的轮回。"② 由此可见，在哲学如何对待生命的根本立场上，巴迪欧与德勒兹始终是站在一起的。

---

① ［法］阿兰·巴迪欧：《小万神殿》，蓝江译，南京大学出版社 2014 年版，第 95 页。
② ［法］阿兰·巴迪欧：《小万神殿》，蓝江译，南京大学出版社 2014 年版，第 94 页。

"元宇宙"的整体景观与生活图式
——以赛博文化为例

许涵威[*]

(南京师范大学　江苏南京　210097)

摘要：本文对元宇宙视域下人类社会"景观"的延展，个体生存的图景变迁进行探寻，揭示个体身份的多重性与媒介对人的异化，并通过赛博文化这一文化现象对元宇宙的具体形态进行图解，揭示赛博文化的视觉异质性和亚文化的表征，从而展开对元宇宙的技术和文化想象，揭示元宇宙视域下人类视看方式的变化及其深层的文化影响，为元宇宙的发展提出反思。

关键词：元宇宙；视觉图像；景观；符号化；赛博朋克

一　"元宇宙"概述

当"元宇宙"[①]的概念甚嚣尘上，人们开启了对全新时空的不懈探索——虚拟与现实的零度整合。互联网在深入的整合、发展中，最终将被"元宇宙"所替代，从而实现现实对虚拟空间的完全接入，也将伴随着人类生活的集体迁移。

"元宇宙"（Metaverse）并非一个崭新的设想。"元宇宙"的概念早在1992年的科幻小说《雪崩》当中就被提及。在虚拟世界之中，人可以拥有虚拟替身，即"化身"（Avatar）。数十年来，技术工业和媒介形态的发展推动元宇宙逐渐从概念走向现实。VR、区块链、仿真机器人……人类正向一体化的虚拟现实接近。人的身体借助媒介工具得以延伸和拓展。眼镜对视网膜原理的修正复原了人类的视觉，屏幕对光线的重新处理建构了缤纷多彩的画面；耳机、音箱开放了人类双耳接收声音的局限；更有气味电影、体感设备把身体的感官调动起来，从而制造出仿真的模拟情境。2021年被称为"元宇宙元年"，这是一个早已开放的战场，如今正式吹响了它的号角。各大互联网龙头企业开始在"元宇宙"赛道积极布局，掀起全新的技术革命，并预示着人类生活方

---

[*] 作者简介：许涵威（1999— ），福建福州人，南京师范大学2021级文艺学专业在读研究生。

[①] 元宇宙（Metaverse）是整合多种新技术产生的虚实相容的互联网应用和社会形态。元宇宙的推进是对社会形态的重新塑造，它促使用户的广泛参与，并进行着内容生产和世界编辑。

式的历史性变革。

元宇宙的最终展望是形成一个由虚拟世界和现实世界统合的综合环境,实现全方位的虚实交互。[①] 在这个场域里,机械、媒介、光缆将组合成全新的复杂网络,对人类的生存形态进行改造。人类的生存维度得到拓展,视、听、触都将在综合感官的统摄下向虚拟现实张开。元宇宙逐渐演变为包罗万象的整体图像——波及人类生活的方方面面。于是虚拟的界面、视图将以某种霸权的方式对人类视觉进行占领,在技术的整合下将整体图像编码为虚拟的影像。人类社会的全新图景得到催化,一切的事件、图景都可以成为即时和在场的,人们可以完全地沉入其中——以虚拟的方式。

二 "元宇宙"下的人类生存图景

(一)虚拟和虚幻交织的景观呈像

居伊·德波在《景观社会》中说道"在现代生产条件占统治地位的各个社会中,整个社会生活显示为一种巨大的景观的积聚。直接经历过的一切都已经离我们而去,进入了一种表现"。[②] 德波的年代,大众媒介方兴未艾,而他已经预见了如今全球媒介网络的某种深刻和广泛性——表象对本质的僭越。在元宇宙的时代下,"景观"(Spectacles)将宣称它的垄断地位。由技术编码而成的影像统摄虚拟世界,铺陈出复杂的影像序列。影像压倒实质,副本挤对原本,表象取代现实。它们不是现实世界的摹本,而是依托技术的全新创造。景观夺取了事物的质料,从而保留了它们的感性形式——空洞的物质外壳。景观的符号化在虚拟空间中得到进一步的强化。被虚化的景观在光学矩阵的排布中逐渐失去再现的功能,而是营造视觉的断裂带,对景观——符号的审视在断裂的平面中难以维系,意义的抽离和重塑使得对表象的祛魅面临着困难重重。虚拟世界完成了对本质、真实的清算,营造出一个未来生活的图式——无所不在的景观幻觉。

如果说在发达的资本主义时期,景观被利用成为意识形态的工具,通过消费主义的表征实现了对人类的诱骗;那么在元宇宙中,景观显示了更多的包容性——允许多种意识形态的争夺。在去中心化的机制下,集中化的组织结构遭到挑战,取而代之的是对点互联的网络。与此同时,元宇宙的媒介的广泛性使得自用户的大规模参与成了构筑元宇宙的主要动力。因此,弥散的意识形态在权力、话语[③]的争夺场域中提供了"洗牌"的可能,多层次的话语体系得到重新构建,杂糅的文化形态成为可能——主流

[①] 参见《清华大学:2021 元宇宙发展研究报告》,2021 年 9 月,强人论坛,http://mp.weixin.qq.com/s/OS2_Oe9KEhnUNFlPwLv-qw。

[②] [法]居伊·德波:《景观社会》,张新木译,南京大学出版社 2017 年版,第 3 页。

[③] 福柯认为,权力是"支配人体的政治技术",权力一方面是借助话语实现自身的价值,另一方面又是影响和控制话语最根本的因素。福柯话语理论的基本观念是"人是受话语支配的"。

文化或是亚文化。

(二) 精密和伪装的视觉机器

元宇宙建立起一个无缝的数字世界,从而让景观渗透在无数孔隙之中,成为虚拟世界的整体图像。元宇宙打造出完美的数字分身,营造逼真的参与感和沉浸感。视觉的单向传输被打破,图像的维度得到攀升,感官向虚拟空间的全面打开也表明视看的局限——受到全方位的牵制。从视听、到手柄的触觉、甚至是在电影中假设的未来芯片、人体光缆,精神内部的知觉整合被义体化的感官系统所替代,大脑的调控和指令经过了机器的调配,幻觉表象的形成产生于细密的、组织化运作的机器设备。在一体化的景观面前,与幻觉在场的交互体验传递给感官真实的信号,对人自身存在的追寻走向休止。机器、技术的无孔不入轻易打消人类的警惕,在近乎真实的"触""看"体验中,技术的伪装获得了人们的信任,感官拥有了绝对的发言权。这正是保罗·维利里奥所说的"无目光的视觉"[1]。被技术夺取了目光的视觉,使得视觉天然的主体与客体的合规遭到破坏。自然视觉的生成来自身体内部的深层"反响机制"——精神直觉或观念[2],视看的过程是把潜在的精神影像现实化的过程。在极速化和精细化的追求下,记忆的选择被缩减,形成了一种"视觉的模型化",从而导致了"目光的标准化"。"人类的目光渐渐趋于凝滞,渐渐失去其速度与自然感性。"[3] 而这一现象已经从现实空间延伸到了虚拟空间之中。

当感官自动地把接收到的信息默认为"真实",思考能力同步失去效力,幕后操纵的技术隐匿遁形,主体性在对景观的追从中被逐渐取消——在对符号的持续体认和固化下。于是表象训练着习惯化的视觉模式,把对现象的存在性解读变成了对符码的识别和转化。这是虚拟景观对五感的成功欺骗,是人类精神图解本能的失落与消弭。

(三) 符号化的多重身份

《黑客帝国》中的"缸中大脑"揭示了一种可能的现象——"我思故我在"将成为现实。"我思"不再是一种纯粹思辨的自我体认,也不是梅洛-庞蒂所说的模糊的可见性[4],而是一种可视化的对象。自我可以通过虚拟世界的身份转化,实现对自身的观照。在虚拟世界中,自我获得了多重身份,这些身份并非同时存在于一个"肉身"[5],而是在各自的媒介中获得独立地位。由此主体性被分解为单一、抽象的身份,被转化为具有媒介意义的符号。

---

[1] [法] 保罗·维利里奥:《视觉机器》,张新木、魏舒译,南京大学出版社2014年版,第117页。
[2] [法] 莫里斯·梅洛-庞蒂:《可见的与不可见的》,罗国祥译,商务印书馆2008年版,第179页。
[3] [法] 保罗·维利里奥:《视觉机器》,张新木、魏舒译,南京大学出版社2014年版,第30页。
[4] 模糊的可见性:庞蒂认为,肉身存在着可见的和自身的联系,这种联系经由我,并使我成为观看者。同时这种可见的可以刺激其他的身体,正如经由和刺激着自我的身体一样。
[5] 肉身是"事实性:使事实成为事实的东西",同时是"使事实具有意义的东西,使零碎的事实处在'某物'周围的东西"。庞蒂所说的肉身,是指身体与外在空间构成的实践体系,使得世界和身体成为具身的存在。身体和世界是同质的,都由"肉身"形成。此处代指身体的肉身。

自我可以跳脱出身体的局限，完成身份的替换。于是个体可以从自身——也是从自我分离出的他者中发现自己。个体可以洞察自身的器官、身体、甚至是思维——通过媒介而得到隐秘转换的符号。然而，这种可见性却导致了主体认识自我的方式移交给机器的编码。自我的可见实际上是通过分解自我而得到实现的——借助虚拟现实。于是个体获得的只是片面性，来源于一种机器对自我知觉、整体的分割——同时也是一种建构。这种建构可以轻易地被仪器修改，于是人的认识变成了机器何以让人认识，这恰恰不是一种认识而是遮蔽。

　　虚拟世界的身份除了为自我定性，在多个影像碎片的重合中拼接自我的身体影像；而且也成为了他人视域下的客体——符号化的指示物。梅洛—庞蒂认为，"通过他人的眼睛，我们成了对自身完全可见的"[①]。他人可以观照自我的身体，因此自我被揭示出一种可见性——使得个人的身体向着他人的视觉开放。然而，人类个体在虚拟世界被符号化，传统意义的肉身也失去了其效能。自身对于他人的可见不过是能指的碎片——散落的光学符号。抽象和不确定的人成了虚拟世界的路标。通过肉身经验对他人做出的判断被悬置，而是对他人进行技术上的定位、符号的解析、媒介的确证。于是人可以成为虚拟角色，按照技术指引的序列进行交往，人是光学矩阵中的一个个据点，交往实际上是解码的过程。这是个体身份的模糊与虚化，实际上是一种"物化"（Materialization）。对他人身份的抽取延伸出自我的中心化。自我对于他者是物，而他者对自我也是物，一个假想的网络设定了主体作为中心——在各自的视域里。在媒介的幻觉中，他人成为自己可支配的对象，以某种"物性"成为服务自身的对象，可以从中抽取可利用的价值，从而完成了自我虚拟身份的建构。虚幻的自我中心主义使得主体实现了身份、地位的跨越，而技术使这一假想成为可能。

　　在符号化的主体之间，视觉等候着媒介的处置——制造同一或是差异。个体的视觉受到媒介的统摄，而非来自自然的视看经验。梅洛—庞蒂认为，"肉身"被置入了"普遍的视"，肉身的原初特性通过此时此地向所有的地方永恒地散播，通过作为个体而成为既是具体的，又是普遍的。[②]"身体间性"（Inter-subjective）能够通达某种视觉——基于普遍视觉的经验，人们可以彼此分享自己的视看——诉诸主体间性的理解。因此，认知功能具有某种一致性，主体的交互成为可能。然而，当个体的感官被媒介所置入，感觉的生成经过编码的设定与修正，普遍的视看失去了人类身体机能共性的支撑，个体对世界的感性认识处在不稳定性、偶然性里，视看的方式受到了媒介的摆布。因此，个体处在对他人视象的不可知状态，交互成了机器编码下的运作方式。拉康的经典名言或许应该得到重新释读——"我在我不在之处思"[③]，"不在之处"成为了技术系统的指代，"我思"毋宁说是机器赋能的无意识。

[①] [法] 莫里斯·梅洛-庞蒂：《可见的与不可见的》，罗国祥译，商务印书馆2008年版，第177页。
[②] [法] 莫里斯·梅洛-庞蒂：《可见的与不可见的》，罗国祥译，商务印书馆2008年版，第176页。
[③] [英] 肖恩·霍默：《导读拉康》，李新雨译，重庆大学出版社2014年版，第90页。

三 赛博朋克对"元宇宙"的图解

赛博朋克（Cyberpunk）[①]是人类在现有媒介下对元宇宙形态的某种技术和文化想象。赛博空间[②]中的视觉图景、"赛博格"形象都是对元宇宙的形态的某种图解。机器、光缆、媒介的统合揭示了元宇宙技术的理想形态。在赛博空间中，异质、断裂的视觉图景展现了对现实视觉的抗衡，而这正意味着某种亚文化在新的领域的滋长。电影、游戏产业的成熟使得赛博文化进入大众的视野，并预示着元宇宙可能的具体形态。诚然，赛博空间仍然只是假想的虚拟化图景，并非是将虚拟与现实整合的一体时空。在现有的技术条件下，赛博空间的形态能够勾勒元宇宙的形貌，从而为元宇宙概念的纠偏提供合理假设。

（一）理想化的整体图像

赛博文化最早诞于文学、影视领域，之后逐渐延伸到游戏、设计，甚至是公共生活当中。从《攻壳机动队》、《银翼杀手》到《黑客帝国》，影视借助特效实现了赛博空间的视觉呈现。Josan Gonzalez 在 2015 年创作的赛博朋克插画《The Future is Now》中，借助虚拟现实装置（VR）和现实增强装置（AR），融合"赛博格"义体人、人工智能、神经网络等科技元素，构筑出独特的时空景观。《赛博朋克2077》打造出沉浸式体验的游戏场景，借助游戏界面的赛博风格设计、赛博文化的内在植入，从而建构出一个自由交互的赛博空间。赛博朋克正以宏图壮志，将赛博文化繁衍为公共的文化图景。而赛博朋克正与元宇宙达成了某种合谋——构建仿真视觉的整体图像。赛博朋克将科技景观搬上屏幕，打造奇幻视听与身体想象，甚至把人类生活改造成同质化的赛博空间。

（二）赛博空间对视觉的建构

从技术中被投射出来的——精密的赛博空间，显示了技术对光线的绝对统治。明和暗的交替不再是自然光的专利，而是通过人工组合而成的光线网格。赛博影像往往呈现低明度的场景，如下着雨的夜晚、阴暗的雾霾天，辅以暗黑的建筑底色、深灰的机器外壳，传达出消沉的情绪。在暗黑的环境中，赛博空间往往用人造光的渲染——霓虹灯的斑斓璀璨、城市灯火的通明，来对深沉的底色形成冲击。机器的光源生产出明暗的图式，这种图式不是自然光的分层，而是人造光的堆叠，在充满视觉冲击力的光线分割中，传达极致和冷酷的科技感。这是一种极客文化（Geek chic）[③]，对科技的

[①] 赛博朋克体现了科技与未来技术：机器人，人工智能，黑客技术；cyber 是网络的，计算机、信息技术的意思，来自 cybernetics（控制论）的前缀 cyber。朋克泛指反叛主流价值、反乌托邦精神和无政府主义。

[②] 1984 年，科幻作家威廉·吉布森在《神经漫游者》中提出了"赛博空间"（cyber space）的概念。"赛博空间在地理上是无限的、非实在的空间，在其中，人与人之间、计算机与计算机之间以及人与计算机之间发生联系"。后来赛博空间用来指代数字媒体、网络信息技术与人深层交互后所营造的数字化的虚拟空间。

[③] "极客"来源于美国俚语"Geek"的音译。"极客"是一群狂热于技术的人，以创新、技术和时尚为生命意义，总是站在新经济、尖端技术和世界时尚风潮的前线。极客文化，是一种起源于美国的新的反主流文化，以令人惊异的产品及电影、音乐和游戏引领潮流时尚。

狂热追求催生了陌生化的幻觉影像,图像的生成并非诉诸人类视觉的统合,而是器械、技术的精细编码、构造。传统的视看习惯遭到抵牾,视象的精神内核消失,虚拟的再现占据了视觉的中心。正如电影《银翼杀手2049》里森严压抑的钢筋混凝土楼群和光怪陆离的全息投影广告牌等,明暗的分布让视觉逡巡于光学表面,人们无法寻获视觉经验的复还,而是在光线的切割中接受零散的视觉碎片。对精神图像的还原和释读不再时髦,反叛和违逆的感官快适受到热烈拥簇。

赛博空间的色调以冷色调为主。青、蓝、紫构成的基本色调下,红橙色调也时常不合时宜地占据画面。色调的不和谐营造出刺眼的视觉对象。正如《黑客帝国》中,人物穿着黑色的风衣,绿色的代码随处可见,绿和黑构成了画面的底色。这种视觉经验不是对人类感官的满足,因为其背离着审美对外在形式的要求。黑格尔认为"艺术要求颜色在一幅画中不显现为各种颜料的随意排列,而是几种颜色被调解为协调一致,产生一种完整和统一的印象"[1]。黑格尔对绘画艺术的分析可以引为鉴戒。在赛博空间中的图像中,人类难以获得协调、完整的统一视觉,而是偶然的混合给视觉带来的持续冲击。色彩的鲜明对立,体现了后现代性对理性的清算,是对确定的、中心的审美法则的取消。这种"解放"仅仅是对习见的视看方式的不屑,是对传统边界的肃清,是对新的视觉经验的无畏尝试。然而,色彩的紊乱、失调表明这只是一种特立独行,新的裂痕不断生发,预示着目的地的虚无和探索的永不休歇——因为意义总是在不断地取消之中,在感官的迷乱之后留下无尽的意义黑洞。

(三)赛博空间对身体的编码

赛博格(Cyberg)是人机交互的结合物。科技的发达延伸了人类的身体机能,通过人工的组装、机器的编码,生成全新的"义体人",也称之为"赛博格"。赛博格本身具有理性、意识、欲望,外观同人类高度相似。与其说,赛博格是对人类感官的延伸,不如说是对人类身体的塑造——以全新的媒介形式。媒介在这里已经不仅仅是麦克卢汉所说的"媒介是人的延伸"[2],而是一个独立于人的身体的存在。媒介获得了自我发展的独立可能,并能够支配身体、支配意识,从而生产出与人类并存的全新种类。这种情形在赛博空间里十分常见,电影《银翼杀手》系列的复制人、《攻壳机动队》的军用生化人、《机械姬》的机械姬,甚至到《赛博朋克2077》游戏中,所有人物都经过了义体改造,成了身体—媒介的混合物。玩家可以通过嵌入自身的人工机能接入信号对生物信息进行获取,激活仿生人,在改造后的义肢武装下进行袭击、战斗。人类身体机能的扩张和代码的植入实质上是对人类的解构,揭示了一种后人类性(Post-human)。"后人类作为这趟旅程的全新者,代表着未来城市、未来科技的符号,也成为人类实现统治欲望的符号。"[3] 如果说在电影中,义体人和真实的人在感性上有着巨大的

---

[1] [德]黑格尔:《美学》,朱光潜译,商务印书馆1996年版,第319页。
[2] [加]麦克卢汉:《理解媒介:论人的延伸》,何道宽译,商务印书馆2000年版,第33页。
[3] 张璐:《赛博朋克电影:影像城市空间与哲学思考》,《电影文学》2019年第13期。

鸿沟——对于真情理解的本质差异,那么游戏里则完全取消了人类与机器的界限,媒介在独立意义上把人类的身体纳入自身。人类本身就作为赛博格而存在,感官、机能、身体都被机器所赋予。传统人文主义意义上的"人"不再是本体论层面的优先考虑,"人"与"非人"的媒介、技术处在同一系统、同一平面之中,共同生存、共同认知、共同行动。因此,在赛博空间中,"后人类"成了人类的普遍生存状态。技术的发展推动了人类对于身体的想象和重塑,对媒介的拥簇取消人类的主体性,从而建立起一个没有"人"的世界。

(四)赛博空间的文化异质

赛博空间是一个集合了多向度元素的存在——城市、乡村、贫民窟、废土等。以超级城市为显著特征的赛博空间,同时表现出对贫民窟意象的收编,杂糅成一个交织、抵抗的文化图景。贫民窟是工业城镇的景观,这里充斥着邋遢、肮脏、疾病、暴力。它是具有阶级意义的权力斗争的载体,表明了亚文化对于主流文化的某种抵抗。而城市作为包容了贫民窟的意象,也并非成为传统意义上的城市意象,而是以暗黑的色调、低沉气氛,成了城市和贫民窟的整一体。城市和贫民窟的边界逐渐消失,成为了一个整体符号——对文化异质的某种指涉。而在城市之中,"阳光"和"黑暗"是以某种拼贴的方式组合而成。换言之,赛博空间并非真正意义上的城市和贫民窟和解的结果——阶级分化的消除,而是一种颠覆、一种虚构。城市和贫民窟本身还是分裂的,在混乱的拼贴中组合成虚拟的赛博空间。这种强行组装表明了亚文化的强势——对主流文化的占领。赛博空间孕育着某种权力斗争,在虚拟的场域之中,权力实现了颠覆和置换,文化异质大放光彩。因此,赛博空间的城市景观成了后现代性的表征——一种"反乌托邦"式的都市幻想在破碎的能指符号之中得到建构。

四 对"元宇宙"的反思

(一)图像逻辑的异化

保罗·维利里奥在《视觉机器》中揭示视觉图像从"形式逻辑"走向了"反常逻辑"。"随着远程拓扑学瞬时性的普遍存在,随着所有折射面的即时对质的出现,随着与所有地点的视觉接触的建立,目光的长期漂流终于结束。"[①] 一种跨越地域、国界的整体图像正在生成,视觉信息接受一致的拓扑结构的询唤,媒介信息的联通以即时的、不可阻挡的速度侵入视觉。元宇宙把整体图像虚拟化,通过机器、技术、媒介实现维度的降升。元宇宙实现了互联网的"升维",但却隐含着视觉"降维"的危机。在机器和媒介对光线、色彩的统御下,对现实的立体观照将转化为对断裂平面的拼合,目光陷入摇摆不定,只能跟随着符号碎片的指引。虚拟空间中的自我、他者和景观都成为

---

① [法]保罗·维利里奥:《视觉机器》,张新木、魏舒译,南京大学出版社2014年版,第65页。

符号化的对象，身份的多元和混淆导致符号的指代陷入混乱，意义的获取不再明晰，全新的视看经验正在生成。元宇宙是对人类感官的全方位改造，它打破了虚拟和真实的界限，使人类实现想象力在体感层面的跃迁。如果说整体图像的虚拟化建立起了次元的种种表象，那么后人类的技术实践则把表象置换为真实。

（二）规则制度的重构

虚拟世界的建构暗含着对裹挟于现实的规则的重新厘定，虚拟景观表象之下的权力、话语将开辟一个全新的战场，多元的意识形态在这个领域重新发起争夺。一方面，人类现实的商业化制度、资本力量对元宇宙虎视眈眈。元宇宙的构想成为资本化运作的全新进程，消费主义的编码延伸进元宇宙的景观之中，剥削形式获得了新的表象的遮掩。元宇宙中的表象为广告式的景观提供了绝佳场域，现实的劳动关系在元宇宙中愈发模糊，货币的生产、产业的扩张得到影像的粉饰，商业社会的法则在虚拟空间中进一步延续。另一方面，亚文化也在虚拟空间中大肆渲染。人们不断变现的想象力激发着对虚拟世界的狂热，虚拟空间更容易成为亚文化扩张规模的途径。去中心化的呼声愈演愈烈，亚文化在对现实秩序的毁坏下实现地位的跃迁。然而，这些反叛的图像也有被资本收编的可能，从而成为资本敛财的工具。

元宇宙的空间形成了复杂的力场，经由权力、话语的争夺而得到重新塑造。而在影像化的景观面前，对表象的接受和默许将形成一套范式——眼见为实。本质的内在真实不再得到体认，对意义的追求将让位于表象。影像与影像的交汇构成了交往的表征，川流不息的机械是虚空中的幽魂，感官成为机器的全部实践形式。

五 结语

元宇宙方兴未艾。人类可以假想一个全新的宏阔宇宙对人类生活方式带来的深刻变化，然而，在技术的蓝海面前，元宇宙仍然面对着浩瀚的未知。景观化的虚拟表象将成为意识形态争夺的全新战场，社会图景成了更为复杂的权力场域。同时，个体的生存形态被深刻改造。虚拟的身份提供了独立的视角，并且打破了身体、精神的传统界限，个体对自我的观看成为可能，交往打破了过去的时空形式。但引起警惕的是，一切的媒介、机器都在对人类进行重塑，五感的开拓将人类和机器并置，机器对感官的统一体成为描绘的理想蓝图。媒介的运作对人的主体性进行取消，在虚拟符号的集合中生长出意义的断裂带。赛博文化提供了元宇宙图景的某种想象。如果说赛博文化目前仅仅是在影视、游戏领域的尝试性建构，那么元宇宙将是构建的人类生存的未来图景的多元可能。元宇宙还面临着技术的进一步革新——伴随着技术的野蛮生长滋生的危机和恐惧。然而元宇宙的症候并非绝症，人类社会的规则仍然制约着元宇宙的离心力，对元宇宙痼疾的诊断也能够及时配上针对性的药方。元宇宙的浩大声浪不应成为资本逐利的加勒比海，而应以审慎的态度，开拓人类文明的新境域。

诗学与人学

学人と學術

"读者"新论:感悟并践行生活之道的人

张公善[*]

(安徽师范大学文学院　安徽芜湖　241000)

摘要: 真正的读者不仅仅是文本的体验者、阐释者和建构者,还应该走向现实成为践道者。阅读不仅仅是针对作品的事业,更是改变读者的事业。阅读让作品真正走进读者生活的东西就是作品中的"生活之道"。读者在阅读作品时因为共鸣或认同而若有所悟,进而内化为一种信念、信仰或楷模。信念、信仰或楷模又凝聚为具备行动感召力的话语和意象,最终将生活之道带进读者的现实生活。

关键词: 生活之道;感悟;信念;信仰;楷模

众所周知,美国新批评派通过"意图谬见"论切断了作品与作者的联系,又通过"感受谬见"论切断了作品与读者的联系。所谓"感受谬见",即"将诗与诗的结果相混淆,也就是诗是什么和它所产生的效果。……其始是从诗的心理效果推衍出批评标准,其终则是印象主义和相对主义。"[①] 新批评放逐读者与作者,目的是建立以作品为自律存在的"本体批评",强调的是客观性和科学性。

如今看来,不能不说上述新批评观点破绽百出。他们聚焦作品的自律存在方式,可是他们对作品的剖析也是因人而异,那我们又怎么能确保他们所剖析的作品形式结构等属性的客观性呢?作品作为一种客观存在,并不能确保对作品的认识的客观性。作品不是凭空产生的,它是作者创作出来的。作品的生命也必然由读者来唤醒。作者和读者都是拥有自我意识的个体,因此想排除他们的主观性是一个梦想。作品必然是拥有作者主观性的存在,分析作品的读者也必然带有其主观性。

如果我们认可歌德"从特殊到一般"的艺术创作方式,我们就更不能拒绝主观性,因为主观性也是一种个体的特殊性表征。问题的关键在于:如何让具有特殊性的主观性上升到一般(普遍性)的层次。在此,我们继承中国古人的感悟传统,强调读者阅

---

[*] 作者简介:张公善(1971—),浙江大学文学博士,安徽师范大学文学院副教授,研究方向:生活诗学与现当代文艺。本文为2017年国家社科基金项目(17BZW070)《后理论时代的文学批评新范式研究》阶段性成果。

[①] [美]维姆萨特、比尔兹利:《感受谬见》,见赵毅衡编选《新批评文集》,百花文艺出版社2001年版,第257页。

读时的主观性，但并不陷入相对主义和主观主义。我们试图让读者的个性感悟走上普遍性的同时，也让读者的感悟真正走向客观的大道，即在现实生活中让感悟开花结果。我们先来梳理一下对于读者角色的几种代表观点，进而提出我们对读者角色的重新界定；其次我们探讨读者在文本中是如何感悟生活之道的；最后来探索读者在现实中践行生活之道的可能路径。当然，我们在此主要关注的是文学作品的读者，但不排除其他作品的读者会分有其中一些共性。

一　读者角色的定位

读者就是阅读作品的人。根据读书的方法以及读书的目的，我们可以将读者进行分类，最为常见的三类读者是：体验者、阐释者及建构者。这三类读者并非截然不同，相互之间也都不同程度地相互融合。

作为体验者的读者。这是最为传统的读者。读者让自己沉浸于作品中，慢品细读，咀嚼作品的美妙，感悟作品的艺术之道及深刻思想。中国古人所谓的"涵泳功夫"，说的正是此类读者。陆九渊《读书》诗云："读书切忌在匆忙，涵泳功夫兴味长。"朱熹说得更全面具体："学者读书，须要致身正坐，缓视微吟，虚心涵泳，切己省察。"[①] 朱熹难能可贵地将"涵泳"与"切己省察"结合起来，即在涵泳作品的同时也要根据自己的生活经验和阅历来进行审读。涵泳功夫就是一种慢的阅读方式，不烦不躁，而是将心空出来，去慢慢拥抱作品。涵泳还是一种自由自在的主动投入，而非被动阅读。这就是朱熹所谓的"优游涵泳"。

在西方最强调体验功夫的文学批评家非狄尔泰莫属。他在《体验与诗》一书中如下一段可以作为其文学观念的主旨："如同每一首器乐作品那样，每一首诗都以一个被从头至尾体验到的心灵事件为基础，这个事件在感情中又返回来同个体的内心世界发生关系。"[②] 这个"心灵事件"是作家心灵世界与外部世界相互激荡的产物。我们阅读作品，也就是要体验作家的体验。该书即是狄尔泰对莱辛、歌德、诺瓦利斯和荷尔德林等四位作家内心世界的体验成果，不仅是体验这些作家的作品，还体验他们的生活，以及他们所处的时代。狄尔泰以体验为道路，通达的是作家在其作品中的"生活之道"。当然他没有用这个词，他用的是"生活智慧"。[③] 除了"生活智慧"，狄尔泰还暗示诗艺作品对生活之"真理"的揭示。他是这样说的："诗艺作品无意成为生活的表达或表现……每一部真正的诗艺作品都会在它所表现的那个现实片段上显出以前未被人看到过的生活的一种特性。"[④] 此处作品所显示出来的现实的"未被人看到过的生活的

[①] 朱熹：《朱子读书法》，张洪、齐熙编，李孝国、董立平译注，天津社会科学院出版社2016年版，第41页。
[②] ［德］狄尔泰：《体验与诗》，胡其鼎译，生活·读书·新知三联书店2003年版，第366页。
[③] ［德］狄尔泰：《体验与诗》，胡其鼎译，生活·读书·新知三联书店2003年版，第208页。
[④] ［德］狄尔泰：《体验与诗》，胡其鼎译，生活·读书·新知三联书店2003年版，第163—164页。

一种特性",不就是常人盲视的生活的"真理"吗?可以说,狄尔泰的"体验"包含有"悟"的成分,因为他不仅仅是体验的过程,同时也包含体验的结果,即对作家心灵世界的理性认识。这些理性认识不是逻辑推理所得,而是体验过程中感悟的果实。

法国作家普鲁斯特也非常重视阅读者的体验,他竭力反对圣伯夫的批评方法。众所周知,圣伯夫以其一系列的"文学肖像"的撰写而蜚声世界。圣伯夫把作家的生活作为切入作品的钥匙。普鲁斯特则认为:

一本书是另一个"自我"的产物,而不是我们表现在日常习惯、社会、我们种种恶癖中的那个"自我"的产物,对此,圣伯夫的方法不予承认,拒不接受的。这另一个自我,如果我们试图了解他,只有在我们内心深处设法使他再现,才可能真正同他接近。①

由此,普鲁斯特走向另一个极端,盲视作家的外在生活。相对而言,狄尔泰的方法更合理,既重视作家的外在生活,又聚焦作家的心理世界。

作为阐释者的读者。阐释在西方最初源于对《圣经》的解释。而在中国阐释最初也是后人对经典的注解,不管是"我注六经"还是"六经注我",都是对"六经"的一种阐释。阐释的核心是理解,即对原作的理解,以便让原作的微言大义或丰富魅力得以昭示天下。那么,究竟如何理解并阐释作品呢?纵观西方文论,最常为人称道的两条阐释路径是现象学和阐释学。现象学家胡塞尔认为,要认识对象,就必须悬置关于对象的一切"外部世界和传统知识",直接"回到事物本身",将对象还原为"不含任何经验内容的纯'意向性'意识,从而达到对对象的认识"②。将"回到事物本身"的现象学口号,改造成"回到作品本身",就有了英伽登对文本结构的分析,也促成了日内瓦学派对作品中的作者意识以及作品意义的探索与发现。

现象学的阐释之路很显然有忽视作品的外在生活以及读者的创造性之嫌。阐释学在此显示出其特有的优越性,因为它有意加强读者与作品之间的对话关系。对话关系集中体现于对作品的循环阐释上。就是说,我们对作品的理解不是一蹴而就,而是不断地循环深入。何以如此呢?伽达默尔认为艺术作品具有"持久性的活性张力","所有我们对艺术的接纳都受到时间性的管制,就如同我们整个存在的实现过程。相遇一个诗人的作品从来不是一次性的。……每次的相遇都有它自己的状态,带有它自己声音回荡和声音渐弱的背景"③。伽达默尔很好地解释了作为阐释者的读者,要想深入而全面地理解一部作品,除了重复阅读,循环阐释,别无他法。那么阐释学的循环是如

---

① [法]普鲁斯特:《一天上午的回忆》,王道乾译,上海文化出版社2000年版,第91页。
② 段吉方:《20世纪西方文论》,高等教育出版社2014年版,第130页。
③ [德]伽达默尔:《诠释学的实施》,吴建广译,北京大学出版社2013年版,第288页。

何进行的呢？海德格尔给出了令人印象深刻的解答。他将文本视作一个词语事件。所谓循环阐释，就是从阐释者出发，阐释者带着前理解走向文本，进行文本解释，完成对世界和世界之中的揭示，再回到阐释者自身，然后再如此循环往复下去。① 可见，在伽达默尔看来，理解就是作品的视界与读者的视界的持续不断的融合，而在海德格尔这里，理解就是阐释者与文本之间的循环阐释。

虽然伽达默尔和海德格尔都加强了读者（阐释者）与作品之间的对话关系，但他们仍然忽视了读者的生活实践，即它们盲视了作品对读者生活的实际影响，而仅仅将读者锁定在阐释文本的任务之上。

作为建构者的读者。作为体验者的读者与作为阐释者的读者，都有作者导向之嫌。真正将读者的主体性抬到极致的是作为建构者的读者。读者成为文学研究的中心，是接受美学和读者反应论（阅读效果理论）的功劳。文本只是半成品，只有在阅读中才能成就自己。"文学对象既不是客观文本也不是主观体验，而是一个潜在图式，一个由空白、漏洞和不确定因素构成的潜在图式（类似于某种程序或乐谱）。换言之，'文本说教，读者建构'。"②

受英伽登认为文本充满"不确定性"和"空白"的启发，伊瑟尔认为意义不确定性和文本空白恰恰是文本的基础结构，他称之为"召唤结构"。伊瑟尔据此提出了"隐性读者"的概念，"作为概念，隐性读者就植根在文本结构之中；它是人为的建构，绝不等同于现实中的任何读者"③。而对于接受美学的另一代表姚斯来说，读者阅读时是带着"期待视野"进行的，随着阅读的进行，期待视野也随着变化，建立新的期待视野。阅读可谓期待视野的不断填充和不断更新，或者说不断建构新的期待视野的过程。何谓"期待视野"？也就是伊瑟尔所谓的"库存"，指同一时期构成读者能力的常规约定的集合，或者说是读者头脑中文化、历史和社会规范的集合，是阅读之必备工具。④ 综上所述，作为建构中的读者，其所建构的对象至少有三：首先是作品，其次是隐含读者，最后是期待视野。

上述三种读者角色的定位，并非截然对立，它们往往互相交织在一起，作为体验者的读者也可能在阐释和建构作品，作为阐释者的读者也不排除在体验中解读或建构作品的意义，而作为建构者的读者也不可能缺少体验与阐释。

在这三种读者角色之外，我们再提出一种新的读者定位：融悟道与践道于一体的读者。这一读者定位何以成立？如果我们重视作品对读者的整体效应，就不能仅仅重视知（理解）情（审美），还应重视意（意志、实践）。作为体验者的读者是整体感知，但仍然忽视了走向现实的实践。作为阐释者的读者和作为建构者的读者侧重对文本的

---

① 张首映：《西方二十世纪文论史》，北京大学出版社1999年版，第241页。
② [法]孔帕尼翁：《理论的幽灵：文学与常识》，吴泓缈、汪捷宇译，南京大学出版社2017年版，第142页。
③ [法]孔帕尼翁：《理论的幽灵：文学与常识》，吴泓缈、汪捷宇译，南京大学出版社2017年版，第143页。
④ [法]孔帕尼翁：《理论的幽灵：文学与常识》，吴泓缈、汪捷宇译，南京大学出版社2017年版，第144页。

理解，只不过前者以作者为导向，后者以读者为导向。集悟道与践道于一体的读者不仅涵纳了上述三种读者角色，而且还有所拓展。悟道与体验、阐释和建构密切相关。大道不可说，只能感悟，只能在体验中感悟出来，而阐释和建构文本更加有助于对所悟之道的理解。真正的读者不仅仅是文本的体验者、阐释者和建构者，还应该走向现实成为践道者。这是阅读对于读者来说最大的功效。阅读不仅仅是针对作品的事业，更应是改变读者的事业。而阅读让作品真正走进读者生活的东西就是作品中的"生活之道"。

二 在文本中感悟生活之道

叔本华说："[文艺的]的宗旨……是让读者在这些概念的代替物中直观地看到生活的理念，而这是只有借助于读者自己的想象力才可能实现的。"① 叔本华可贵地指出了文艺的核心在于作品中的"生活的理念"（相当于我们所谓"生活之道"）。但他对读者何以能读出"生活的理念"理解得有些简单化。读者能读出作品中的"道"其实并不容易，不是一个"想象力"就能得到的。对此，中国古人所论要高明得多，其中对感悟的论述尤其值得关注。因为作品之中的"生活之道"往往只有通过感悟才能获得。

中国古代文论中论"悟"最有影响的人当是南宋严羽。他在《沧浪诗话》中提出了著名的"妙悟"与"熟参"论。所谓"妙悟"，集中体现如下一段话：

> 夫诗有别材，非关书也；诗有别趣，非关理也。然非多读书、多穷理，则不能极其至。所谓不涉理路、不落言筌者，上也。诗者，吟咏情性也。盛唐诸人惟在兴趣，羚羊挂角，无迹可求。故其妙处透彻玲珑，不可凑泊，如空中之音、相中之色、水中之月、镜中之象，言有尽而意无穷。②

而"熟参"主旨见于如下一段话：

> 禅家者流，乘有小大，宗有南北，道有邪正。学者须从最上乘、具正法眼，悟第一义，若小乘禅，声闻辟支果，皆非正也。论诗如论禅，汉、魏、晋与盛唐之诗，则第一义也。③

严羽虽然只是论诗，但却极具启示意义。真正的作品乃是妙悟之作。作者非有妙

---

① [德]叔本华：《作为意志和表象的世界》，石冲白译，杨一之校，商务印书馆1982年版，第336页。
② 郭绍虞：《中国文学批评史》（下），商务印书馆2010年版，第78页。
③ 郭绍虞：《中国文学批评史》（下），商务印书馆2010年版，第79页。

悟不可作,读者非有妙悟不可解。妙悟何所来?多读书、多穷理,落实到诗,就必须要熟参那些深得妙悟之作,即那些最上乘的诗歌。严羽一会儿说妙悟与书、理无关,一会儿又说要读书穷理,这看似矛盾,实则道出了艺术的一大规律:熟能生巧。要想"不涉理路、不落言筌",作家就必须先"熟参"那些"理路"和"言筌"。个人认为,严羽真正想说的是:读书穷理重在"悟",因为最上乘之作皆以"妙"的形式来表达,而非按常规惯例的形式表现。"妙"就妙在不可言传只可意会。而作品之"妙"也唯有"悟"所能得。悟靠妙传,妙凭悟得,此所谓严羽的"妙悟"之道也。然而不能不说,严羽所论有形式主义之嫌,忽视了悟的内容,即"道"。不仅如此,他还忽视了悟的生活之源,即悟不仅仅是靠读书和穷理就能获得,悟还应需有生活经验的基础。此外,他所论的悟还主要是诗之道,而我们更关注的是诗中的"生活之道"。

从严羽这里,我们得到的启示是,作为悟道者的读者在阅读作品之前,除了拥有严羽所说的读过的书籍和探究过的万事万物的道理之外,还应拥有丰富的生活经验。我将这三种读者在阅读之前所应具备的"库存"分别称为:阅读之力、参世之功及经验之基。

阅读之力。世人读书最常见有三种境界。一是利的境界,为了功名利禄而读书;二是乐的境界,为充实快乐而读书;三是道的境界,为崇高理想而读书。[①] 南宋胡铨说过:"书者道之文也。"[②] 作为文明结晶的好书更是道的宝藏。

当我们读书不仅仅只是为了内心的充实与快乐,而是通过书本来悟道,进而传道、践道,那么我们的读书就拥有了一份崇高的意味。不能不说,如今为道而读书的人已经凤毛麟角。为了有助于我们能从文学作品中感悟生活之道,我们首先得储备一些古往今来的生活之道,而它们就存在于人类文明遗留下来的各种优秀典籍之中。

阅读之力体现在境界、视野和钻研。境界决定高度,视野带来广度,而钻研定格深度。可以说,读者在阅读作品之前的阅读之力,就已经决定了其对作品中生活之道的感悟之力。

参世之功。如果把阅读的对象从书本移向我们身处其中的世界,我们就是在参悟世界。不同于宗教的参悟,此处所参悟的对象乃是生活之道,它能让人在此岸好好生活。而宗教参悟的目的是让人从此岸走向彼岸。

道不远人。参世即悟道。参世之功有内外两条大路,向外是探究宇宙人生之道,向内则是深思人心人性之幽眇。拿中国古代哲学来说,前者以程朱理学为代表,后者阳明心学可作代表。大道潜行,内外相通。虽然普通人不会像上述哲学家那样参世,但总会随着年龄的增长、时空的变换,对宇宙人生以及人心,或多或少悟出自己的道理来。这是个体生存于世最宝贵的精神财富。

"世事洞明皆学问,人情练达即文章。"一个胸有"大道"的人,一个参透世事人

[①] 张公善:《读书之道》,《博览群书》2008年第8期。
[②] 郭绍虞:《中国文学批评史》(下),商务印书馆2010年版,第17页。

情的人，在思想上就具备了可召唤性。这种人最容易接收到文本中"生活之道"的召唤。马克思说："对于没有音乐感的耳朵来说，最美的音乐也毫无意义，不是对象，因为我的对象只能是我的一种本质力量的确证。"① 同理，一个对生活之道毫无感觉和意识的人，再优秀的作品也只能是看看热闹而已。

经验之基。阅读之力和参世之功让我们在阅读作品之前，都储备了一定量的"生活之道"。它们存在于个体的观念世界中，甚至成为一种知识形态被记忆。然而正如作者创作之前必须拥有丰富的生活经验一样，读者阅读之前丰富的生活经验也会有助于读者从作品中感悟生活之道。所谓见多识广。每个人的生活阅历往往决定其胸襟的宽广程度。

生活环境往往会对一个人产生潜移默化的影响。所谓山里人执拗、海边人豪放并非胡说八道。整日沉浸于象牙之塔，一个人再有想象力，也没有在广阔世界里亲力亲为，会拥有更多鲜活的既有质感又有厚度的生活经验。其中最大的不同在于体验。想象生活与实际生活截然不同。苦难中的痛、幸福时的乐、危急关头的恐、重大事件前的忧及诸多措手不及的变故，凡此种种，都会让人刻骨铭心。

一般而言，读者的阅读之力越大、参世之功越深、生活经验越多，其阅读作品时所能感悟生活之道的可能性就越大，因为其在阅读时更有可能与作品内容产生共鸣或认同之感。严羽在论悟时并没有探究悟之所以产生的内在机制。这无形中增加了悟的神秘性。在此，我们认为让悟出现的最主要的触媒便是共鸣和认同。打个比方，如果悟的突现如烟花的爆炸，那么其引信便是共鸣和认同。唯有在作品中产生共鸣和认同，读者才最有可能在观念中擦出悟的火花，因为此时读者思想处于最兴奋状态。

共鸣时我们作为阅读者与作品所写的内容有共同的认知或体验。共鸣的基础一直被认为是人性中的共通性。这可以从康德美学中找到依据。他认为，"美是那不凭借概念而普遍令人愉悦的"②。所谓爱美之心人皆有之。那么人类对美的鉴赏判断何以可能呢？康德提出了"共通感"的观念。他说："鉴赏判断必须具有一个主观性的原理，这原理只通过情感而不是通过概念，但仍然普遍有效地规定着何物令人愉快，何物令人不愉快。一个这样的原理却只能被视为共通感。"③ 以这种共通感为基础的共同人性、共同心理及共同美感，一直被很多人认为是"共鸣"的根源。④ 但是普遍人性不足以说明为什么同样的一部作品，有人共鸣有人没有感觉？我们认为共鸣的基础不仅仅在于内在的普遍人性（共同感），更在于外在的生活经验。那些拥有相同或相似生活经验的人更有可能产生共鸣。

---

① ［德］马克思：《1844年经济学哲学手稿》，中共中央马克思恩格斯列宁斯大林著作编译局编译，人民出版社2000年版，第87页。
② ［德］康德：《判断力批判》，宗白华译，商务印书馆1964年版，第57页。
③ ［德］康德：《判断力批判》，宗白华译，商务印书馆1964年版，第76页。
④ 黄曼君主编：《中国20世纪文学理论批评史》，中国文联出版社2002年版，第731页。

我在阅读刘易斯《巴比特》、毛姆《月亮与六便士》以及门罗《逃离》等小说时，对小说中描述的日常生活中的惯性现象就很有共鸣。这些小说主人公从日常生活逃离或脱轨的重要原因乃在于日常生活日复一日重复的惯性所产生的单调乏味和压抑。逃离是对惯性的反抗。然而逃离解决不了问题，因为生活的惯性必然会将人重新拉回日常生活。因此最好的办法，只能是通过艺术性来有效地坚守日常。我对日常惯性的发现，乃是源于日常生活中的一些小插曲。比如每天送孩子上学就产生了一种惯性，当孩子升入高中，我有好几次在一个岔路口，仍然带着孩子奔向他原来的初中学校。有了这些日常生活的经验，当我读到什克洛夫斯基《散文理论》中的"陌生化""自动化"理论，就更加坚信惯性在日常中的重要作用，并且坚持认为一个人只有善待日常生活的惯性才能过得快乐。[①]

认同在此强调阅读者对作品中某个人物或观念的赞赏并渴望效仿。认同更多地带有价值观的色彩。而共鸣更强调相同的感受，并不一定会认可或欣赏。耀斯在其《审美经验与文学解释学》一书中提出与主人公认同的五种互动模式：联想式、钦慕式、同情式、净化式及反讽式。五种模式标识读者与主人公的距离的大小不同。"通过审美态度和在审美态度中的认同是一种平衡的状态，在这种状态下，距离太大或是距离太小都会变成与所描绘人物的无兴趣分离，或者导致在情感上与这一人物形象的融合。"[②]耀斯此处所说的认同实乃读者对主人公的一种审美态度。而我们在此处所论的认同不仅仅是审美态度，也不仅仅与作品主人公有关，而更是一种审美价值判断，它是对作品中的人与事、情与景等所隐含的"生活之道"的认可。

认同与悟道往往同时发生。它们都是读者头脑中库存的"生活之道"以及"生活经验"忽然被作品中的相关内容所激发的产物。有如醍醐灌顶，读者突然之间洞穿作品中的生活之道。认同并非都是发生在阅读的过程中，这与共鸣不同。认同可能出现在阅读一部作品之后的任何一个时间。我在阅读加缪的哲学散文《西西弗神话》时，对西西弗被称为"荒谬英雄"一直不能很好地理解，更别说共鸣和认同了。若干年后，有一次给研究生上课，我才豁然开朗。当时一个研究生汇报读这本书的心得体会。听着听着，我忽然就理解了西西弗。学生在描绘西西弗推石头时，我大脑里的想象画面忽然引发了思想火花。西西弗神采奕奕推石头上山，推到山顶，石头又会自动滚下山，于是西西弗再次下山重新推石头。西西弗的伟大之处就在于让无意义的事（似乎总是在做无用功）拥有了意义（以积极乐观的心态重新开始）。西西弗在无望中乐观地活着。而我们绝大多数的人面对生活中无聊荒谬之事，总是抱怨满天愁眉苦脸。他们没有像西西弗那样永远微笑地生活。其实，生活中的每个人都在推着自己的"石头"，在此意义上，我们都是西西弗，但是并非每个人都拥有西西弗的那种积极精神。至此，

---

① 参见张公善《小说与生活：探索一种小说教育学》，北京大学出版社2016年版。
② ［德］耀斯：《审美经验与文学解释学》，顾建光、顾静宇、张乐天译，上海译文出版社1997年版，第232页。

我才算真正理解西西弗何以被称为"荒诞英雄",并打心眼里认同了他的这种无望而望的精神。当然,我之所以多年后才能真正理解西西弗,也与这些年来自己的生活经历密切相关。我痴心于建构"生活诗学"的学术体系,虽然没有反响,但仍然乐此不疲,至今已近20年。在此之后,当我读到格拉斯接受《巴黎评论》采访时说起对《西西弗神话》的阐释,我就能了然于胸了。格拉斯说,"我们可以把这一神话变成一个对人的生活状况的积极阐释","我们是流动的事物。也许石头将永远从我们身边滚离,又必须滚回来,但这是我们必须要做的事,石头属于我们"。①

当然,读者在阅读中感悟生活之道并非总能如愿以偿。不仅如此,如果我们总想着阅读只是为了悟道,我们可能反而一无所获。"道"可遇而不可求。阅读更应该是将自己沉浸文本世界,充分体验语言艺术及其生活世界的魅力。唯如此,共鸣与认同才会频频出现,"道"也会不请自来。无所为而为,无所悟道而得道。这应该是读者阅读的最高境界吧!

三 在现实中践行生活之道

卢卡奇在《审美特性》一书中提出了一个艺术此岸性原理,即艺术的整个流程其实是"从生活到生活"②。但他过于强调艺术对人的"陶冶",以及"人的本质"的整体实现。他并没有很好地解决艺术的陶冶何以让人走向生活实践,进而完成人对其本质的全面占有。如果要将艺术的此岸性原理真正贯彻到底,那么读者就必须将从作品中所感悟的生活之道落实到现实生活。我们认为,文学也遵从此岸性原理,文学此岸性原理的最终目标就是文学化的生活。读者阅读作品,获得"生活启蒙",进而通过生活实践塑造自己的"生活形象"。但是这一文学此岸性原理具体如何实践,我们还一头雾水。因此,我们有必要探讨读者在阅读作品之后如何实践其从作品中所感悟到的"生活之道"的。读者何以会走向实践?读者如何实践?这是必须追问的问题。

读者因为阅读一本书而在生活中实践一些书中人物的行为,这在文学史上不少见。歌德的《少年维特之烦恼》引发了不少年轻人效仿维特而自杀的事件。《汤姆叔叔的小屋》据说也为美国南北战争的爆发提供了"助燃剂"。西班牙作家马里亚斯在小说《灵魂之歌》(1989)中写到作家高兹华斯继承了安提瓜所属的一个小岛雷东达岛的国王头衔,结果《灵魂之歌》的出版也引致马里亚斯被任命为新一任雷东达国王。③ 作品何以有如此巨大的魔力以至于引发阅读者做出行动呢?单说共鸣或认同还不足以说清

---

① 美国《巴黎评论》编辑部编:《巴黎评论·作家访谈1》,黄昱宁等译,上海文艺出版社2015年版,第247页。
② [匈]卢卡奇:《审美特性》,徐恒醇译,社会科学文献出版社2015年版,第587—588页。
③ 美国《巴黎评论》编辑部编:《巴黎评论·作家访谈4》,马鸣谦等译,人民文学出版社2019年版,第243页。

楚在言（作品）与行之间的机制问题。文学作品引发的读者的实际行动，必须得从语言艺术本身来寻找其最初的动力。共鸣和认同也基于对作品的语言的体悟。但语言真有让人付出行动的力量吗？

阅读经验告诉我们，善于运用语言的作家，语言会更加打动人。阅读的过程，也是读者内心情感或情绪的不断累积的过程。高明的作者会充分利用读者的阅读心理来进行文本的叙述。对作品语言的艺术魅力以及叙述本身的策略研究者众多，在此，我们更加关注的不是作品本身在读者阅读过程中的语言之艺术感染力，而是读者在阅读之后延伸到现实中的语言对行动的感召力。

语言学家塞尔对"言外行为"的研究可以说明语言和行动之间的纽带何在。塞尔认为，"说某种语言或用某种语言进行写作，就是一个实施言语行为的特殊过程，称为'言外行为'"。言外行为包括进行陈述、提问题、下命令、做承诺、道歉、感谢等。[①]对于塞尔而言，"语言历来的问题（至少是一个重要问题）是描绘我们如何从声音过渡到言外行为"。[②] 如果说塞尔只是聚焦语言具备通往现实行动的能力，还只是停留于语言学研究领域，那么身为社会心理学家的米德则更关注语言的社会性。在他看来，正是语言将人与低等动物区分开来。他说："语言是行动的一个组成部分。"不过米德是将语言放置到一个更大的背景之中，即心灵中的符号。因为他认为心理是有机体与情境之间的关系，"它以成套的符号为中介"。[③] 语言还只是符号的一种形式。米德除了指出语言这种符号对于行动的意义之外，还可贵地论及意象在行动中的作用。他说：

> 意象是一种发生在个体内部的经验，本性上与可以在知觉世界中给它一席之地的对象相分离；不过它对这些对象有着表象的所指。这种表象的所指见之于与动作的完成相应的象征和发起各种动作的不同刺激之间的联系中。通过对刺激内容的重组把这些不同的态度纳入和谐的关系。完成动作的所谓"意象"参与这一重组。[④]

此处所论"意象"对于行动的意义就在于"表象的所指"，它能凝聚个体的意识，并将之从内心引向现实动作。这就是胡塞尔所谓的"意向性"的作用之所在。语言与意象正是文学优于其他艺术形式的元素。由此看来，米德的社会心理学为我们理解读者如何从文学走向生活实践提供了坚实的理论基础，因为它很好地说明了一个人的心理和行动之间的机制问题。

我们先来看看语言在读者的行动中的作用。不管怎样理解，米德和塞尔都向我们

---

① [美]塞尔：《表达与意义》，王加为、赵明珠译，商务印书馆2017年版，第78页。
② [美]塞尔：《表达与意义》，王加为、赵明珠译，商务印书馆2017年版，第179页。
③ [美]米德：《心灵、自我与社会》，赵月瑟译，上海译文出版社1992年版，第111页。
④ [美]米德：《心灵、自我与社会》，赵月瑟译，上海译文出版社1992年版，第301页。

揭示了一个事实：语言往往是行动的先声。这也是生活经验给我们的启示。不过，并非所有语言都能引起我们的行动。哪些语言能引发我们的行动呢？每个人的成长都不会缺少名人名言的影响。我们常常在生活中情不自禁借助名人名言来给自己打气或安慰自己。我们也会用自己写的"座右铭"、"箴言"或"口号"来武装自己。几十年来，每每无助或绝望之时，我总喜欢用"珍爱生命—积极生活—感悟存在"这十二个字来为自己加油。在儿童文学中，尤其是在神话或童话中，经常出现通过"咒语"或"暗语"来打开封闭的道口。最广为人知的可能要数"芝麻开门"了。如果每个人都收集一些能够给自己带来强大力量的"咒语"，关键时刻也许大有作为。英国前空手道冠军坎宁安在说及信心时，就认为"语言拥有树立信心的力量。……窍门在于找到对你起作用的词语或句子，最好是能够激发积极性情绪的话语"。[①] 这就是为什么一个集体每每为了鼓舞士气时总会喊一些独有的"口号"的原因吧！

诚然，特定的语言在特定的时刻会引发某种行动。但是，要想让从作品中感悟的生活之道（往往凝结于一个词或一句话）在现实生活中持续发挥作用，读者还必须将之内化为"信念"或"信仰"才行。信仰可谓是更为专一而深沉的信念。一个人的信念或信仰会渗透到个体的日常生活的言行举止。何为信念？洛克认为："所谓信念等等，就是，我们虽不确实知道一个命题是真实的，可是我们会因为各种论证或证明承认它是真的而使我们信以为真。"怀特海对此说不以为然，他坚信"对信念的相对的坚定性是一个心理上是事实，它可能会，也可能不会得到客观证据的证明"。[②] 我们倾向于怀特海的洞见，即将信念界定为：在心理上信以为真的一个命题。信念因为主体对之信以为真，自然会引发强烈的意志以将其落到实处。

读者从作品中所获得的生活之道最常见的形式便是一句句智慧之语，或某种标识生活态度的口号。如果读者信以为真，那么其在生活中遇到作品中相似的情境时，读者就很可能会付诸实践。我在读德瓦斯康塞洛斯的《我亲爱的甜橙树》的时候，最大的触动来自书中那句话："感受不到温柔的生命并不美妙。"该书作者甚至将"温柔"提升到更高的境界，他说："没有温柔的生活毫无意义。"[③] 我非常认同这一观念，从此在对待孩子和学生的态度上发生了质的改变，即竭力温和地对待他们。此外，图画书《迟到大王》也对我产生了非常大的影响，让我逐渐学会时时站在儿童立场，给孩子以辩解的权利。

信念可以有多个，而信仰往往只能选择一个，信仰之所以是信仰，就是因为信仰者的虔诚之心。托尔斯泰关于信仰的观点，我非常赞同。他说："信仰——这是有关人是什么和他为了什么活在世上的知识。"言下之意，"人的生活是什么和应当怎样度过

---

① ［英］坎宁安：《生活，原本可以更美：一些你了解但却忽视的智慧》，马跃译，商务印书馆2012年版，第21页。
② ［英］怀特海：《过程与实在》，李步楼译，商务印书馆2016年版，第411页。
③ ［巴］德瓦斯康塞洛斯：《我亲爱的甜橙树》，蔚玲译，天天出版社2010年版，第261页。

一生"才算是真正的信仰。① 笔者将之命名为"生活信仰"。托尔斯泰就是要让我们每个人都树立一种生活信仰！我们从文学作品中所感悟到的生活之道，不就是可以担当托尔斯泰所谓的"信仰"的重任吗？拥有了信仰的人，会竭力在生活中将其贯彻到每一个言行举止之中。一个人一辈子可能会读到许许多多的文学作品，往往很难说哪一部作品奠定了其生活信仰。一个人的信仰也有可能是通过其他途径形成。但文学作品无疑仍然会对一个人的成长发挥巨大的作用，因为文学作品是生活之道的巨大仓库。只要我们阅读作品，作品就有可能协助我们固定某种生活信仰。而一旦我们拥有了自己的生活信仰，我们会因为"声气相求"，更加能够从作品之中汲取相应的能量。我大学毕业之后，就形成了自己的生活信念：积极生活。我在1993年就写过一篇《积极生活》的短文作为自己刚刚进入社会时的"生活宣言"。但直到博士毕业，我才将这一信念发展成一种自己的生活信仰，即"生活诗学"的一贯主题：珍爱生命—积极生活—感悟存在。如今，这一主题也影响了我对作品的解读，同时这些解读又加固了我的信仰，并潜移默化地协助我在生活中将之实践。《小说与生活》一书中解读过的那些小说，可以说都是对我产生较大影响的作品。

除了信念和信仰，读者在生活中实践生活之道还可以通过效仿作品中的"楷模"或"榜样"来实现。这种影响就是前文米德所谓"意象"对于人的行动的作用。这也是耀斯所论及的"钦慕式认同"。他说："使钦慕成为一种审美情感并使一个人仿效榜样和模式的，不单纯是对不寻常或完美之物表示的惊叹，而是一种制造距离的行为，在这种行为中，意识与它所惊叹的对象较量着。"② 就是说，读者在生活中对作品中的榜样的效仿，并非效仿其行为，而是效仿其精神，在其精神的感召下，成为一个向更好的方向发展的人。榜样所带来的精神也往往会以语言形式固定下来，成为信念或信仰。榜样的意义正是以其精神来提升我们，让我们变得更加美好。文学作品中的楷模不过是读者通向理想的一座桥梁罢了，读者最终在生活中要塑造的是自己的"生活形象"。

无论是信念、信仰还是楷模的精神，它们在对读者生活实践的影响中，语言和意象的中介作用都是至关重要的。这也是文学作品作为语言艺术的最大尊严所在。

结　语

托尔斯泰说："智慧是人类生活的唯一合适的向导。"③ 又说："只让良好的思想来武装大脑，随着时间的流逝，这些良好的思想必将化为良好的行为。"④ 文学作品提供

---

① ［俄］托尔斯泰：《生活之路》，王志耕译，中国人民大学出版社2006年版，第1页。
② ［德］耀斯：《审美经验与文学解释学》，顾建光、顾静宇、张乐天译，上海译文出版社1997年版，第256页。
③ ［俄］托尔斯泰：《生活值得过吗——托尔斯泰智慧日历》，李旭大译，中国发展出版社2006年版，第212页。
④ ［俄］托尔斯泰：《生活值得过吗——托尔斯泰智慧日历》，李旭大译，中国发展出版社2006年版，第215页。

给读者的生活之道正可谓托尔斯泰所说的"智慧"及"良好的思想"。

  这些生活之道之所以能走进读者的心灵世界,是因为它们都是读者在阅读作品过程中,在共鸣和认同的作用下亲身感悟所得。而这些生活之道之所以又能够从读者的心灵世界走向现实生活,是因为它们内化为读者的信念、信仰或楷模,又凝聚成具有行动感召力的话语(箴言、口号等)或意象。正是这些具备行动感召力的语言和意象引发读者作出行动,将其感悟的生活之道播种到广阔的现实世界的土壤之中!

郑小琼:在机器与语言机器之间

刘 东[*]

(香港城市大学中文及历史学系 香港)

摘要:郑小琼是"打工诗歌"现象的代表诗人。本文借助对具体诗作的文本分析,尝试揭示打工诗人在工厂现实与当代诗歌装置之间的困境。一方面,郑小琼意识到作为"语言机器"的"写作"并不能有效整合自身经验;另一方面,对"诗歌"文体的纯化想象限制了她的思考深度,在后续写作中,郑小琼的"写者姿态"愈加明显,呈现出向知识分子写作靠拢的特征。

关键词:郑小琼;打工诗歌;《郑小琼的诗》;纯诗

2017年12月"云山凤鸣"公众号推送郑小琼《一生》、《白桦树》与《天鹅》三首诗歌时所附加的"编者按"别有意味:

> 不知为何,感觉诗人的诗歌有了一些柔软的意味。优美的语句下,她用凄美的事物传达着对一个群体的关心。[①]

从题材上讲,这三首诗都同诗人的个人体验与经历密切相关。在不直接处理工厂题材时,郑小琼习惯于呈现她敏感的诗人"内面",这个特点在她早年诗作中就体现得相当明显。[②] 然而有趣的是,编者面对这种"柔软"却"不知为何",这意味着在编者看来,"坚硬"而非"柔软"才是诗人的本色。编者随后试图在工厂题材的脉络上解释这些个人写作——"她用凄美的事物传达着对一个群体的关心"——这背后的意思是,郑小琼虽然写的是"柔软",背后藏着"坚硬"。"柔软"是变体,"坚硬"才是本色。

---

[*] 作者简介:刘东(1995—),吉林长春人,香港城市大学中文及历史学系助理教授。研究方向:中国现代文学史、中国新诗史。

[①] 《郑小琼:一生·白桦树·天鹅》,"云山凤鸣"公众号,2017年12月23日,http://www.sohu.com/a/212377220_99901476。

[②] "在两位启蒙老师的引导下,郑小琼诗风陡变。长诗《人行天桥》一扫初期的乡愁别韵,以百余行诗句,抨击社会阴暗面,嘲讽世态人心。"《郑小琼:在诗人与打工妹之间》,《南方周末》2008年4月4日,http://www.infzm.com/content/trs/raw/19785。

"编者按"的表达正向我们提示着当代诗读者对郑小琼诗歌的预设：一种坚硬的、充满社会关怀的诗。这让诗人所有的"小脾气"中都有了"时代的深度"①，而每一举手投足，似乎都是高蹈的关怀。但我们应该看到，《一生》、《白桦树》与《天鹅》恰恰是三首与诗人的个人体验密切相关的诗，前两首更是以母亲为原型，并不直接表达对"群体的关心"。

《一生》是一首很具"诗艺"的诗歌。在这首诗中，女人从青春到老去的一生被一种平稳、略带感伤的口吻叙述出来，有类似小说《活着》中不断承受的意味，又并不包含强烈的反讽：

一生

一些事物在夜幕下蠕动，她的激动
是一朵菊花，开放着杜鹃滴血的声音
她的身体轻盈着，想象幽暗中的花朵
像梦，一朵又一朵盛开，摇曳

啁啾着，一只乌鸦，花布，剪刀
她回想曾经嫁给一个七十年代的裁缝
他铰碎了沙沙远去的时空，向前
她目睹瓷器上灰暗的鱼，向后②
……

这是《一生》开篇的两段，分写女人生命的两个段落（青春与婚姻），绽放的花朵与"瓷器上灰暗的鱼"构成了各自段落的核心意象。借助意象之间的色调差异，作者有意拉开了女人两个生命段落之间的距离，然而第一段结尾的动词"摇曳"与第二段开头的动词"啁啾"却又因词性相同而产生了黏合感，两个生命段落得以在形式上自然联结在一起，这是一种相当高明的当代诗技法。

而用花朵转喻身体，略带色情暗示又传达了形而上的感受，也是当代诗非常成熟的技法，郑小琼展现出了对这种手法的驾驭能力。在另一首题为《蜷缩》的诗中，她更反用了这一手法，"青山在鹧鸪声里蜷缩，颤抖，那些灵魂卷起／肉体的浪波，美沿着真理逶迤，缠绵"③，借助"身体"转喻"自然"来增强描摹物象的活力，就更传达出郑小琼对这一技法的熟习。

20 世纪 50 年代生人的女人，经受着"爱情的腐烂"、穿过"六十年代的荨麻地"、走入"八十年代的厨房与工厂"，期待赶上"九十年代的火车"，然而不得不坐在"下

---

① 郑小琼：《剧》中语句，"有人却想／从这些小脾气里寻找时代的深度"，对诗歌的具体分析见下文。
② 郑小琼：《一生》，《郑小琼诗选》，花城出版社 2008 年版，第 8 页。
③ 郑小琼：《蜷缩》，《郑小琼诗选》，花城出版社 2008 年版，第 5 页。

岗这辆老式车马上"停下来,"追赶"形成了全诗后半的核心隐喻。在一种看似非常平缓的调子中,历史的剧烈震荡让个人筋疲力尽的感受被缓缓托出,而终于"春天已经来到新世纪的枝头/她打量着那口长满红疹的挂钟"。"追赶"在个人停下脚步后自动转化为"遭遇",新的时间节点又一次到来,而身处历史的人已然丧失了时间感。用"长满红疹的挂钟"这一极有力度的意象作结,似乎将时间无限延长,然而时间在根本上循环往复,又早已停止。

我们当然不讳言郑小琼在这首诗中渗透出了对"一个群体的关怀",但这种"关怀"首先来源于诗人对个体感受的整理。郑小琼流露出了清晰的历史意识,但在揭示历史荒谬的同时,并不急于生成时代批判与历史批判,对个人的注视同时作为某种"抚慰"而存在,让诗歌首先具有了疗愈功能。在笔者看来,这里其实已经包含了郑小琼看待诗歌的态度与方式,或许某种意义上说也暗含了困境。我们必须强调,在郑小琼其他的诗作中,像《一生》里这种恰到好处的叙事姿态,并不多见。

一 "用一台机器收藏了她内心的孤独"

铁
铁。十匹马力冲撞的铁。巨大的热量的
青春
顶着全部孤独的铁,亚热带的棕榈,南方的湿热

纸上的铁,图片的铁,机台的铁,它们交错的声响
打工
它轰然倒下一根骨头里的铁,在巴士与车间,汗水
与回忆中
停
顿
的铁。弯曲的铁
一只出口美国的产品

沉默的铁。说话的铁。在加班的工卡生锈的铁
风吹
明月,路灯,工业区,门卫,暂住证,和胶布捆绑的
铁架床,巨大的铁,紧挨着她的目光
她的思念。她的眺望,她铁样的打工人生[①]

---

① 郑小琼:《铁》,《郑小琼诗选》,花城出版社2008年版,第81页。

在一次次的转喻中，铁成为产品与工人的双重指涉。生产资料、生产工具、产品与生产者被语言的强力扭合在一起形成了高度有力的表达。事实上，这也是郑小琼写作工厂题材诗歌时的常见技法，从《人行天桥》起，郑小琼就熟悉了语言的这种强大的扭合力与爆发力，她多次实践这种技法，并形成了被一些研究者定名的所谓"铁的诗学"。

意象的跳跃与大量的分行让这首诗带着很强的"新感觉"色彩。至少借用金克木20世纪30年代对诗歌的分类，这是一首"主感觉的诗"[1]。郑小琼作品系列中，同类型的诗作其实很多，这首诗的独特之处是结尾部分出现的"她"——我们终于看到：将现代都市的"异化"体验淋漓呈现之余，剩下的仍然是那个"眺望""思念"的弱小个体。这里体现的个人与感觉之间的关系很值得揣摩：个人能够敏感地触碰感觉，描绘感觉，但弱小的个人又似乎被感觉所裹挟，在舔舐伤口之余，放弃了触碰感觉背后更为深邃的结构与体制。这或许是同类诗歌反复复制，却未能将读者引向更深入的深层原因。正是"她"的在场，保证了所谓"内心的孤独"的进入。

"用一台机器收藏了她内心的孤独"这句诗常常被媒体选作郑小琼专访的标题。这是来源于诗作《剧》中的句子，无性别的"机器"与女"她"在语词层面形成的张力，借助于"收藏"这个充满温度的字眼得以化解，这刚好用来呈现打工诗人同工厂之间彼此抵触又深度依赖的复杂关系。有趣的是，这是一次流播甚广的误读，在郑小琼的原作中，让诗人抵触又深度依赖的"机器"，其实是"语言机器"，工厂只是语言的喻体而已。这其实意味着：语言同样被无性别化，成为某种可以自动生产、运转的机器，而诗人同语言之间形成了真正彼此抵触又深度依赖的复杂关系。工厂、语言与"她"之间，是一个有趣的三元结构。我们有必要恢复这句诗的原意将"语言"补充进既有的工厂/个体这组二元关系当中，从而把问题引向复杂。

> 它们会对我说
> 在生活中我们相遇也将相爱，我在
> 某个机台上打磨生活，涌动如潮汐的
> 未来，我收集着的爱，恨，青春，忧伤
> 正被流水线编排，装配，成为我无法捉摸的
> 过去，理想，未来，它们与爱情，亲人纠缠
> 似一根古老发黑的枝条，等待某个春天来临
> 我的往昔已沉入蔚蓝的天空，剩下回忆似星辰
> 若隐若现，安慰着我孤独而温暖的内心[2]

---

[1] 柯可（金克木）：《论中国新诗的新途径》，《新诗》1937年第4期。
[2] 郑小琼：《安慰》，《郑小琼诗选》，花城出版社2008年版，第69页。

《安慰》这首诗在结尾将诗歌写作看成是与工厂做工相似的行为。诗人在机台上"打磨生活",一系列情感、意象像在流水线上一样被编排、装配,形成一个个"诗歌产品"。但这种"做工"不同于此前制造铁的"做工",它能够给予诗人"安慰"。将诗歌同劳动联系在一起在当代诗歌当中并不少见。当代诗中经常出现"硬写"的自陈,书斋中端坐的诗人认为自己的写作同样是一种"劳动"[1]。但将这种原创性很强的写作劳动同机械化大生产意义上的"工厂劳动"联系起来则并不多见,其实是郑小琼的新意所在。但我们同时必须看到:这首诗中诗人与产品的关系似乎也流于某种简单,即诗人生产诗歌产品,产品反过来给予诗人安慰,成为诗人的重要精神支撑。但为什么这种亲自装配的"产品",自己却"无法捉摸"呢?显然,这意味着诗人和语言机器之间存在更为复杂的关系。

《剧》把这种关系展现得更为特别。诗人、机器、语言机器在诗中所呈现出的缠绕状态,值得我们慢慢拆解。

剧[2]
她从身体抽出一片空旷的荒野
埋葬掉疾病与坏脾气,种下明亮的词
坚定,从容,信仰,在身体安置
一台大功率的机器,它在时光中钻孔
蛀蚀着她的青春与激情,啊,它制造了
她虚假的肥胖的生活,这些来自

从身体中抽出空地、种下"明亮的词",诗歌起笔不凡。这意味着写作从一开始就是一种择选,"疾病与坏脾气"需要被埋葬,剩下的才可以作为原料放到"机器"上加工。诗人保持了充分的对写作行为的警醒:"钻孔""蛀蚀""制造",语言机器在提供安慰可能的同时,也在异化着"青春与激情"。写作同时是一种消耗。

沉陷的悲伤或悒郁,让她浸满了
虚构的痛苦,别人在想像着她的生活
衣裳褴褛,像一个从古老时代
走来的悲剧,其实她日子平淡而艰辛
每一粒里面都饱含着一颗沉默的灵魂

---

[1] 臧棣:《随着那新鲜的深度协会——纪念谢默斯·希尼(Seamus Heaney)1939—2013》,参见 http://miniyuan.com/simple/?t2894.html。

[2] 郑小琼:《剧》,《郑小琼诗选》,花城出版社 2008 年版,第 44—45 页。

诗人又一次展现了对"写作"行为的警觉：一种"虚假的肥胖的生活"与一种"虚构的痛苦"。语言在生产的过程中似乎会"失控"，写出某些超越作者意图的内容，这些内容夸大了她"平淡而艰辛的日子"，总是会让别人借此将自己想象成一种"从古老时代/走来的悲剧"。

    她在汉语这台机器上写诗，这陈旧
    却虚拟的载体。她把自己安置
    在流水线的某个工位，用工号替代
    姓名与性别，在一台机床刨磨切削
    内心充满了爱与埋怨，有人却想
    从这些小脾气里寻找时代的深度

汉语是"陈旧却虚拟的载体"，诗人充分意识到了写作的虚拟性。所以诗人只将写作看成一个日常行为，借助写作安置在现实工厂生活中无法安置的"爱与埋怨"是对现实生活的一种"补充"，诗人不断强调自己写作同其他诗人之间并无二致，但似乎自己这支笔却又总是引起"误解"：自己无法控制这台机器所造成的"虚构的痛苦"，引发了别人虚妄的想象，另一方面，这些痛苦却总能吸引住无数的批评者，愿意"从这些小脾气里寻找时代的深度"。很明显，诗人并不喜欢这种冷漠的关心：

    她却躲在瘦小的身体里，用尽一切
    来热爱自己，这些山川，河流与时代
    这些战争，资本，风物，对于她
    还不如一场爱情，她要习惯
    每天十二小时的工作，卡钟与疲倦
    在运转的机器裁剪出单瘦的生活
    用汉语记录她臃肿的内心与愤怒

只有自己才能热爱自己，那些"时代的深度"只是他人的误读而与自己的现实生活并不相关，"还不如一场爱情"。批评者们的关爱都不是切实的"相关"，因为只有诗人自己才是实际体力工作的承受者。"用汉语记录她臃肿的内心与愤怒"，诗人对写作既排斥又接纳。诗人清醒地意识到语言的无力和"词不达意"，又清醒地意识到如果要面对"单瘦的生活"，继续在语言机器上从事生产又是某种必需：

    更多时候，她站在某个五金厂的窗口
    背对着辽阔的祖国，昏暗而浑浊的路灯

　　　　用一台机器收藏了她内心的孤独

　　结尾的停留显得别具意味。这仍旧收束在一个脆弱、敏感的个我身上。祖国是辽阔的，但只能"背对"。诗人清醒于现实的苦难在写作中只能得到想象性的解决，只是"收藏"而已。写作过程充满风险，这其中充满"异化"，写作完成后又终究是误解，但她仍旧选择"用一台机器收藏了她内心的孤独"。在这里，诗人、机器/现实生活、语言机器/写作之间的复杂关系被完整地揭示了出来，打工者的日常工作、写作者的诗歌创作、"打工诗歌"的外界阐释与传播，三者似乎形成了某种"闭环"，像是一幕"剧"一样，但在这种表演当中，似乎并没有任何问题真正得到了解决。

　　郑小琼在这里展现出的清醒与虚无令人赞赏，她以困惑的形态，真正暴露出对于工人写作者而言的切身问题。她意识到写作为她搭建了一个既朝向自己也朝向别人的双重"幻象"，写作给她提供想象性的救赎与现实的安慰，也为她造成困扰。写作既是丰富，又是消耗。但值得玩味的是这首诗的言说姿态，这仍然是一个敏感、脆弱的个体，虽然不无拒绝，但她到底是在这场"表演"之中还是之外呢？"写作"在郑小琼的心中，是否要解决问题，又到底要解决什么样的问题呢？

二 "我像一只蜻蜓停下，又起飞"

　　郑小琼高度信赖诗歌的力量。在一首题作《所有》的"元诗"当中，她以前现代的宫廷为题材，写作行为在其中代表了无穷的正义感：

　　　　提着黑色的灯笼，寻找白色的海洋
　　　　墨水交给了历史，它血红的疑问
　　　　漂浮在空中，白纸内部，是乌鸦的嘴[1]

　　用纸笔拷问历史，发出的疑问是"血红"的。"白纸内部，是乌鸦的嘴"，写作似乎能够给宫廷里的皇室"报丧"。而故宫已是"风雨欲来"，"皇帝们企图/用一根细小的绳子拴住积雨云"，"木头在宫殿已被时间腐朽"，在这时：

　　　　你是一只不详的鸟，带着自身的重量
　　　　渐渐落下　皇帝们的龙袍
　　　　皇后们的凤冠　剩下出宫的格格们
　　　　躲在贫民窟中下岗　等待救济

---

[1] 郑小琼：《所有》，《郑小琼诗选》，花城出版社2008年版，第32页。

诗歌正义又一次现身，显现了它的力量。只是，不知这到底是摧枯拉朽式的"原力"还是狐假虎威式的"借用"。在这股力量下，皇帝、皇后、格格，悉数被逐出宫去，分享了"下岗"的命运。这又是一次非常有趣的想象，让皇帝"下岗"，仿佛正是诗歌对前现代罪恶的审判。但"下岗"后皇帝们的命运并不真如下岗后的工人，没有冯玉祥，溥仪仍然会在故宫中端坐，而被赶出去的遗老遗少大多成了"寓公"，即使是卖字画为生，也不会在"贫民窟"中"等待救济"。诗歌正义在这里显得多少有些幼稚。

抛开这首诗单纯而洁净的历史想象与朴素而幼稚的历史正义感不谈，我们似乎能看到在这首诗中郑小琼对诗歌的"迷信"。诗歌携带着巨大的力量，带有着某种神圣感。正像她在《力量》中写到的，"啊，这来自/诗歌中朦胧的力量，它带给我莫名的勇气与神圣，一定有/来自我们看不见的力量，它守着星辰，月光，守着一些古老而神秘的事物"[1]。

而更多时候，在郑小琼看来，诗歌至少可以解决个人的困惑。《吹过》中，工友们的像荔枝一样的饱满青春被风纷纷"吹落"，而"我"则可以借助诗歌的力量，"在一枚小小的铁钉上"，"像一只蜻蜓停下，又起飞，在风中/带着瓦蓝瓦蓝的爱情与憧憬去远方"[2]。"爱情与憧憬"，这又暗暗契合着《剧》中的爱情想象。

诗歌在郑小琼心中为什么会有如此巨大的安顿力量？解决这个问题，我们才能解释《剧》中对诗歌的那种虽然怀疑但仍旧迷信与坚持的态度。这似乎可以在诗作《给》中找到答案。

> 这些年，我努力地
> 做一个纯粹的人，写诗，读书
> 现实的烟火却不断地呛着我
> 受伤的手指，失业，贫困，疾病
> 它们改变着我，我在迷茫中活着
> 偶然为一些远方的事情忧郁
> 在奔波中将自己花掉，让一些词
> 布满我的生活，它们是耻辱，忧伤
> 孤独，还一个安静的词：诗歌[3]

写诗、读书成全了一个"纯粹的人"，而不断侵犯这一世界的，是"现实的烟火"。在这里，生活与写作已经构成了某种二元结构，这里的"写作"想象已经是被当代诗人孤独的内面所吸收了的。"现实的烟火"让诗人始终"在迷茫中活着/偶然为一些远

---

[1] 郑小琼：《力量》，《郑小琼诗选》，花城出版社2008年版，第33页。
[2] 郑小琼：《吹过》，《郑小琼诗选》，花城出版社2008年版，第41页。
[3] 郑小琼：《给》，《郑小琼诗选》，花城出版社2008年版，第71页。

方的事情忧郁",但耻辱、忧伤、孤独的生活中,始终保留了"诗歌"作为一个"安静"的角落。在诗人心中,诗歌有一种疗愈的作用,用一种"看不见的力量","给"了诗人一种支持。《剧》中看到的怀疑消遁无踪。

写作被当代诗的孤独"个我"所同化的过程,正呈现出一个深刻的"因果颠倒"。现实的烟火是工人诗人写作的内在动力,是诗人希望借助写作行为予以回应与解决的。这使得写作在根本上无法"纯粹"。"现实的烟火却不断地呛着我",写作似乎具有了某种脱离生活、构成某种纯粹精神生活的可能,只有摆脱"现实的烟火"才能让自己真正成为一个"纯粹的人"。这恰恰是一个由外在赋予、与自身现实根本脱节的理想化"写作"想象被诗人不断消化、吸收,进而自我合理化的过程。或许那种读书、写作所带来的"灵魂的内心的颤栗"[1],给郑小琼带来了一种想象性的、知识的底气。

然而这里的核心问题是,没有一种写作不真正面对自己的生活。当代诗的"元诗"构造,正是当代诗人每日读书、写作,与纸笔、观念打交道的"身体事实"。在当代诗人们那里,写作并不"轻盈",读书生活也是泥沙俱下。郑小琼在 2007 年时还没有这种纸笔的书斋生活,所谓一种"纯粹"而放弃面对自己实际生活的努力,其实只是虚妄。郑小琼诗歌中出现的写作无法疗愈痛苦、写作注定带来误读,与当代诗所说的"痛苦"与"误读"其实并不一致。因为现有文艺、社会体制中的"写作"并没有朝向她实际生活中面对的痛苦,因此也就无法根本解决这种痛苦。而相较于当代诗人,郑小琼的生活能卷起更为巨大的社会动能,但这注定也不会是"爱情"式的一对一支持,所以注定是"误读"。郑小琼意识到了这种动能,但同时怀疑并拒绝了它。但只要她没有真正面对自己的现实,没能深刻表达、准确刺破所处的现实处境、删汰那些"虚构的痛苦",仍旧写出"臃肿的内心与愤怒",那么这种"误读"就一定会持续,"痛苦"也就一定无法解决。或者,她可以放弃这种生活而进入另一种"生活"。但那将是另一种"痛苦",仍旧难以"起飞"。

三 "我走着/在路上找着属于我的句子与语气"

郑小琼努力寻找自己诗歌言说姿态的努力或许可以用"我走着/在路上找着属于我的句子与语气"这句诗来概括。到底是何种姿态?现在我们能看到的一个答案是郑小琼诗歌与当代诗"写者姿态"的不断靠近。

《郑小琼诗选》的第一首诗是《交谈》[2]。这同样是一首诗艺成熟的诗作:

> 交谈
> 历史被抽空,安置上虚构的情节与片段

---

[1] 郑小琼:《图书馆》,《郑小琼诗选》,花城出版社 2008 年版,第 21 页。
[2] 郑小琼:《交谈》,《郑小琼诗选》,花城出版社 2008 年版,第 1 页。

> 我们想要的忏悔被月光收藏，在秋天
> 平原的村庄没有风景，像历史般冷峻
> 那么浩繁的真理，哲学，艺术哲（折）磨着我
> 火车正驰过星星点点的镇子与平原
> 车窗外，凌晨三点与稀疏的星辰
> 一些人正走另外一些人的梦中
> 时间没有动静，它神秘而缄默
> 在摇晃不定的远方，我想起
> 那么多被历史磨损的面孔，他们
> 留下那么点点的碎片，像在旷野
> 闪忽着的火花，照亮冰冷的被篡改的历史①

"历史被抽空""像历史般冷峻""被历史磨损的面孔""冰冷的被篡改的历史"，历史一词的反复应用既是似有若无的控诉，某种意义上也含混了"历史"的真正"所指"。

对大词的应用是写作者的某种自觉。在《语言》中她写道："这涂鸦被我们称作历史/将它涂在纸页上，成为史书，它们中间站着人，或者是你/或者是我"②，郑小琼分享了新历史主义以来对历史书写的解构的同时，也分享了当代诗人对待历史的"逃逸"观念。在笼罩的历史下，个人是不断"磨损"的，又不断接受着"磨损"。上面提到的几首诗，如《一生》《白桦树》，正是郑小琼在这样的观念下理解周围人的历史所给出的答案。用这样的逻辑带出一系列个人经验，确实也很鲜活，只是对于当代诗而言，并没有那么"新鲜"。

在这些诗歌中，郑小琼的批判意识不断增强。《蛾》的开头即写道：

> 祖国像一场梦被悬挂在黑暗中
> 百姓们的朝代还在蛹中，③

"祖国/百姓"形成了典型的二元对立，而"百姓"与"朝代"这样前现代能指的运用，与"祖国"这个民族国家框架下新生成的、带有情感温度的词汇呼应，显然是有意识的修辞。在这个意义上，结尾"你不是飞蛾，祖国的焰火仍将你灼伤"的含义也得以索解。不过值得玩味的是，那个脆弱、敏感的主体仍然存在。比起批判外在世界，她显然更留意自己的伤口。这种批判与其说是向外的，其实已经被写作主体卷入

---

① 这里录入的是郑小琼的博客版本。"我们想要的忏悔"在《诗选》中删减为"忏悔"。"折磨"在博客中误作"哲磨"。
② 郑小琼：《语言》，《郑小琼诗选》，花城出版社2008年版，第34页。
③ 郑小琼：《蛾》，《郑小琼诗选》，花城出版社2008年版，第29页。

内部。

《疾病》本来写的纯粹是个人意义上的疾病，但在结尾，诗人写道：

> 活着，唉，这活着，只不过
> 为了承受欲望的折磨
> 你转身打开窗外的月色
> 政治武装者喊出虚幻的祖国①

结尾看上去显得突兀，但沿着《蛾》的脉络下来，亦是情有可原。

郑小琼这种努力回应时代与历史的姿态让人敬佩，亦让人感慨。我们能够看到诗人努力构造当代诗的"写者"姿态的诉求，虽然正像我们能在《交谈》中发现："凌晨三点钟在火车上"、"走另一些人的梦"，这是一个火车长途硬座上的难眠夜晚。诗人的社会身份与处境，并没有因为这个"写者"身份而改换分毫。

尾崎文昭借用后殖民理论中"属下阶层"（Subaltern）的解释底层文学的困境。后发现代化国家的现代文学构造中，包含了一个启蒙/被启蒙，启蒙者/大众的内在对立，这使得大众在根本上无法利用现有的文学装置来表述自身。除非"现代文学自身属性的改变和写作主体的'越界'"。"属下阶层"强调的是一种"虽然作为被压抑的底层民众，却强力支持支配权力、愿意吸纳主流意识形态"的现象②。在这个意义上，打工诗人们"写者姿态"的构造，其实是又"回收"进了现有的文学装置中，削弱诗歌表达。不服务于现实境况改变、缺乏现实生活中的主体纠缠的诗歌，只能成为"越来越淡的诗歌"。

> 那么多事物历经多年
> 已不再是它本身，记忆却还
> 沿着它旧日的形象重现，生活的藤蔓上
> 结满了葡萄，而我却没有找到爱来酿酒
> 只剩下这些越来越淡的诗歌在车间的噪声中
> 生长，剩下青春，像退潮的海浪从视线消逝③

《爱》中的这股青春流逝的明媚忧伤，似乎真的让人以为诗人与郭敬明等人所代表

---

① 郑小琼：《疾病》，《郑小琼诗选》，花城出版社2008年版，第28页。
② [日]尾崎文昭：《底层写作—打工文学—新左翼文学》，《アシア（亚洲）游学月刊》94号，《中国现代文学的越境特辑》，日本勉诚出版，2006年12月。中译文见：陈玲玲译，http：//www.eduww.com/thinker/portal.php? mod=view&aid=12498。
③ 郑小琼：《爱》，《郑小琼诗选》，花城出版社2008年版，第50页。

的校园青春文学分享着相同的"忧伤"。对青春无可奈何的追悼只是重复地宣泄一种次要的痛苦,并不有助于解决自身的困境,其背后是对"打工"这个核心事件的逃离。

银湖公园是诗人在休息日惯常歇息的地方。银湖公园加上荔枝林,构成了郑小琼五金厂时代的重要"风景"。在郑小琼的笔下,银湖公园是北大诗人们的未名湖,在这里,她可以像臧棣在《在埃德加·斯诺墓前》一样静观,享受某种玄思的乐趣。但正像《银湖公园》开篇那句"休息日的世界"① 所揭示的,银湖公园这片空间只在休息日才向她敞开。

而在《厌倦》结尾,诗人写道:"她的背后,一座座高楼林立的城市/又把他们抛弃。"② 这句话看上去非常含混,既是诗人对城市的抛弃,又像是城市对人的抛弃。其实正是一种"双重抛弃"。深处异化现实中的工人们无法对城市提起好感,然而不断获得的写者姿态则必然要为这种姿态寻找到更为恰当的"生活"。而这种"新的生活"会取缔曾经艰难爬进诗歌的"旧的生活"。

郑小琼一次次在"铁"系列诗歌中揭示生产者异化的痛苦。揭示本身是抗争,诗歌中用力勾画的冰冷机器(生产资料)成为抗争的主要对象。这似乎并不有助于问题导向更深入。人与生产资料之间显然具有更为复杂的关系。在伊格尔顿看来,马克思的"所有制革命"的观念中,资本主义社会化大生产带来了双重效果:一方面是世界日益对立为资产阶级与无产阶级两大阵营,所谓"极化";另一方面,正是这种所有制关系中,生产资料释放出了前所未有的巨大力量,只有这种力量才能创造更为巨大的财富,为一种更为公正平等的社会制度——社会主义提供前提。但马克思同时也意识到,这种资本主义到社会主义的过渡并不必然发生,方向只能由不断处于"极化"状态中的社会中人的斗争来引领③。这条理论的征引并不是想强调工人写作者需要有马克思的理论高度,只是意在说明:打工生活作为必须面对的一块疤,需要不断直面、不断撕裂才能更新写作感觉、丰富写作层次,在给读者带来开阔的图景的同时,带来新的写作可能。也只有在这个意义上,所谓的"打工诗歌的美学自觉"④ 才有可能产生。

否则,诗歌将只能继续"散淡"下去。像诗人在《给许强》中写到的那样:"如果我们还在纸上缅怀着/如果不幸的疼痛还在传递着/从我们身上传递到我们的弟妹或者后代/这些散淡的诗句会像春天的雨水/在我们老去的记忆中下着/那是我们的悲伤,在倾诉/也是我们的幸福,在低语",如果这也能在若干年后成为一种"幸福",那或许也是一种成全。但其实作者也很清醒,"城市在辉煌着/而我们正在老去。"⑤ 诗歌可以作为一种安慰、一种留念、一种记录,但无法作为一种阶级困难的召唤机制。

---

① 郑小琼:《爱》,《郑小琼诗选》,花城出版社 2008 年版,第 57 页。
② 郑小琼:《厌倦》,《郑小琼诗选》,花城出版社 2008 年版,第 49 页。
③ [英]伊格尔顿:《马克思为什么是对的?》,李杨译,新星出版社 2011 年版,第 34—67 页。
④ 冷霜:《"打工诗歌"的美学争议》,《艺术评论》2015 年第 9 期。
⑤ 郑小琼:《给许强》,《郑小琼诗选》,花城出版社 2008 年版,第 58 页。

在这个意义上,我不清楚《他们》中高蹈的代言姿态到底在讲给谁:"我说着,在广阔的人群中,我们都是一致的,/有着爱,恨,有着呼吸,有着高贵的心灵,/有着坚硬的孤独与怜悯!"[1] 被现有文艺体制整合了的现代诗人的孤独"内面"已经在与这种高蹈姿态时刻产生排异。郑小琼的诗歌个案,某种意义上正证实着臧棣的判断:这些现象,"向我们今天的诗歌文化提出了很多问题"[2]。

---

[1] 郑小琼:《他们》,《郑小琼诗选》,花城出版社2008年版,第52页。
[2] 《臧棣访谈:关于余秀华》,诗生活网,http://www.poemlife.com/newshow-9030.html。

译 文

实验性生态批评:环境文本与经验性方法[*]

[新加坡] 马修·施耐德-迈尔森
[奥地利] 亚历克萨·韦克·冯·莫斯纳
[波兰] 沃依切赫·马莱茨基[**]著　王亚芹　陈畅[***]译
（河北师范大学文学院　河北石家庄　050024）

摘要：当下，生态批评家们对于生态文化的吁求是与不断加剧的环境危机相吻合的。首先，文章将社会科学方法视为实验性生态批评的重要方法来源，但是它与传统的生态批评注重文本细读不同，它更注重的是媒介的影响、文本的形式和审美特征等。其次，本文介绍了实验性生态批评的适用范围、可能出现的问题及其相应的措施等内容。再者，进一步说明了实验性生态批评与其他形式的生态批评之间是相互作用、相互阐释、相互成就的关系。最后，作者以此为契机发出一种呼吁，认为，实验性生态批评是生态批评研究的一个新开端，未来该领域可能探索的主题是无限的。

关键词：实验性生态批评；环境文本；经验性方法；跨学科研究

　　一般来讲，生态批评诞生伊始就建立在这样一种假定的基础之上，即认为（环境）

---

[*] 译者注：本文原文出自《文学与环境跨学科研究》（Interdisciplinary Studies in Literature and Environment）第27卷第2期，2020年春季刊，pp. 327 - 336。原文无内容摘要，本文的内容摘要部分为译者所加。特此说明！原文题目中"Experimental Ecocriticism"这里译为"实验性生态批评"，主要有两方面的考量。一方面，从词源学的角度来讲，"experimental"一词的词源意思是，试验性的、尝试性的、根据经验的。这里为了区别于西方传统的经验主义和实证主义哲学，而将之译为"实验性的"。另一方面，从作者的初衷和研究实践来看，作为原文主要作者之一的波兰学者沃依切赫·马莱茨基在2019年12月到河北师范大学讲学时就曾以《实验性生态批评——如何证实文学的实际效用》为题详细论述过他的生态批评思想，并重点强调了实验的重要性［参见《河北师范大学学报》（哲学社会科学版）2020年第6期］。综合上述两方面原因，我们这里将其译为"实验性生态批评"。

[**] 马修·施耐德-迈尔森（Matthew Schneider-Mayerson），新加坡耶鲁—国立大学环境研究学院助理教授，主要研究方向：气候变化的文化研究和气候小说等。亚历克萨·韦克·冯·莫斯纳（Alexa Weik von Mossner），女，奥地利克拉根福大学美国研究中心副教授，主要研究方向：认知叙事学、生态主义、文学和电影的实证研究等。沃依切赫·马莱茨基（Wojciech Małecki），文学博士，现为波兰弗罗茨瓦夫大学助理教授，主要研究方向：文学理论、实用主义哲学与美学、生态美学、后人类主义与动物研究等。

[***] 王亚芹（1985—　），文学博士，山东聊城人，河北师范大学文学院副教授，硕士生导师，主要研究方向为文艺美学；陈畅（1996—　），河北承德人，河北师范大学文学院2020级在读硕士，研究方向为文艺美学。本文系国家社科基金项目"非视听审美的知识生产问题研究"（项目编号：21BZW187）

文本对于读者和世界都具有非常重要的影响。切里尔·格罗特费尔蒂（Cheryll Glotfelty）在《生态批评读本》（*Ecocriticism Reader*）的导言中表示，生态批评学家提出了一个典型问题，即："我们对环境的隐喻如何影响我们对待它的方式？"[①] 在《从美国自然写作中寻求意识》（*Seeking Awareness in American Nature Writing*）一书中，斯科特·斯洛维奇（Scott Slovic）探讨了创造性的非虚构文本对于激发读者的"环保意识"的方式。[②] 劳伦斯·布尔（Lawrence Buell）在《为濒临灭绝的世界书写》（*Writing for an Endangered World*）中也有类似的愿景，他认为："文学想象的'生态中心'形式"将导致"人类关注点和价值观的重新定位"，（而这种转变将会）"使这个世界变得更加美好"。[③]（相比于上述几位）其他生态批评学家们在评估环境导向文本的潜在影响时会更加谨慎，（除此之外）还有一些人则贬抑或反对将文本视为社会变革的工具。但是无论我们对于文本的立场如何，我们大多数人都认为，研究与环境有关的文本是一项有价值且至关重要的事业，这不仅是因为这项工作饶有趣味且让人快乐，而且还因为这些文本在社会、文化和政治上都有重要的影响。在这个环境危机不断加剧的时代尤其如此，（因为）生态批评者们长期以来对文化变革的呼求，显然是与（当前）地球（生态环境）的迫切需要相吻合的。

这种对环境文学和其他媒介力量的信仰——无论乐观的、谨慎的还是怀疑的——其存在的共同问题是：它们很大程度上是基于我们的直觉、推测和逸事数据。例如，我们都很熟悉的一种逸事推断资源：课堂观察。我们都亲历过，有些文本能够打动我们的学生，有些却不能。（为什么会这样？）我们还需要哪些证据去证实这种现实呢？事实证明，（这种结论）还存在很多问题。这种普遍结论的首要问题是，大多数生态评论家所教的学生并不是读者的经典样本，（有人认为）他们比一般读者更年轻、对环境问题更感兴趣，受教育程度也更高。其次，这种课堂阅读经验是在一种持续的、有指导性的学习背景下发生的，并辅以讲座、结构性对话和课后作业。这就使我们无从知晓究竟是文本本身，还是文本结合了阅读提示、讲座与讨论等因素影响了学生。再次，作为教师，我们远不是客观的评估者，我们（像所有人一样）容易受到认知偏见的影响，这些偏见会无意识地影响我们对可用"数据"的解释，比如课堂讨论的基调。这并不意味着，生态批评家不应该对那些在课堂内外具有说服力的文本进行预判。我们过去应该、目前正在、且未来会继续这样做。但是，要证实、反驳或使我们的预判复杂化，我们还需要（更多）实验的证据。

我们需要实验性的生态批评——用一种基于经验的、跨学科的方法来研究环境叙事。

---

① ［美］切里尔·格罗特费尔蒂：《导论：环境危机时代的文学研究》，载切里尔·格罗特费尔蒂、哈罗德·弗洛姆编《生态批评读本：文学生态学的里程碑》，乔治亚大学出版社1996年版，第 xv—xxxvii 页。
② ［美］斯科特·斯洛维奇：《从美国自然写作中寻求意识》，犹他州大学出版社1992年版，第7页。
③ ［美］劳伦斯·布尔：《为濒临灭绝的世界书写》，哈佛大学贝尔克纳普出版社2001年版，第6页。

一 生态批评与社会科学的相遇

为了获取证据,实验性生态批评采用了社会科学的方法。长期以来,有相关性的不同学科领域(如生态批评和环境传播)都在平行且孤立的轨道上各自前行。最近,认知叙事学家和其他生态批评家——例如伊斯特林(Easterlin)、詹姆斯(James)、亚历克萨·韦克·冯·莫斯纳(Alexa Weik von Mossner)[1]——利用社会科学方法进行了关于文学和其他媒介对读者影响的研究。实验性生态批评通过原创性的实证研究,将这种跨学科性代入其逻辑结论。例如,是否气候小说影响了读者的态度和行为[2],是否叙事同情让读者关心非人类物种的困境[3],对于以上问题,实验性生态批评学家可能选择通过访谈、小组调研、调查问卷或控制实验等方法展开研究。当然,这些方法并不完美(实际上,并不存在完美无缺的方法),但是它们在实证地检验一切可变因素的影响方面是最可靠的方法,而且能够帮助我们避免上述常见的错误。

需要明确的是,实验性生态批评与传统的生态批评主义不同,后者的论点和结论一般都是通过细读而得出的。但是我们可能会疑惑:实验性生态批评只是环境传播的一种形式吗?它是一只"披着羊皮的社会科学之狼"吗?(诚然),实验性生态批评与环境传播领域有许多交叉与重叠之处,但在许多方面却截然不同。首先,环境传播学者主要感兴趣的是新闻和激进言论,而不是文学、电影和其他叙事媒体;[4] 而实验性生态批评的关注点则集中在小说、短篇故事、诗歌、儿童文学、电影、电视、电子游戏、音乐和戏剧等媒体的影响上。其次,环境传播学者很少关注他们所研究文本的形式和审美特征;而细致入微的叙事元素,如叙事声音和视角、体裁、虚构性、主人公的建构等则对实验性生态批评至关重要。再者,环境传播很少包括文本分析;而实验性生态批评则将社会科学方法与长期以来一直被生态批评视为主流的文本分析相结合。最后,实验性生态批评经常利用从生态批评和环境人文主义中产生的假设;而环境传播在很大程度上忽略了这一庞大的工作体系。[5]

为了理解环境媒介在环境危机时期所发挥的作用,我们认为,这种跨学科的方法

---

[1] 更多相关内容可参见以下文献:[美]伊斯特林·南希《文学理论与阐释的生物文化方法》(约翰霍普金斯大学出版社 2012 年版)、[美]艾琳·詹姆斯《故事世界的一致性:生态叙事学和后殖民叙事》(内布拉斯加州大学出版社 2015 年版)、[奥地利]亚历克萨·韦克·冯·莫斯纳《情感生态学:共情、情感和环境叙事》(俄亥俄州立大学出版社 2017 年版)。

[2] 相关内容可参见[新加坡]马修·施奈德-迈尔森《气候小说的影响:关于读者的实验性调查》,《环境人文》2018 年第 10 期。

[3] 参见[波兰]沃伊切赫·马莱茨基《对于文本动物的感知:跨越物种界限的叙事共鸣》,《诗学》2019 年第 74 期。

[4] 更多详细内容可参见[美]康福特·苏珊娜·埃文斯和[韩国]尹恩荣《环境传播领域:同行评议文献的系统综述》,《环境传播》2018 年第 12 期。

[5] 关于生态批评和环境传播的更广泛的讨论见[美]斯科特·斯洛维奇等《劳特利奇生态批评和环境传播手册》,劳特利奇出版社 2019 年版。

既有理论价值又有现实必要。

二 先锋物种

到目前为止,我们只是笼统地描述了实验性生态批评———一个在生态批评语境和环境社会科学之间不断发展的新的研究领域。但是,要想表明什么是实验性生态批评,以及它能为生态批评和环境人文主义带来什么,最好的办法是描述一些先锋物种——即实验性生态批评的案例研究。这本期刊中集中刊发的这三篇文章,以及已经公开发表的一些文章[1]都展示了实验性生态批评方法的适用范围,以及其可以回应和生发出的各种问题。

首先,马修·施耐德-迈尔森(Matthew Schneider-Mayerson)探讨了一部气候小说关于美国读者对气候不公的认识和对气候移民的看法的影响。正如他之前关于生态世界灾难电影可行性的作品《灾难电影和"石油峰值"运动》(*Disaster Movies and the "Peak Oil" Movement*)[2]和气候小说《气候小说的影响》(*The Influence of Climate Fiction*)的研究一样,他这次的研究方法仍然是详细的问卷调查。在他 2018 年的调查问卷中,他对于 161 位阅读过著名气候小说的美国读者进行了调查,这些调查结果大都停留在初步的探索性分析中,他还收集了先前没有被实证的主题的信息,并得出了可以被进一步被证实或被否定的初步结论。这种方法发掘了关于阅读与环境有关的文学作品的那些有血有肉的人们的很多有价值的信息,包括他们是如何进行阅读的,以及他们对自己的阅读经验的看法。施耐德-迈尔森的调查证实了一些关于气候小说的常见假设:它让气候变化变得更加真实和有形;它帮助读者理解无声的暴力;它告诉我们警戒性地反乌托邦并不总是能有效地激励读者。然而,他也得出了一些违反常识的结论,比如,他发现即使是那些声称被芭芭拉·金索(Barbara Kingsolver)的《迁徙行为》(*Flight Behavior*)[3]这样的文本所改变的读者,对于那种在减缓或适应气候变化方面最有效的行动也存在严重的误解。

施耐德-迈尔森对这次期刊"专题论文丛"的贡献源于上述研究,同时也尝试提出了一些评估生态评论家和作者对于气候小说的具体主张。为此,他通过亚马逊土耳其机械网站(amazon mechanical Turk)招募了保罗·巴奇加卢皮(Paolo Bacigalupi)

---

[1] 在《文学与环境跨学科研究》第 27 卷第 2 期,2020 年春季刊中共集中刊发了马莱茨基等人关于实验性生态批评的 3 篇最新研究成果组成"专题论文丛",其中还有一些已经发表的文章,它们都对实验性生态批评进行了全面的理论研究和实践活动。若要了解更多的实验性生态批评学者的研究成果,以及生态批评和环境社会科学的相关工作,请参考实验性生态批评网站:www. empiricalecocriticism. com。

[2] 参见[新加坡]马修·施耐德-迈尔森《灾难电影和"石油峰值"运动》,《宗教、自然与文化研究》2013 年第 7 期。

[3] [美]芭芭拉·金索:《迁徙行为》,哈珀柯林斯出版社 2012 年版。

广受欢迎的小说《水刀》(the water knife)①的读者，让他们回答一份包含多项选择和开放式问题的答卷，然后对回答进行分析和编码。这种方法使他能够进一步收集环境文学读者的信息，以及读者的年龄、种族和性别等因素是如何影响其识别和同情文本中的特殊人物等信息。他由此得出一个结论：《水刀》这部反乌托邦的气候小说，将背景设定在不久的未来的美国西南部地区，并使美国读者更加意识到气候不公和气候变化的不良后果，尽管作者分享了很多生态批评主义的观点，但是结果却适得其反：它破坏了进步的生态政治目标。具体来说，《水刀》使一些自由主义读者更加惧怕生态移民，而不是同情他们。这篇文章论证了实验性生态批评可以发挥的两方面的价值：一是收集关于"读者何为"的信息，以及其身份认同如何影响他们的回答；一是研究关于特殊体裁和文本的共同主张。

第二篇文章由马莱茨基（W. P. Małecki）、亚力克萨·韦克·冯·莫斯纳和马尔戈扎塔·多布罗沃尔斯卡（Małgorzata Dobrowolska）共同撰写，并使用了一种不同的研究方法：定量实验。这代表了由马莱茨基（"实验性生态批评"的倡导者）②所发起的一系列实验性生态批评的研究成果，其源头可以追溯至他对动物叙事的态度和行为影响的研究，几百年来，不少学者、作家和社会活动家都对此进行了预测。③ 为了证明这些假设的合理性，马莱茨基与社会心理学和生物人类学学者以及国际知名的畅销书作者合作，进行了十几项涉及数千名参与者和各种类型文本的定量实验。这些实验证实了动物叙事（对读者）态度的积极影响，并且在现实中发掘出许多关于该影响的具体事实，例如，这种影响的大小主要取决于故事主角的所属物种，而非故事的虚构与否④，并且这种现象随着时间的推移，可能会变得更强烈。⑤

然而，这些研究却留下了一些重要的问题尚未解答，其中一个问题是在上述马莱茨基等人的"专题论文丛"中所提到的。这一问题与马莱茨基和他的团队对爱丽丝·沃克（Alice Walker）的代表性作品《我是蓝色的吗？》(Am I Bule?)所进行的两次实验对波兰读者所产生的令人困惑的结果有关。其中一项实验表明，与马莱茨基和他的团队研究的其他动物故事不同，沃克的故事总体上对人们对待动物的态度没有影响；另一项研究表明，它确实影响了人们对待马的态度。这是为什么？答案可能因为是这篇文章的作者所给出的答案与其假设有关，即把对弱势群体的压迫与对非人类物种的

---

① ［美］保罗·巴奇加卢皮：《水刀》，企鹅兰登书屋2015年版。
② ［波兰］沃伊切赫·马莱茨基：《实验性生态批评》，载［美］斯科特·斯洛维奇，［印度］斯瓦纳拉塔·兰加拉贾和维迪亚·萨尔维丝瓦兰编《劳特利奇生态批评和环境交流手册》，劳特利奇出版社2019年版，第211—223页。
③ 更多内容可参见［波兰］沃依切赫·马莱茨基等《文学影响人们对待动物福利的态度》，《公共科学图书馆》2016年第11卷第12期。
④ 具体可参见［波兰］沃依切赫·马莱茨基等《人类思想和动物故事：叙事如何使我们关注其他物种》，劳特里奇出版社2019年版。
⑤ 参见沃依切赫·马莱茨基等《小说能让我们对其他物种更友善吗？——兼论小说对动物态度和行为的有利影响》，《诗学》2018年第66卷。

压迫相提并论，就像沃克在她的文章中所做的那样，这样做至少对于一些读者来说可能是不会成功的。这次的"专题论文丛"中的文章主要通过三类数据支持了上述假设：（1）首先，（这一假设）建立在莫斯纳之前对于认知生态批评的研究的基础之上，分析了沃克文本的叙事结构，强调其对于跨物种移情的战略性使用以及对于人类与动物之间痛苦的比较；（2）然后，研究了1994年加利福尼亚州教育委员会决定禁止10年级学生举行全州测试的争议；（3）比较研究了《我是蓝色的吗？》这部作品中读者对动物态度的影响和文章中人类对于对少数民族态度的影响之间的有效性实验数据。在他们最后的讨论中，马莱茨基等人指出了这三种证据是如何相互阐明的。

最后，帕特·布雷顿（Pat Brereton）和玛利亚·维多利亚·戈麦斯（Maria Victoria Gomez）也为这次的"专题论文丛"做出了贡献：他们拓展了生态媒介对电影和电视的传统关注，考虑到一种越来越受欢迎（尤其是在年轻人当中）的媒体的接受程度和影响，即"共享视频"（shareable videos）。他们的方法是焦点小组访谈与问卷调查相结合。焦点小组访谈最初是作为一个学术研究方法被广泛应用于市场研究，近年来，他们在社会科学的定性研究中重新流行起来。焦点小组访谈通常涉及六到八个参与者，（研究者）可以根据研究目标进行弹性重构。由于其相对较低的成本和开放性对话的合作性质，这种研究方法已被证明在研究不同社会群体时特别有成效。[①] 作为一个拥有环境传播和生态文化研究两方面学术背景的学者，布雷顿善于将实验方法与生态批评文本阅读结合起来，以此探索观众对于环境电影和视频的反应。布雷顿和戈麦斯与爱尔兰大学的三年级学生合作，他们的观点与研究依亚王子[②]的专家一起被分析，制作成了一个名为《对不起，亲爱的后继者们》（*Dear Future Generations：Sorry*）的关于气候变化的口语音乐视频，其观看量目前已逾2300万次。他们将名人、社交媒体和经济学分析结合起来，惊奇地发现，大多数学生更喜欢直接演讲和具有明确说服力的纪录片。他们在方法论上的创新研究展示了实验性生态批评方法的多元化、通过定量研究获取媒体消费信息的价值，以及对新型媒体进行实验性生态批评的可能性。

这次"专题论文丛"中的三篇文章中有两篇是两个或两个以上作者共同撰写的，这并非巧合。使用社会科学方法进行研究的一个结果是：实验性生态批评的大部分工作可能是合作完成的。进行社会科学研究往往涉及太多程序、技能和数据，一个人无法处理。它需要社会科学方法的知识，对研究设计的仔细规划，找到或招募合适的样本，收集数据，并进行严格和公正的分析。这就是为什么有那么多社会科学研究是共同撰写的。实验性生态批评更具有挑战性，需要生态批评和社会科学方面的专业知识。很少有学者同时拥有这两个领域的专业知识，所以实验性生态批评往往需

---

① 更多关于"焦点小组访谈"的研究内容可参见澳大利亚普拉尼·利亚姆帕特唐《焦点小组方法论：原则与实践》，哈珀柯林斯出版社2011年版。

② 译者注：依亚王子（Prince Ea），为巴比伦及亚述的神，据说是最早与医术有关的神。

要团队的努力。①

虽然环境人文主义者经常指出研究和应对当代环境挑战需要跨学科，但我们很少见到跨学科的合作培训和合作经验，这一切都很具有挑战性。除了经验之外，跨学科合作还有制度上的障碍——例如，合作的必要性和价值在人文学科的求职、委任和晋升中往往并不被相应的委员会所理解、欣赏和鼓励。我们只能希望这种情况会逐渐改善，因为应对当前的挑战需要合作。跨学科的工作（例如，生态评论家和心理学家的合作）——通常是一种全新的、不熟悉的经历，它通常包括一个学习的过程和一些成长的痛苦。但是，这次"专题论文丛"的案例研究证明了合作的价值，它结合了人文和社会科学的多种方式和方法，并向受众进行了普及性传播。②

三 从事特定工作的最佳工具

我们之所以充分考虑后选择称这个分领域或间性领域为"实验主义生态批评"，是因为实验主义是延续了几百年尚未解决的认识论之争的主题。③ 我们使用"实验主义"这个词的时候，不是在认识论的意义上所讲，而是作为一种工具主义和实用主义的术语——作为某种工作最合适的工具。④ 实验性生态批评采用社会科学方法的主要原因是：它们能够提供环境叙事文本对于受众的社会、心理和政治的影响的可靠主张，因此被认为是目前实验性生态批评的最佳工具。⑤ 这并不是说所有的生态批评都需要立即参与到社会科学的"新兵训练营"。社会科学方法不仅不是最理想的，而且可能对其他研究无用，例如文本分析和历史分析。我们并不是说所有生态评论家应该做的就是研究环境叙事对其受众的影响，也不是说这种实验主义的方法比其他形式的生态批评主义更加切中要害。我们认为，实验性生态批评是有价值和必要的，但是其他形式的环境批评亦如是。

---

① 值得注意的是，即使只有一个作者，他们也通常依赖方法论、研究设计、统计和其他相关领域的专家同事的慷慨相助。

② 事实上，这组论文专栏的存在本身就是跨学科合作的一个论据。这组文章是在一个由"蕾切尔·卡逊环境与社会中心"（the Rachel Carson Center for Environment and Society）主办的研讨会中产生并组合起来的。2018年12月，来自不同学科的三位作者和学者聚集在一起，讨论了将传统生态批评与社会科学方法相融合的可能性、潜力和局限性。这篇介绍和三篇文章从这些对话中受益匪浅。

③ 例如，关于实验证据是否能真实地代表世界，或者它是否太过受概念方案的影响，一直存在争议；这些概念方案是否对所有可能的知识主题都是普遍适用的，还是具有文化或历史的特殊性；以及一些实验性方法，如自然科学的方法，是否具有优于其他研究方法的普遍性。更多观点可参见[美]理查德·罗蒂的《哲学和自然之镜》（普林斯顿大学出版社1979年版）和《客观性，相对主义和真理》[收录于《哲学论文集》（第1卷），剑桥大学出版社1991年版]等著作。

④ 更多内容可参见[英]修·普莱斯《自然主义无参照》，牛津大学出版社2010年版。

⑤ 对于这种说法，一些生态评论家可能会问："由谁考虑的？"我们的答案是自然科学和社会科学，大多数生态评论家都依赖这些科学来获得关于我们周围世界的基本信息，包括关于毒性、物种灭绝和气候变化等现象的实验证据。如果这个定义似乎具有排他性，那么值得重申的是，实验性生态批评并不认为自己优于其他方法，我们也不主张所有的生态批评都应该骤然变为实验主义者。

事实上，"专题论文丛"中的文章证明了实验性生态批评和关于环境介入文本影响的批判性推测之间的有效协同作用。实验性生态批评吸引了许多来自其他形式的生态批评的理论假设，以及环境传播、环境心理和其他领域内的学者所进行的研究。如果没有其他生态批评模式所提供的关于文化文本的品种、体裁、形式和历史的知识，实验性生态批评将不知道其实验工具要引向何处。它在方法论上很强大，但却是盲目的。不过反过来说，如果没有实验的验证，关于文本或体裁影响的批判性推测仅仅是有趣却未被证实的假说。

结语　一种呼吁

实验性生态批评已经完成的工作只提供了一种可能的学术研究的一瞥。进一步的相关研究将在即将出版的合集中呈现，该合集介绍了相关的实证方法，以及对气候戏剧、儿童文学、灭绝叙事和澳大利亚生态小说等主题的接受情况的个案研究。但我们应该清楚的是，（相关的实验性生态批评的研究）还有更多的潜力。这个文集只是一个呼吁和邀请，而不是一个正式的明确声明。从方法论的角度来看，这次"专题论文丛"所收集的三篇文章大都使用了人们熟悉和公认的方法：问卷调查、焦点小组实验和实证研究。但是其他研究方法也同样具有启发性，比如大数据分析、人种学研究和参与观察等。

未来实验性生态批评可能探索的主题同样是无限的。生态批评家和环境人文主义者针对文化文本对他们受众的影响所做的每一个假设、建议和主张，都可能被实验研究所复杂化、拒绝或证实。我们可能探索的这类问题一直围绕着生态批评自始至终感兴趣的核心问题，包括这一时期的气候危机、大规模物种灭绝和全球流行病，以及环境参与叙事所导致的态度、行为、文化、基础设施和政策的转变（但是，这些转变现在是绝对必要的吗？）。我们还需要进一步思考的是：生态主义的假设和直觉如何与现实中遇到的真实人物的经验相一致？实验性研究可能会产生哪些其他问题，这些问题又是如何帮助我们去进行探索呢？鉴于这些问题是当今许多生态批评主义者所关注的关键所在，我们希望（即将面世的）论文合集成为一个充满活力的实验性生态评论传统的标志与开端。

走向一种修复翻译理论*

[美] 艾米丽·阿普特** 著　莫亚萍*** 译

(浙江理工大学外国语学院　浙江杭州　310018)

　　如本书标题所示,① 也如德瑞克·阿特里奇 (Derek Attridge) 在其翻译研究中所称的"创造性劳动"(creative labour) 所示,世界文学的"工作"提出诸多挑战国家标准语言地位的翻译实践理论。当我初涉翻译研究时 (The Translation Zone: A New Comparative Literature, 2005),我对国-际 (inter-nation) 连字符空间里的非标准语言饶有兴趣,如方言、克里奥尔语、洋泾浜语、土语、烂英语、俚语、隐语和习语。在跨国与流散传播的过程中,上述双语现象反映出阿特里奇所说的"语言学连续体"(阿特里奇此说受钱伯斯 [J. K. Chambers] 和特鲁吉尔 [Peter Trudgill] 的"方言连续体"启发) 既是多孔的语言世界,以互通点 (外来借词、共同语法和句法) 为标志;又是地理语言学冲突地带,存在着少数民族语言与多数民族语言的斗争。② 那些冲突地带正是"方言辩证法"(dialectics of dialect) 的场所,"方言辩证法"是吉安卡洛·图尔西 (Giancarlo Tursi) 在论述 (意大利统一运动时激增的)《神曲》方言翻译时使用的说法,但丁在《神曲》中业已使用地方方言。③ 安东尼奥·葛兰西 (Antonio Gramsci) 的"方言唯物主义"(vernacular materialism) 理论 (见《狱中札记》[Prison Note-

---

　　* 本文是一篇后记,是阿普特为《世界文学的工作》一书所作。(Francesco Giusti, Benjamin Lewis Robinson, The Work of World Literature, Berlin: ICI Berlin Press, 2020, pp. 209 - 228)
　　** 艾米丽·阿普特 (Emily Apter),纽约大学法语与比较文学教授,纽约大学比较文学系主任,著作包括《普通政治——关于阻碍、僵局和失策》(Unexceptional Politics: On Obstruction, Impasse and the Impolitic, 2018)、《反对世界文学——论不可译性的政治之维》(Against World Literature. On the Politics of Untranslatability, 2013)、《翻译地带——一种新的比较文学》(The Translation Zone: A New Comparative Literature, 2006)。目前,她正在完成名为《什么是公正翻译?》(What is Just Translation?) 的书。
　　*** 莫亚萍 (1985—　),湖南益阳人,浙江理工大学外国语学院讲师,文学博士,主要从事中西比较诗学、西方文论、文学翻译研究。
　　① 即《世界文学的工作》一书 (The Work of World Literature)。——译者注
　　② J. K. Chambers and Peter Trudgill, Dialectology, 2nd edn (Cambridge: Cambridge University Press, 1998), p. 4.
　　③ 图尔西 (Giancarlo Tursi) 是纽约大学比较文学系博士生。他在学位论文 (暂命名为《文艺复兴时期但丁的方言翻译》[Dialectal Translations of Dante in the Risorgimento]) 中,推进了"方言辩证法"(dialectal dialectics) 概念。

books］尾章）同样是辩证的，它在语言政治中构建一种南—南（South-South）连续统一体，由地方—流行（"临近语法"［imminent grammar］）和国家—支配（"规范语法"［normative grammar］）之间的阶级斗争催化。① 随着这种语言辩证法的出现，方法论的枢轴从基因遗传转至动态关系，强调知识字母（knowledge alphabets）如何后成变异。其中基因遗传包括语族与语树、词根、同源词、句法深层结构，动态关系中的知识字母包括元音、字母、文字、字母数字密码、算法、位图、像素、模因、RNA 分子、音译符号、声值、原子谓词等。

一

阿特里奇的开放社会和语言性（linguisticity）开放视野之说，从根本上改变了国际外交机构、学术语言、文学部门或出版行业（及其全球营销、发行与细分受众的基础机构）对翻译的看法。因为在传统归因里，翻译重现源语言或"本源"语言与目标语言之间的区别（其中，"本源"语言指一种关于本源［Ursprung］的地理—想象［geo-Imaginary］，目标语言指一种离散于"他处"或有边界的语言学领域）。阿特里奇与我都反对这种观点：存在一种有核语言（nucleated language），或赋予有核语言一个特定本体。我们感兴趣的是作为一种政治建构、一种民族主义发明，语言的现代发展借助辞典和同质化语法编纂工具，如何与西方帝国主义历史深刻交织。这种通过强迫语言同化为"一"（the one，即征服者至高无上的言语）来驱逐或消灭土著语言的驱力，正是历史语文学（historical philology）中饱受非议的优生学中不可或缺的一环，其语法根源与民族神话密不可分，亦与不同民族、不同种族的地方主义和血土相连的同一主义密不可分。我们逐渐认识到"世界文学"与"世界语言"在很大程度上互惠互构。正如帕斯卡莱·卡萨诺瓦（Pascale Casanova）在《世界语言——翻译与统治》（*La Langue mondiale*：*Traduction et domination*，2015）中指出，文学赋予特定语言以声望—价值（而不仅仅反之），并提升特定语言地位，使之具备世界历史意义。② 语言在成为世界语言的过程中，被进一步单一化。

二

《反对世界文学——论不可译性的政治之维》（*Against World Literature*：*On the Politics of Untranslatability*，2013）是我继《翻译地带》（*The Translation Zone*）之

---

① "方言唯物主义"（vernacular materialism）一说由彼得·艾夫斯（Peter Ives）组合，用以概括葛兰西的方法，可参见 *Gramsci's Politics of Language*：*Engaging the Bakhtin Circle and the Frankfurt School*（Toronto：University of Toronto Press，2004），p. 4。

② Pascale Casanova，*La Langue mondiale. Traduction et domination*（Paris：Seuil，2015）.

后的论辩续作。书中,我没有通盘考察那些被视为辩证与动态过程的方言唯物主义、语言连续体和语言学世界化观念如何用来批判世界文学(World Literature)机构。相反,我将重点放在"世界文学"(World Lit)本身,我视之为一种促进大规模文学研究的方法,这种方法早因为变得"太大而不可能真正成功"(就像全球举办的艺术双年展)。① 许多致力于复兴世界文学(World Literature)的批评家(如大卫·达姆罗什〔David Damrosch〕、弗兰科·莫瑞蒂〔Franco Moretti〕、杰拉尔·卡迪尔〔Djelal Kadir〕、麦德斯·罗森塔尔〔Mads Rosenthal〕、西奥·德汉〔Theo D'haen〕、苏珊·弗里德曼〔Susan Friedman〕、卡伦·索恩伯格〔Karen Thornberg〕和亚历山大·比克罗夫特〔Alexander Beecroft〕),他们都有一个潜在假设——"越多越好"(more is better):呼唤更多语言、更多文学、更多流派、更多翻译。他们视包容、多元、无限的比较为既定价值,并将它们与按语言类型分类的世界体系结合,再通过文学谱系学、文学生态学、前现代性与后现代性跨语言分析来融会贯通。虽然以上雄心也常常引人注目地形成比较主义轴心,但我认为,这一深受新数字人文技术推促的研究领域,早已培育出一种文学研究的管理方法,在风格、时代和流派范畴上,或在阅读、读写和比较认识论的地缘政治学方面,都反而重构了欧洲中心主义的支配地位。②

大卫·达姆罗什是复兴世界文学(World Lit)范式的最积极的倡导者之一,但他容易陷入那种单一化定势。在《什么是世界文学?》(*What Is World Literature?*)一书中,达姆罗什坚信,衡量一部作品全球牵引力的标尺在于它是否被译成其他语言,根据类似标准,即饱含"丰富的重叠节点"、"家族相似性"和"涌现模式",翻译商数高的文本才值得进行比较。这种方法的有效性在于能将难以驾驭的文本分组,使之成为可控、可产生共鸣的字符实体。③ 达姆罗什笔翰如流,令人喜闻乐见,却着实有排除文本冲突可能性的倾向。1989年,德里达曾接受阿特里奇名为"被称为文学的奇怪机构"(This Strange Institution Called Literature)的访谈,德里达在访谈中激唤的阅读体验中那令人不安的"悬停"效应,如今不复存在。德里达坚信,"诗歌和文学有一个共同特征,二者都能中断超验阅读里那份'独断'的天真"。④ 然而在达姆罗什《什么是世界文学?》里,实难想象文学性(literarity)疏离行动能如德里达所述,足以中断超验阅读,足以抵抗"不可消减的意向性",足以打破"对意义或所指的独断且天真的信

---

① Andrew Stefan Weiner, "The Art of the Possible: With and Against *documenta* 14", pre-circulated review essay.

② 谢平(Pheng Cheah)的观点也为此论加码。他(论涉海德格尔之世界概念时)强调,由流通增强、"标准视野"缺失和"移动文学作品增多"带来的"翻译增殖"(proliferation of interpretations),徒留一个无法解释的现象,即"世界如何产生关联及如何形成有意义的世界统一体"。参见 Pheng Cheah, *What Is a World? On Postcolonial Literature as World Literature* (Durham, NC: Duke University Press, 2016), p. 103.

③ David Damrosch, *What Is World Literature?* (Princeton, NJ: Princeton University Press, 2003), p. 281.

④ Jacques Derrida, "This Strange Institution Called Literature", in *Acts of Literature*, ed. by Derek Attridge (New York: Routledge, 1992), pp. 33–75 (p. 45).

念"。德里达笔下有"内刻于文学文本差异,也内刻于非文学文本的不同类型或不同时刻差异的折叠游戏",有文本(经过本体屈折的)"思想"(noematic)结构,其中,德里达为我们提供了一种文学样式,一个德里达式世界文学(world literature)(不需要大写这两个单词首字母,因为它区别于作为制度形式的世界文学[World Literature]),这种文学样式反抗可读性,也反抗基本的故事叙述。① 德里达在访谈中向阿特里奇吐露:"我喜欢某种特定的小说实践,它以有效的幻影或无序的形态侵入哲学写作……[但] 讲故事或编故事完全无法从内心深处(或毋宁说根本无法从表面上!)使我感兴趣"。德里达此言,实为一种足以打破哲学的文学差异划定了空间,而世界文学(World Literature)却往往忽略或中和这一空间,至少其众多拥护者宣称如此。②

德里达对文学"悬停功能"的关注,表面上看,与当代矫饰下的世界文学(World Literature)之争无甚关联,但实际上,它有助于为不可译理论提供术语,且不可译理论正是产生于哲学对文学影响的背离。文学,或至少某些文学形式所具备的诗学功能,解构了超验的、哲学的概念,指明一条通向"语言哲学化"的道路。③ "语言哲学化"一说创见于芭芭拉·卡辛(Barbara Cassin),用以定义一种强调重译(retranslation)、非—译(non-translation)和误译(mistranslation)的独特的哲学研究方法。④ 弗朗索瓦·朱利安(François Jullien)著作《进入思想,或精神的诸多可能性》(*Entrer dans une pensée ou Des possibles de l'esprit*,2012)便是其中一例,它通过感知定位与方向坐标,即想象空间或社区里的邻近、倾向、倾斜、趋向或意向,来解释中文里"宇宙"概念含义。⑤ 在我自己的研究中,这种语言上的哲学化思考指向一种新的翻译政治,其中"政治"是一种检索非政治(nonpolitical)词汇的方式,为那些非政治词汇标记新的政治功能;"政治"也是一种司法听审语言的方式,人们借此在边境管控、口令用语中重新建立起排外和监控结构。

世界文学(World Literature)早已嵌入体制,归为职业,给我的印象是,它已无关政治,或以悬而未决的方式介入政治。在回归歌德人文计划的过程中,世界文学

---

① Jacques Derrida, "This Strange Institution Called Literature", in *Acts of Literature*, ed. by Derek Attridge (New York: Routledge, 1992), p. 45.

② Jacques Derrida, "This Strange Institution Called Literature", in *Acts of Literature*, ed. by Derek Attridge (New York: Routledge, 1992), pp. 39 – 40.

③ Barbara Cassin, "Philosophising in Languages", *Nottingham French Studies*, 49.2 (2012), pp. 17 – 28.

④ 在《欧洲哲学词汇:不可译辞典》(*Vocabulaire européen des philosophies: dictionnaire des intraduisibles*, 2004)一书中,芭芭拉·卡辛对不可译进行了细致入微的描述,将其作为一个非领土化、地点敏感、动态输入的术语(与静态概念相反,且超越静态概念)。卡辛通过非—译(non-translation,即保留其他语言,如保留海德格尔"Dasein"[此在]一词)、误译和永恒重译(perpetual retranslation)来识定不可译之物。值得一提的是,劳伦斯·韦努蒂(Lawrence Venuti)始终曲解卡辛"不可译"概念,将其曲解为"不变性"(invariant),或为翻译实践里的一个"工具性"(而非"阐释性")装置。See Lawrence Venuti, *Theses on Translation: An Organon for the Current Moment*, FlugSchriften, 5 (Pittsburgh, PA: Flugschriften, 2019), p. 9 〈https://flugschriften.com/2019/09/15/thesis-on-translation/〉[accessed 10 September 2020].

⑤ François Jullien, *Entrer dans une pensée ou Des possibles de l'esprit* (Paris: Gallimard, 2012), p. 31.

(World Literature）也复兴了译者普及文化、促进跨文化认识的模式。我很清楚，诸多世界文学（World Lit）的信徒是出于特定的政治原因将其拥护，例如将世界文学作为一种对抗文化民族主义最新迫害形式的手段，那些排他的文化民族主义正在大规模移民、经济失稳担忧加剧和特朗普主义及其同类推促的种族主义主流化的过程中东山再起。这些信徒难免受到指责，如自满于文学文化与教育的市场驱动模式。他们还冒着沦为全球主义牺牲品的风险，全球主义研究的是如何缩小条款范围（或如何精通全球模式），如大数据处理、统计建模和测试、远距离阅读、算法翻译，它们统统有利于促进企业单一语言制（即亚历山大·加洛韦［Alexander Galloway］所称的"数字沙文主义"的副产品，一种使代数处理高于几何处理、高于非欧几里得直觉的性别化特权）。

谢平（Pheng Cheah）提倡将世界文学（World Literature）恢复为一种更新了康德永久和平政治纲领的世界文学（Weltliteratur）（如今，康德的永久和平可解释为星球正义）。这一世界文学有助于理解马克思对实践（praxis）或创造世界的概念化处理，它直接源于"作为物质媒介的无产阶级的有效性"，是一场"被当今世界及其现实（Wirklichkeit）激发的运动"。[①] 我想更进一步，用基于问题的"世界的文学"（literatures of the world）方法取代世界文学（World Literature）的整体标题，解决社区内部的"相关"（to relate to）问题。我尤其关注亲和语法的形成与消失，即关注如何消除种族（genos）和种属（Geschlecht）神话，那些神话明确要求在一门既定语言内从属于某个物种、类别、人类（anthropos）、公民、人种、民族或习俗。

三

罗伯特·扬（Robert Young）分析，语言从属于语言内部或游移于语言之间这两种情况都相当复杂，因为如苏联语言学家尼古拉·特鲁别茨科伊（Nikolai Trubetzkoy）所言，语言亲和是一个流动的过程，是一种"Sprachbund"，即英语中的"语言联姻"（linguistic alliance）或"语言联合"（language union）。特鲁别茨科伊用"语言联姻"概念反对基于生物学的"语言家族"（Sprachfamilie）概念，"语言家族"（或称"语族""语系"）曾为各民族语言配备关口和巡查，以保证单一语言完好无损。"语言家族"刻写一个民族语言的谱系，可追溯至古希腊将"野蛮"语言带至不解其意的内陆地区。在罗伯特·扬看来，特鲁别茨科伊这是提出了一个亲和能供性的对抗模式：

> 一个跨语言边界运作的非民族、非种族联盟［……］，不断与其区域内其他系统术语反应与互动，碰撞与结合，在向心力与离心力的辩证运动中，形成"分化

---

① Pheng Cheah, "What Is a World? On World Literature as World-Making Activity", *Dædalus*, 137.3 (Summer 2008), pp. 26 – 38, 34.

（一门语言分解为若干方言）与汇聚（多门语言在交往中结盟）相结合的过程"。[1]

在尼古拉·斯米尔诺夫（Nicolay Smirnoff）研究下，一个更复杂的政治议程从特鲁别茨科伊的语言连续体模型中浮现出来。斯米尔诺夫认为，特鲁别茨科伊宣扬的欧亚主义是一门大陆中部（俄罗斯—欧亚）的地缘哲学（反对欧洲通过沙文主义和世界主义将"罗马—德国文化"作为普遍文化强加于世），仍然难以幸免于落入区域沙文主义窠臼。换言之，它只不过用一种超国家或超洲际的语言促进主义取代了旧的民族主义。[2] 为了方便讨论，且将罗伯特·扬对斯米尔诺夫的意向性解读视为一个方言辩证法的声音，或一种跨多语实体的移动解读的语言理论，在某些方面类似于尤里·洛特曼（Yuri M. Lotman）通称的"符号圈"（semiosphere）或"世界符号"（world semiosis）。[3] 罗伯特·扬是从政治层面重申语文学连续体提供的可能性，它不再被民族主义本体论分化，也不再遗忘"少数群体通过打破标准语言来使用标准语言"的政治历史。[4] 罗伯特·扬对语文学连续体的投射实则包含一种解放的推力，恰如一位叶尼语者所证。叶尼语（Yenish）是一门起源于瑞士和法国阿尔卑斯山脉的方言，可与意第绪语（Yiddish）或罗姆语（Romani）并论，主要由游者使用。当接受马丁·普希纳（Martin Puchner）采访时，一位叶尼语酋长谴责标准语法学家的企图：他们"在叶尼语内部进行分化；切割成不同部分"。他称此类企图是"都市罪恶"，用标准语言描绘一个令人窒息且被驯化的标准语言建筑，犹如用天花板封闭一片开阔的天空，遮蔽远处被月光照亮的风景。[5]

作为一门开放方言，叶尼语被视为一个连续体，一门习得语言，由地名、乡村口音及其他边缘化的波西米亚社区的屈折变化构成。若从语言推至文学，我们还会发现尚卡尔（S. Shankar）提倡的"世界的文学"（literatures of the world）模式已放弃"经典和名单"（canons and lists），强调"神秘"（mystery）而非"精通"（mastery）；迈克尔·艾伦（Michael Allan）也主张，在民族传统、体裁和文本之间进行公平

---

[1] Robert J. C. Young, "That Which Is Casually Called a Language", *PMLA*, 131.5 (2016), pp. 1207 - 1221 (p. 1215).

[2] Nicolay Smirnoff, "Left-Wing Eurasianism and Postcolonial Theory", *e-flux journal*, 97 (2019) ⟨https://www.e-flux.com/journal/97/252238/left-wing-eurasianism-and-postcolonial-theory/⟩ [accessed 10 September 2020].

[3] 见伊莉亚·克里格尔（Ilya Kliger）对洛特曼 1984 年文章的讨论："On the Semiosphere" (or world semiosis) in 'World Literature Beyond Hegemony in Yuri M. Lotman's Cultural Semiotics', *Comparative Critical Studies*, 7.2 - 3 (2010), pp. 257 - 74. 克里格尔特别强调洛特曼对语言学关联性的理解，"从彻底的相互可译到彻底的相互不可译"。见 Yuri M. Lotman, *Universe of the Mind: A Semiotic Theory of Culture*, trans. by Ann Shukman (Bloomington: Indiana University Press, 2000), p. 125. 克里格尔的引用，见其书第 264 页。

[4] Young, "That Which Is Casually Called a Language", p. 1219.

[5] 参见 Martin Puchner, *The Language of Thieves: My Family's Obsession with a Secret Code the Nazis Tried to Eliminate* (New York: Norton, 2020).

竞争。① 典型的世界文学（World Lit）选集常根据国家地理、传统、风格及基于西方正统经典的文学史来进行分类，与之不同的是，人们会试图穿过阻碍翻译的因素来阅读文学作品，如不可通约性、非对等性（nonequivalence）、暴力消除的历史、遗留的沉默、非文字（nonwords），或非翻译（nontranslation）。在《天生被译》（*Born Translated*）一书中，丽贝卡·沃尔科维茨（Rebecca Walkowitz）盛赞"非译研究"（nontranslation studies）这一新兴领域。"非译研究"由布莱恩·列侬（Brian Lennon）提出，旨在"重新强调个人语言的不可通约性"。沃尔科维茨解释，列侬"重视那些拒绝参与语言、印刷或符号可及性的书籍"。列侬认为"最原汁原味的书籍几乎无法出版、[……][非]—译研究通过创造'多语'作品来避免自身的单语主义"。② 列侬和沃尔科维茨都指向一个翻译连续体的乌托邦视野，记录自由言语（*parole in libertà*）的产生，即那些以牺牲有利于市场的可读性为代价，被放至不可译（纯粹语言性）之境的言语。我看到了探索不可译地带（the zone of untranslatability）的吸引力，但我想坚持强调不可译物（Untranslatables）在反殖民主义历史上发挥的政治作用，尤其强调不可译物消解了安·劳拉·斯托勒（Ann Laura Stoler）所谓的"文字统治"（lettered governance），也消解了巴塔查里亚（Baidik Bhattacharya）所释的"文学主权"（literary sovereignty）。③

四

非译（nontranslation）的具体方法包括减少阅读译著和抵制翻译。本杰明·贝尔（Benjamin Conisbee Baer）指出，斯皮瓦克（Gayatri Chakravorty Spivak）曾英译玛哈斯维德·德维（Mahasweta Devi）的孟加拉语故事集《乳房故事》（*Breast Stories*），译序中，斯皮瓦克暗示在"贱民"（untouchables）一词的宽泛范畴中区分部落排斥和种姓功能实在是一大挑战。斯皮瓦克援引短篇小说《朵帕蒂》（*Draupadi*）其中一句为例："贱民得不到水（The untouchables don't get water）。"④ 虽然原作对料理葬柴的贱民和挖坟掘墓的贱民作出了重要区分，但斯皮瓦克并没有在英译中复现。斯皮瓦克发现种

---

① S. Shankar, "Literatures of the World: An Inquiry", *PMLA*, 131.5 (2016), pp. 1405 – 1413 (p. 1412); Michael Allan, *In the Shadow of World Literature: Sites of Reading in Colonial Egypt* (Princeton, NJ: Princeton University Press, 2016).

② Brian Lennon, *In Babel's Shadow: Multilingual Literatures, Monolingual States* (Minneapolis: University of Minnesota Press, 2010). 参见 Rebecca Walkowitz, *Born Translated: The Contemporary Novel in an Age of World Literature* (New York: Columbia University Press, 2015), p. 32.

③ Ann Laura Stoler, *Along the Archival Grain: Epistemic Anxieties and Colonial Common Sense* (Princeton, NJ: Princeton University Press, 2010), p. 1. 此外，我参考了巴塔查里亚（Baidik Bhattacharya）慷慨与我分享的新著《文学主权：殖民历史、批评习语和文化差异》（*The Literary Sovereign: Colonial Histories, Critical Idioms, and Cultural Differences*）样章。

④ Draupadi，又译《黑公主》，是印度史诗《摩诃婆罗多》中的一位女性人物。——译者注

姓术语"贱民"（untouchables）在印度语中极不确定，这使得圣雄甘地（Mahatma Gandhi）使用"Harijan"一词，将贱民与部落人两词同化，同时意指"神的子民"（但这是一个误译，因为部落人不应与贱民混淆）。借此，斯皮瓦克强调，德维遵循"孟加拉人的做法，在严格且制度化的印度教结构功能主义中，称呼每个所谓的贱民种姓都用其自身卑微、不洁的名字"。然而，斯皮瓦克随之宣称，"我无法在我的译文中将其再现"①。斯皮瓦克此举是对不可译性（untranslatability）的肯定，含蓄地挑衅了西方的英语母语者在阅读印度语言文本时表露的装腔作势、无所不知的姿态。通过承认翻译落空，斯皮瓦克挑明了翻译德维故事集时所发现的非-理解（non-comprehension）和不-可理解（un-understandability）之处，揭示全球英语对其他语言施加压力，迫使其他语言服从对等法则的做法。不译（not-translated）的意思不再是承认翻译困难到不可实现的地步，而是作为一种策略，抵抗全球英语（global English）或全球语（Globish）的主导地位。全球语就像大数据计算代码一样促进商业、科研和科技领域无障碍交流。在这种语境下，翻译既是全球语（单一语言制工具）的推动者，也是一种过时且不再必要的实践之名，因为全球语业已成为世界通用语。在这种情况下，非译（Nontranslation）是一门武器，以对抗全球语所引发的不平等的竞争环境。

在世界语言和文学中引入公平问题和语言份额分配不均的问题，是为了凸显翻译理论的政治维度。非-对等（Non-equivalence）、不译权、文化不可通约性，这些主题不仅在世界文学（world literature）（及普遍意义上的比较文学）里锚定了不可译（untranslatability）问题，而且还引发一个更广泛的问题，即"相关"（to relate to）在文学上究竟意味着什么。弗朗索瓦·努德尔曼（François Noudelmann）之"破坏性亲缘关系"概念可应用于此，它质疑选择性亲缘关系的根基，质疑通过偏好、亲近和相似（及其反面——排斥、差异和不可通约）来支撑基本美学的做法。② 在此背景下，不可译性可以被理解为一个破坏性亲缘关系的过程，一个反谱系的思维模式，使人重思（而非返回）德里达关于语言重复性、奇点和非-关系（non-relation）之关系的理论，也使人重思利奥塔的差异概念。翻译与非译（nontranslation）在复杂的阅读地理中被描绘为一对二律背反，二者既展示读者之间涌现的团结，也揭示语文学对法律和政治法规的挑衅，那些法律和政治法规既定义语言里边界为何物、何处有边界，也定

---

① Gayatri Chakravorty Spivak, "Translator's Foreword", in Mahasweta Devi, *Breast Stories: Draupadi, Breast-Giver, Choli ke Pichhe*, trans. and intro. by Gayatri Chakravorty Spivak (Calcutta: Seagull Books, 1997), p. 13.

② François Noudelmann, *Les Airs de famille. Une philosophie des affinités* (Paris: Gallimard, 2012). 努德尔曼认为，亲缘关系在哲学上被视为亲属关系和谱系联系的破坏者，能（通过其开放关系）干涉语文学传统和符号语法的血统。努德尔曼认为康德最初担忧亲缘关系是出自一种怀疑，怀疑亲缘关系会混淆概念的清晰。继而，努德尔曼描述了康德如何在一次晚宴实验中改变观点，晚宴中，康德不断抛出一些不合主题的话题，并观察客人如何开展对话，如何意气相投。此后，康德视亲缘关系为一种整合异质元素的统一力量，亦视为促进社会和谐与相互理解的渠道。参见《世界文学的工作》（Francesco Giusti, Benjamin Lewis Robinson, *The Work of World Literature*）五章，"Philosophies des affinités", pp. 257 - 305。

义边界或关卡如何在地域上作为非译（nontranslation）、语言衍生与分化的地点而被划分。

五

阿特里奇认为翻译是一项"创造性工作"。这项工作一个振奋人心的目的是将语言连续体模式应用于文学研究，细言之，应用于世界文学（World Literature）批评体系里的翻译实践。

众所周知，翻译连续体有多种解释：方言辩证法（一种自发违抗标准语法的方言唯物主义）、赫拉克利特式表现主义长流、显现于语言社区或"世界符号"（world semiosis）的多孔的语言世界，或一项在单一语言制中去殖民化的计划。在这种语境下，单语主义被认为是一个促进新自由主义语言政策管理的民族中心主义的集合术语。

为了使翻译去殖民化，也为了发明一种去殖民化的翻译理论，以响应新兴的本土、种族正义运动之需，我们必须与语言认识论中的民族主义前提作斗争。我们必须认识到，翻译历史不可能同改变宗教信仰和强迫皈依的历史分割开来（正如德里达在《什么是"相关"翻译？》中所示[1]）。

我们还必须充分认识到，单一"语言"（language）何以是军队（$is\ army$），即何以构成白人统治政权。对于后者，阿特里奇的文章至关重要：它解释了南非荷兰语（Afrikanns）如何"令人担忧地亲近'有色人种'使用的语言"，为何必须"被构建和维护成为一门纯粹的白人使用的语言"，其中不少"有色人种"实际上还是荷兰语奴隶主和女奴隶的后代。[2] 阿特里奇写道：

> 白人使用的南非荷兰语（标准南非荷兰语）由1948年上台的南非白人民族主义政府提倡和规范，南非荷兰语作者为规范语言、丰富语言、树立威望做了大量工作。南非开普敦的有色人种［通常被称为"开普人"］，毫无海陆军备，他们的语言因此被平稳地归类为南非荷兰语中一门微不足道的"方言"。[3]

在这种情况下，一句古老谚语——"语言是一门被军队包围起来的方言"——有了一个特具种族意味的新表述，如"白人主权（$white\ sovereignty$）是被军队包围起来的语言（Language）里的霸权"。此处，大写首字母的语言（Language）不仅是一门由

---

[1] Jacques Derrida, "What Is a 'Relevant' Translation?", trans. by Lawrence Venuti, *Critical Inquiry*, 27.2 (2001), pp. 174-200.

[2] 见《世纪文学的工作》（Francesco Giusti, Benjamin Lewis Robinson, *The Work of World Literature*）一书第35页。

[3] 见《世纪文学的工作》（Francesco Giusti, Benjamin Lewis Robinson, *The Work of World Literature*）一书第36页。

国家命名、传播、默认的语言，而且是一个以语言学形式出现的种族暴力的代名词。

阿特里奇的"南非例子"代表无数种族隔离、种族隔绝和种族清洗的案例。它指向一段漫长而又持续的语言迫害史，其中方言和俗语、混杂语和克里奥尔语、黑话和暗语通通被围猎、隔禁乃至消灭。马丁·普克纳（Martin Puchner）考察黑话（Rotwelsch）时发现，这是一门移民和旅者使用的语言，混合德语、希伯来语和意第绪语。它既被纳粹污名为盗贼的语言，又因无法摆脱纳粹主义语言政策而实际上维护了雅利安主义，是一个非标准方言屈从于种族隔离法律和白人统治主权的范例。① 翻译研究是一个将"好""坏"语言区分开来的管理评价系统，对于翻译研究而言，翻译（及作为文学启示的世界文学［World Literature］）去殖民化意味着，正是对标准语言差异的依附，使得语言世界持续白化。（*staying white*）

在笔者正进行的关于公正与翻译的研究中，笔者尝试提出修复性翻译观念，并将其作为一门修复诗学。弗雷德·莫顿（Fred Moten）这几句诗行是修复观念秉承的精神："裹于如祷布一般、棱线交错的粗布织物内［……］我们在此，在你的管辖外，在合作与异相、祈祷、预备、修复时，皆有罪。"② 克里斯蒂娜·夏普（Christina Sharpe）的"觉醒"（wake work）观念是牵引修复观念的一根导线，她视"觉醒"为关怀，一个"思考并关心黑人非/存在（non/being）于这个世界"的问题。③ 此外，斯皮瓦克对"翻译—即—违抗"（translation-as-violation）的纠正也是修复观念的主要理论来源。斯皮瓦克曾引述鲁德亚德·吉卜林（Rudyard Kipling）的"混杂印度语"（pidgin Hindusthani）为证：它是英国混杂语的一个分支，对于英语母语者来说，它听上去粗野、缺乏句法结构、格格不入、错误连篇；但最重要的是，它其实"将一门语言视为从属语言的标志"。④ 我们可更进一步，将修复性翻译视为修复种族主义创伤的护理（照料［*soins*］、包扎［*pansements*］），种族主义是一种有害身心健康的既存状况。修复性翻译里的"创造性工作"旨在矫正寓于言语（speech）的社会伤害模式，如强奸言论、仇恨言论、渎神语言、被废除的语言权利和不自由言论等。通过考察漫长的奴隶制历史，迈尔斯·奥格本（Miles Ogborn）将言论不自由（unfreedoms）定性为"制造奴役的言论"、决定"以暴力为根基的［……］社会关系"的交际，以及在惩戒边界制造"另一

---

① 在《盗贼的语言》（*The Language of Thieves*）一书中，马丁·普克纳精彩地梳理了作为流浪汉和暗号（Zinken）系统用语的黑话（Rotwelsch）历史。（暗号系统是一系列象形符号，用来提醒流浪汉注意危险，找到食物或庇护处。）关于非法语言的理论和美学分析，可参阅 Daniel Heller-Roazen, *Dark Tongues: The Art of Rogues and Riddlers* (New York: Zone Books, 2013) 及 Daniel Tiffany, *Infidel Poetics: Riddles, Nightlife, Substance* (Chicago: Chicago University Press, 2009)。

② Fred Moten, "Nobody, Everybody", in *Black and Blur* (Durham, NC: Duke University Press, 2017), pp. 168-169 (p. 169).

③ Christina Sharpe, *In the Wake: On Blackness and Being* (Durham, NC: Duke University Press, 2016), pp. 17 and 5 respectively.

④ Gayatri Chakravorty Spivak, *A Critique of Postcolonial Reason: Toward a History of the Vanishing Present* (Cambridge, MA: Harvard University Press, 1999), p. 162.

奴役地理"的交流。① 与这一观点对应的是蒂费娜·萨莫瓦约（Tiphaine Samoyault）在《翻译与暴力》（*Traduction et violence*）一书中探讨的翻译对言论自由的限制，书中指出，在殖民统治地带，萨尔曼·拉什迪（Salman Rushdie）所论的"被译之人"实际上并不自由。② 萨莫瓦约挑衅了翻译伦理，在后帝国与后奴隶制这两个既相互重叠又时而产生历史分歧的轴线上，描绘出多条翻译政治的路线。

阿特里奇亦追寻以上轴线，将翻译工作引向反对种族隔离、促进种族正义运动的方向。理论坐标系还（尤其）包括以下内容：索西耶（P. Khalil Saucier）和伍兹（Tryon P. Woods）提出的"黑人概念失语症"（conceptual aphasia in black）、海瑟（Barnor Hesse）分析的针对受警察保护的黑人群体的"政府反复暴力"（state repetitive violence）——"所谓N词"（so-called N-word），以及朱迪（Ronald Judy）提出的"黑人创造"（poïesis in black），在以上三种用法中，"黑人"（black）都意味着外在于或离散于一门既定语言的语言过程。③ 在这些例子中，"黑人"并不是一个国家语言名称里的语言学本质主义的同义词，而是一门形成性的语言辩证法，它的运用让我们得以察觉白人主权对历史化语言世界里的扭曲。此外，"黑人"还与概念化的种族隔离形式有关，那些概念化的种族隔离形式已深深嵌入部门化的基础结构，例如各部门、各会议组织者曾使用"语言和文学"（languages and literatures）标题，表面温和无害，（实际上对文学研究之白化贡献不小）。现在是时候认识到这一种族暴力了，它早已根植于院系机构划分，并在世界文学（World Literature）和世界语言（World Language）的教学法中复制推广，语言单一性正是那些教学法的先决条件。

这便涉及一种在语言里进行补救与修复的方法，这种方法应超过人们熟知的使人文学科去民族化的举措，那些举措在"语言"、"文学"或"理论"的标题中屡见不鲜（其中"文学"仍沿袭耶鲁大学20世纪70年代文学专业方向，由比较文学学者在结构语言学、解构诗学和叙事学的基础上发展起来）。那些标题可以促进多语启发式教学，

---

① Miles Ogborn, *The Freedom of Speech: Talk and Slavery in the Anglo-Caribbean World* (Chicago: University of Chicago Press, 2019), pp. 4 – 5. 法拉·达波瓦拉（Fara Dabhoiwala）评论奥格本这本书时写道："奥格本认为，言论自由和沉默力量可能是白人自由的突出标志，但奴隶制依赖对话：奴隶永远不可能缄默。即使在极端暴力和不自由的情况下，奴隶语言也依然无处不在，那些语言短暂、不可抑制、反叛。在这个意义上，不自由者的言论也总是自由的。交谈是被奴役男女用以颠覆奴役规则的常见方式，借此获得略高于现实已有的权力。此外，在非洲人所处的社会中，誓言、叙述和祈祷都承载巨大效能，既作为人与人之间的连接，也作为人与无所不能的精神世界的连接。"参见 "Speech and Slavery in the West Indies", *The New York Review of Books*, 67. 13 (20 August 2020), p. 23.

② "我们生于世界各地，我们是被译之人。人们总说翻译有所失；我固执认为，翻译亦有所得。"（Salman Rushdie, "Imaginary Homelands", *London Review of Books*, 4. 18 (7 October 1982) ⟨https://www.lrb.co.uk/the-paper/v04/n18/salman-rushdie/imaginary-homelands⟩ [accessed 10 September 2020]）.

③ *Conceptual Aphasia in Black: Displacing Racial Formation*, ed. by P. Khalil Saucier and Tryon P. Woods (Lenham: Lexington Books, 2016); Barnor Hesse, "White Sovereignty (…), Black Life Politics: The N****r They Couldn't Kill", *The South Atlantic Quarterly*, 116. 3 (2017), pp. 581 – 604 (p. 582); Ronald A. Judy, *Sentient Flesh: Thinking in Disorder, Poiesis in Black* (Durham, NC: Duke University Press, 2020).

但它们对于构建翻译所能提供的政治修复工作几乎没有帮助，尤其当翻译关注言论不自由的历史、地缘政治冲突与纷争地区的语言对抗、对语言暴力与轻度冒犯的防护、不恰当的宽恕与弥补措辞，以及应用于语言政治的恢复性司法工作时，以上标题更是力所不及。修复性翻译，及其所示的文学实践，超越了补偿、回报、损害和道德风险等使不公正主体完整的法律计算逻辑。它通向修复：修复发生在语言间隙中的语言动态，修复已经消失的本土语言、方言和克里奥尔语，以及修复翻译已被军队包围的语言之名所犯下的无数暴行。

诗歌措辞[*]

[美] 欧文·白璧德[**]著 郝二涛[***]译

(湘潭大学 湖南湘潭 411105)

摘要：诗歌措辞源于诗画的形式认同，因歪曲亚里士多德的模仿信条而一度被忽视。诗歌措辞重新受到重视，源于文艺复兴时期的文学诡辩、法国大革命的影响。诗歌措辞主张，诗人应用眼睛紧盯着对象、诗人用词应该发自内心，强调诗的模仿与视觉性。诗歌措辞是诗画混淆的结果，也是新古典主义运动的理论基础之一。从18世纪早期开始，新古典主义逐渐重视情感，并在科学与情感层面将兴趣点转向外在自然。浪漫主义运动兴起后，诗歌措辞不再受到重视。

关键词：诗歌措辞；诗画一律；诗画混淆；新古典主义；伪古典主义

有人像丹尼尔洛（Daniello）一样，早已经提及了对亚里士多德（Aristotle）的理想的模仿信条的严重歪曲。这种歪曲指的是诗与散文的区别，不像高级真理与低级真理的区别，而是像虚构与事实的区别。由于人们或多或少总是词语的牺牲品，这种诗歌观念受到亚里士多德（Aristotle）的词语"情节"激励，情节被视为"不实之词"。乍一看，这种重视，似乎是，怂恿诗人骑在鹰头马身有翅膀的怪兽身上，这种重视主要指，对极好的、虚构的事物的重视；但是，新古典主义的鹰头马身有翅膀的怪兽，却被固定在了一根拴绳上。诗人一旦接受这种邀请，将自己自由地沉溺于虚构中，他就遭遇了令人极不快的短语，这个短语指"根据可能性或必然性"。他要成为一个骗子，这是真的，不过，是要成为一个合乎情理的骗子；因为，正如赖默（Rymer）所说，"还有什么比一个不可能的谎言更可恨的呢？"新古典主义理论家不愿意知道，想

---

[*] 本文译自欧文·白璧德的《新拉奥孔》(*Boston and New York：Houghton Mifflin Company*，1910) 中第一部分之第二章"诗歌修辞"，原书页码为第20—34页。

[**] 欧文·白璧德（Irving Babbitt，1865—1933），美国俄亥俄州人，20世纪初期美国文学批评大师，新人文主义批评的主要奠基人之一，曾于1912—1933年任教于哈佛大学比较文学系，主要讲授法国文学、文学批评，通晓希腊语、法语、拉丁语等语言，除了若干译著外，也有《文学与美国的大学》《民主与领袖》《法国现代文学批评大师》《卢梭与浪漫主义》《新拉奥孔》《性格与文化：论东方与西方》《论成为创造的》等论著。

[***] 郝二涛（1988— ），河南周口人，湘潭大学文学与新闻学院讲师，博士，主要从事西方美学、文艺理论研究。

象有其自身原因；除了诉诸逻辑与感官事实，也有其他方式，使事物成为可能，或正如我们今天所说的一样，让人信服；因为，这将使我们认识到，在人的天性中，自发的与不可预料的部分，正是他尽最大努力要摒弃的部分。所有事物必定是存心的并不变的，按照因果关系被提前安排好的。可以确定的是，这样使诗变得纯粹和形式主义，是有困难的。新古典主义者绝对尊重的古代权威曾宣称，诗与推理无关，只是一种神的癫狂；在形式主义时代，诗的狂怒本身，成为一种形式的需要——某种需要谨慎打开的东西，就像一个人打开水龙头一样。没有什么事物比井然有序的方式更有趣了，这种井然有序的方式是指，新古典主义诗人在谈论他的"暴怒"与"激情"时所用的方式。这其中的一些批评家，尽管他们必须接受"愤怒诗学"（furor poetics），但至少仍然努力将其保存在狭窄的范围中。因此，马姆布伦（Mambrun）神父说，史诗诗人在他的情节结构中不必愤怒，尽管他"不否认，一个微小的写诗的愤怒，可能会包含在片段中"[①]。

为了否决想象的权利，新古典主义理论家——或让我们称他们为耶稣会诡辩家——被引导着，把幻想变成了虚假，幻想是指关于神圣的诗的幻想，虚假是指一种可以接受的虚假。即使在创造假想之物的时候，或者更准确地说，在编造谎言的时候，由于他本应该怀着有预谋的恶意，做所有的事情，所以诗人不是为了直接模仿，也就是说，是为了依赖他自身的才智；由于他可能会想让自己被称为"骇人的"，因此这个词被留给任何非常可能出现的诗人，这个词是新古典主义者过去持有的词。更确切地讲，诗人是要求助于第二种主要模仿形式，为了复制假想之物。第二种模仿形式，主要指典型的模仿，假想之物曾经在古代诗人中被发现；换句话说，他是为了自由地动用衣柜，这个衣柜是关于神话的不必要的昂贵饰品的衣柜，并且许多理论家要求，他不应该将这种虚构的事用于自己的目的，而应该将之用于教导一些道德真理，这里所说的教导仅仅指讽喻的教导。

因此，诗人是模仿者，是画家。画家，在绘制他的计划的过程中，也就是说，在选择处理的对象与处理的方式过程中，是非自发的与传统的；在提供富有诗意的色彩（poetical colors）的时候，他也是非自发的、传统的；根据富有诗意的色彩（poetical colors），新古典主义者理解了词语、优雅的短语、对话的人物等。[②] 贺拉斯（Horace）也将词语说成富有诗意的色彩（poetical colors）[③]，在这种意义上，这种表达，甚至在华兹华斯（Wordsworth）的著作中，也能找到。这些词语与虚构，都被新古典主义者，视为像涂料一样涂在外面的。用华兹华斯（Wordsworth）的话说，它们都不是强烈情

[①] Op. cit., p. 269.

[②] Batteux says that "les mesures et l'harmonie" constitute the coloring of poetry, "l'imitation", its design (Op, cit., pp. 144, 146). The usual point of view is that of A. Donatus in his Ars poetica (Cologne, 163): "Colores enim poetici verba sunt et locutiones", etc. Dryden includes in poetical coloring, "the words, the expressions, the tropes and figures, the versification, and all the other elegancies of sound", etc. Essays, Ker ed., Ⅱ, p. 147.

[③] Cf. Dryden (Ker, Ⅱ, p. 148): "OPerum colores is the very word which Horace uses to signify words and elegant expressions", etc.

感的自发流露；他们（诗人）缺少必不可少的兴奋感，这种兴奋感是指诗人将它们（词语与虚构）从人工中拯救出来的必不可少的兴奋感。如果诗人过去用眼睛盯着物体的话，那么结果可能不会这么糟糕。但在这一点上，其他模仿理论介入，并为他的调色板提供富有诗意的色彩（poetical colors）（就是词语、愉悦的短语、修辞格，等等），他不必考虑自然，而要考虑典型。华兹华斯①（Wordsworth）与柯勒律治（Coleridge）都谈及了这样的习惯，这样的习惯主要指把诗歌语言看作某种与私人的感情分离的事物，由从典型中挑选出的词语与华丽的辞藻组成的事物，这样的习惯是由学院中的希腊文与拉丁文的韵文书写推动的。对任何一个创作诗的人来说，诗，即用他自己的话说，开始成为一个人工过程。创作诗的人是指把他过去从一本辞典中挑选出的词语与短语拼合起来的人。

约翰逊（Johnson），将赞德莱顿（Dryden）称为英语诗歌措辞之父，德莱顿（Dryden），因为同样的理由，被洛厄尔（Lowell）批评。当然，随着整个法国对德莱顿（Dryden）时代的影响，诗歌措辞开始在诗中起作用，这是真的。当18世纪的普通诗人提供富有诗意的色彩（poetical colors）的时候，他求助的典范，不是德莱顿（Dryden），而是蒲柏（Pope），尤其是对"荷马史诗"的翻译。很明显，我们需要两种事物，以去除"诗中的花哨与无意义的措辞"：第一，诗人应该用眼睛盯着对象，而不是盯着传统诗的典范与颜色储备物；第二，他应该是自发的，以至于他的每个词、每个短语都被从非自然性中拯救出来，并且给人以这样的印象，这样的印象指对真实情感的反应。至少在英格兰，这两种需求中的第一个需求，在第二个需求实现之前，实现了。例如，温切尔西夫人（Lady Winche-sea）的《夜晚幻想曲》（"Nocturnal Reveire"），它比实际上更引人注目，与其说因为它准确地让人获得了特定自然的景象与自然的声音，倒不如说，因为它给人以真正浪漫的兴奋感，这种特定的自然景象与自然的声音，既没有人造的精致饰物，也没有言语能力的精华。这首诗曾被华兹华斯（Wordsworth）称赞。这同样可用来说柯珀（Cowper）和其他18世纪的诗人。但是，诗的措辞，远不能被一次临时的这种表现质疑。没有比伊拉斯谟·达尔文（Erasmus Darwin）的"植物园"（"Botanic Gar-den"）更让人惊骇的诗歌措辞的例子了；确实，除非它是威廉·华兹华斯（William Wordsworth）的早期诗，这些诗展现了，这位年轻诗人过去曾用眼睛注视这种对象；但是，他们仍然充满人工优雅与传统的修饰。② 对伊拉斯谟·达尔文（Erasmus Darwin）来说，诗是一个描绘眼睛的过程。他的理论③与

---

① Wordsworth says that he was Misled in estimating words, not only By Common inexperience of youth, But the trade in classic niceties, The dangerous craft of culling term and phraseFrom languages that want the living voice-To carry meaning to the natural heart, etc, *Prelude*, vi. 107 ff. Cf. also Coleridge, *Biographia Literaria*, ch. i.

② Cf. Legouis's *Wordsworth*, P. 131 ff.

③ For Darwin's theory of poetry, see the "Interludes" that follow the cantos of his poem, especially the "Interlude" to Canto I of Part II (*The Loves of the Plants*, 1789). The acme of poetic artificiality was reached in France about the same time as in England, in the Abbé Delille's *Jardins* (1782), a work inspired by Thomson's *Seasons*.

实践，都确实只是诗与画混淆的最终结果。这种混淆的根源，在文艺复兴的文学诡辩中。这种混淆与诗的措辞相联结，在新古典主义运动中占据基础地位，反对诗的措辞，在浪漫主义运动中，同样占据基础地位。或许，浪漫主义运动做出的妥协，与它为推动良好的散文标准所做的妥协一样多，但是，它过去拥有一个合情合理的任务，这个任务是指把诗的想象从人工与传统的束缚中解放出来。因此，指出这一点，是重要的，即情感波浪源于法国，它消除了英国的诗歌措辞。"内疚与忧愁"（"Guilt and Sorrow"），华兹华斯（Wordsworth）的第一首诗，主要不是在民歌、弥尔顿（Milton）或斯宾塞（Spenser）影响下创作的，而是在法国大革命的情感压力之下创作的。在这首诗中，华兹华斯（Wordsworth）达到了必不可少的坦率与表达的真诚；华兹华斯（Wordsworth）是19世纪英国诗歌之父。在18世纪的英格兰，在一些批评家看来，这种特定趋势，在英国浪漫运动起源的原因中，仍然占有很大一部分，仍然有关于它们的一些东西。这种东西是传统的东西，在新古典主义意义上，是模仿的东西。例如，斯宾塞（Spenser）的作品与弥尔顿（Milton）的作品之复兴，仅仅导致了新形式的诗歌措辞。在涂（lay）他们各种各样的富有诗意的色彩（poetical colors）的时候，人们将之归于斯宾塞（Spenser）与弥尔顿（Milton），而非将之归于蒲柏（Pope）。

然而，我的目的不是要开始对诗歌措辞展开详细的研究。我只想展现，它如何不可避免地来源于诗歌与绘画的形式认同。人们会期望，这种认同不仅导致诗歌的措辞，而且导致一种总体上丰富多样的生动描述与描述性写作；事实上，在这个方向上的理论的可能性，进展缓慢，原因不难寻找到。诗是一种模仿和绘画，这是真实的。但是，正统的亚里士多德主义的理论家，将不是急切地增加绘画的外在对象，而是急切地增加绘画的人的行动。可以确定的是，批评家们从一开始就不完全赞同这种观点。如果我们查阅文艺复兴晚期与17世纪早期的文学案卷，我们就应该发现，虽然严肃的专家可能在耶稣会的神学案卷中，但关于"诗人可能模仿什么"这个问题的两个方面，却不是严肃的专家说的。亚里士多德主义者过于严格地解释模仿信条，这产生了尴尬的后果。如果，诗仅仅模仿人的行动，那么，"农事诗"就不是诗，维吉尔（Virgil）也不是新古典主义的主要代表！难道对维吉尔（Virgil）的敬仰不是与一件事物一样庄严吗？对维吉尔的敬仰导致亚里士多德主义的回归。这种回归，是在决定这件事物的过程中的回归。这件事物是指和悲剧与史诗的尊严相关的事物。这对我们而言，似乎是陌生的，拥有无可怀疑的学术能力的人们，就像文艺复兴批评家中最优秀的人物一样，本应该实施这样的纯形式研究，却没有实施这样的纯形式研究。主观的检验（subjective test），仅仅对我们而言是可理解的。如果一件事情真的"发觉"我们，那么，我们不必太担忧体裁的形式，也不必担忧体裁的尊严。艺术品的真正的吸引力，在于，"使形式隐没"，爱默生（Emerson）说："就像戏剧或史诗一样，不被人们注意。记号（T），就像提出一个与纸有关的问题。这张纸，是一位国王用来写信的纸。"但是，我们的优越感，应该由这样的反映来缓和。这种反映，主要指，新古典的形式主义与热爱清晰的、有条理的区分的美德密切相关；通常，我们现代人所欣赏的，仅仅是一个错误的亲切友好的一面。这个错误主要指，过度容忍不确定的热情与枯燥的情感主义。

对清晰之区分与界线分明的类型之热爱，使新古典主义作家避免混淆。这种混淆主要指的是散文与诗的混淆。在其他方面，他（新古典主义作家）的理论将准许散文中的诗成为可能。因为，如果，诗的本质，不在格律，而在模仿，为什么不在散文中诗意地模仿呢？也就是说，画一幅画，当然不根据文学事实，而"根据可能性或必然性"。当他创作"忒勒玛科斯"（"Télémaque"）的时候，费尼伦（Fénelon）必定经过这样的推理。"忒勒玛科斯"（"Télémaque"）是一部真正的新古典主义散文诗，仅仅与浪漫主义运动曾经使我们熟悉的"诗的散文"有细微的联系。正是这种对显著区别的体裁的偏爱，"忒勒玛科斯"（"Télémaque"）才没有避开严厉的批评。在伏尔泰（Voltaire）的"古特神庙"（"Temple du Goût"）中，表示悔过的费尼伦（Fénelon），被迫承认，散文中没有真实的诗。①

为了回到我们的主要话题，我们可以推测，在新古典主义时期的早期，相对缺少描述性写作，部分原因是因为聚焦于人与人类行为，部分源于积极的批评概念。当布瓦洛（Bolieau）嘲笑那些中断叙述的过程，沉浸于冗长烦琐的描述的时候，例如，关于宫殿及其庭院的冗长烦琐的描述，他仅仅是在重复前人的批评。布瓦洛（Bolieau）说："我跳过20页到达整本书的最后，然后，穿过关于宫殿与庭院的冗长繁琐的描述，幸免于难。"② 然而，在18世纪早期，我们可以看到一种变化。那些情感因素，已经开始聚集在新古典主义形式主义表面之下，这些因素，注定要在世纪末爆发。这个时代，渐渐地，在性情上，变得不那么人文主义，并且在科学与情感上，变得对外在自然更感兴趣。一个著名例子是汤姆逊（Thomson）的"季节"（"Seasons"），这个例子是关于后一种兴趣（对外在自然的兴趣）的例子。不论它本身是什么，被视为一种有影响的文本，汤姆逊（Thomson）的"季节"（"Seasons"）是一个"伪古典主义"文本。它导致一个描述的与绘画的诗派产生，但是，在伪古典主义意义上，绘画的诗，将词语与短语，视为从外面涂在诗上面的色彩；但是，这个学派，并未拖延地用一种对箴言"诗画一律"（*ut pictura poesis*）的吸引力，来评判自身。

---

① In the article "Europée" (*Dict. philosophique*), Voltaire says: "Pour les poèmes en prose, je ne sais ce que c'est que ce monstre: je n'y vois que l'impuissance de faire des vers", etc. Cf., however, the Abbé Du Bos who approves of the prose poem on good neo-classic grounds (Réflexions critiques sur la poésie et sur la peinture, t. I, p. 510.).

② Cf. D'Aubignac, Pratique du théatre, p. 51: "Mal à propos le poète ferait une description exacts des colonnes, des portiques, des ornaments…d'un temple", etc. Boileau had especially in mind in his satire the description of the magic palace in Canto III of Scudéry's Alaric which was itself suggested by previous descriptions in Ariosto, etc.

同时，一种有些不同的影响，也倾向于混淆诗与画的标准。在英格兰，我们听到了很多关于 17 世纪晚期与 18 世纪早期的技艺超群的人（*virtuosi*），[1] 收集任何事物的人，都会被时代的智者们无休止地嘲笑为毫无意义的与随机的好奇心的典型。任何事物是指从钱币到蝴蝶的所有事物。然而，这显示的爱好，可能直接与"皇家学会"（"Royal Scoiety"）（1662）的建立有关，更通行的说法是，与培根传统有关。这种爱好是指对精确观察与分类的爱好。在回顾中，我们可以看到，这些技艺超群的人中的一部分，正要成为严肃的古文物研究者，古文物研究者，为温克尔曼（Winckelmann）和现代考古学做好了准备。现在，任何一个想要聚集一个文物顾问团的人，都自然而然地被引导着，在艺术方面将两种事物比较。一个事物是，对古代传奇人物等的处理，另一个事物是，对诗人的同样传奇的处理；且，在这一点上，涉及无可躲避的"诗画一律"（*ut pictura poesis*）观念，这种观念被新古典主义观念强化。新古典主义观念认为，如果不从另外的人那里抄袭，人们将无所作为。鼓励这种事情的第一波人中的其中之一，正如莱辛所抱怨的，是创作"关于奖章的对话"（"Dialogues on Medals"）（1702）的艾迪生（Addi-son）。

或许，在其他作家中，最重要的作家是约瑟夫·斯彭斯（Spence），最后是凯吕斯伯爵（Count Caylus）。斯彭斯构成《奥德修斯（Polymetis）》（1747）的整体，凯吕斯伯爵构成他的《荷马以来的绘画》（"Pictures Drawn from Homer"）（1757）的整体。其他作家，一方面，阐明绘画艺术与塑料艺术之间的相似的特点，另一方面，阐明绘画艺术与诗之间的相似的特点。莱辛（Lessing）认为，约瑟夫·斯彭斯（Spence）的"书对每个读者的趣味而言，是绝对不可容忍的"。这不是在恭维这个时期的英格兰贵族，许多最高贵的人，出现在了他的赞助者与资助人的名单中。这些书籍的共同建议是，诗的艺术的标准与塑料艺术的标准，是可以相互替换的，任何好的诗画，都可以被画家或雕塑家，有收获地以同样的方式对待。例如，当约瑟夫·斯彭斯（Spence）说（第 311 页），"任何事物刚一用诗的描述，就是好的，这如果在雕塑与绘画中表现出来的话，就将显得荒谬"。同时，如果我们直接研究这些作家，发现他们比我们从莱辛的批判中想象得要更理智，我们就应感到惊奇。事实上，凯吕斯，在一些重要方面，已经先于莱辛做了。M. 罗什布拉夫（M. Rocheblave）说："对他从凯吕斯（Caylus）那里借的每个观念来说"，"莱辛（Lessing）都会给予他严厉批评"[2]。

现在，我们应愿意理解这些条件，这些条件指，与《拉奥孔》（"Laokoon"）的写作相关的条件。这些条件有描述诗派，该诗派大部分是对汤姆逊（Thomson）"季节"（"Seasons"）之模仿，也有 18 世纪的新博学与好古癖[3]，与艺术、文学相结合，就像

---

[1] An Interesting article on the virtuosi by N. Pearson will be found in the Nineteenth Century for Nov., 1909.
[2] Rocheblave. *Essai sur le Comte de Caylus*, par S, p. 220.
[3] For this revival of Greek in the eighteenth century and the coming together of antiquarianism and literature, see L. Bertrand *La Fin du classicisme et le retour à l'anyique*.

描述诗学派,开明地使用了箴言"诗画一律"(*ut pictura poesis*)。总体背景是整体模仿理论。这种理论,是由文艺复兴时期批评家解释的理论。在这些因素中,模仿理论是迄今为止最重要的理论,正是这种理论,总体上德国人讲得最少。[①]

[①] For the period immidiately preceding Lessing, F. Braitmaier's book (*Geschichte der Poetischen Theorie und Kritik von den Dis-kursen der Maler bis auf Lessing*, 1888), though dull, is fairly complete.

附 录

附 錄

附录一　中国中外文艺理论学会历届会议

时间	会议主题	主办单位	地点
1994年6月	钱中文宣读民政部批准文件，宣布中国中外文艺理论学会正式成立	文学研究所和外国文学研究所联合开会	北京
1995年8月	"走向21世纪：中外文化与中外文论国际学术研讨会暨中国中外文艺理论学会成立大会"，第一届年会	学会和山东师范大学联合主办	山东济南
1996年10月	"中国古代文论的现代转换"学术研讨会	学会与陕西师范大学中文系联合举办	陕西西安
1998年5月	"巴赫金学术思想国际学术研讨会"	学会与北京外语学院俄语系（现北京外国语大学）、河北教育出版社联合举办	北京
1998年10月	"西方文论与中国文论建设"全国学术研讨会	学会联合四川大学中文系举办	四川成都
1999年5月	"1999年世纪之交：文论、文化与社会暨中国中外文艺理论学会第二届年会"	学会联合南京师范大学中文系举办	江苏南京
1999年10月	"新中国文学理论50年"学术研讨会	学会与安徽大学中文系联合举办	安徽合肥
2000年8月	与法国、英国、德国、澳大利亚等多国学者合作，成立"国际文学理论学会"，并召开"21世纪中国文论建设国际学术讨论会"	学会与清华大学、北京师范大学等联合举办	北京
2001年4月	"全球化语境中的文学理论研究与教学研讨会"	学会与扬州大学文学院联合举办	江苏扬州
2001年7月	"创造的多样性：21世纪中国文论建设国际学术讨论会"	学会与辽宁大学文学院联合召开	辽宁沈阳
2001年10月	"新理性精神与文学研究方法论研讨会"	学会与厦门大学文学院联合举办	福建厦门
2002年5月	"文艺学与文化研究"学术研讨会	学会与云南大学文学院联合举办	云南昆明
2003年12月	"全国美学、文学理论前沿问题学术研讨会"	学会、中华美学学会与台州学院联合举办	浙江台州
2004年5月	"中国文学理论的边界"研讨会	学会与北京师范大学文艺学研究中心联合举办	北京
2004年6月	全国第二次巴赫金国际学术研讨会	学会与湘潭大学文学院联合召开	湖南湘潭
2004年6月	"多元对话语境中的文学理论建构国际研讨会暨中国中外文艺理论学会第3届年会"	学会与中国人民大学、北京师范大学文学院等联合举办	北京

续表

时间	会议主题	主办单位	地点
2005年10月	"2005：新时期文学理论的回顾与展望全国学术研讨会"	学会与湖南师范大学文学院、北京师范大学文艺学研究中心联合召开	湖南长沙
2006年9月	"当前文艺学热点与教育改革"学术研讨会	学会与北京师范大学文艺学研究中心联合召开	河北北戴河
2007年6月	"文学理论30年——从新时期到新世纪国际学术研讨会暨中国中外文艺理论学会第4届年会"	学会与北京师范大学、华中师范大学文学院联合召开	湖北武昌
2007年10月	"跨文化视界中的巴赫金"国际学术研讨会	学会与北京师范大学外语学院联合召开	北京
2008年4月	"中国现代美学、文论与梁启超全国学术研讨会"	学会与中华美学学会、杭州师范大学中文系联合召开	浙江杭州

从2008年开始，学会每年主办的学术会议称为"年会"，并定期出版学会"年刊"

时间	会议主题	主办单位	地点
2008年7月	"理论创新时代：中国当代文论改革与审美文化转型研讨会暨中国中外文艺理论学会第5届年会"	学会与北京师范大学、陕西师范大学、兰州大学、西北大学、青海民族学院中文系联合召开	青海西宁
2009年7月	"新中国文论60年国际学术研讨会暨中国中外文艺理论学会第6届年会"（换届）在贵阳召开	学会与贵州大学、贵州师范大学、贵州民族学院联合召开	贵州贵阳
2010年4月	"文学理论前沿问题研究学术研讨会暨中国中外文艺理论学会第7届年会"	学会与扬州大学文学院联合召开	江苏扬州
2011年6月	"国外马克思主义文论与中国当代文论建构国际会议暨中国中外文艺理论学会第8届年会"	学会与四川大学文学院联合主办	四川成都
2012年8月	"21世纪的文艺理论：国际视域与中国问题"国际学术研讨会暨中国中外文艺理论学会第九届年会	学会与山东师范大学联合举办	山东济南
2013年8月	中国中外文艺理论学会第十年会暨"文学理论研究与中国文化发展"学术研讨会	学会与湖南师范大学联合主办	湖南长沙
2014年8月	中国中外文艺理论学会第十一届年会暨"面向时代的文学理论与批评"国际学术研讨会	学会与河南大学联合主办	河南开封
2015年10月	中国中外文艺理论学会第十二届年会暨"当代中国文论的话语体系建构"学术研讨会	学会与湖北大学联合主办	湖北武汉
2016年8月	中国中外文艺理论学会第十三届年会暨"文艺理论：传统与现代"学术研讨会	学会与江苏师范大学联合主办	江苏徐州
2017年8月	中国中外文艺理论学会第十四届年会暨"新时期以来我国文论发展的理论成就"学术研讨会	学会与辽宁大学联合主办	辽宁沈阳
2018年11月	中国中外文艺理论学会第十五届年会暨"新时代文艺理论的创新"学术研讨会	学会与中国文学批评研究会、深圳大学联合主办	广东深圳
2019年10月	中国中外文艺理论学会第十六届年会暨"中国文论70年经验总结与反思"学术研讨会	学会与湘潭大学联合主办	湖南湘潭
2020年12月	中国中外文艺理论学会第十七届年会暨"文艺理论：新语境·新起点·新话语"学术研讨会	学会与广州大学联合主办	线上会议（疫情期间）

续表

时间	会议主题	主办单位	地点
2021年11月	中国中外文艺理论学会第十八届年会暨"跨文化视野下文艺理论批评前沿问题"学术研讨会	学会与广西师范大学联合主办	广西桂林/线上会议（疫情期间）

附录二 《中外文论》来稿须知及稿件体例

一 来稿须知

1. 《中外文论》主要收录学会年会参会学者所提交的会议交流论文，也接受会员及从事文艺理论研究的国内外学者的平时投稿，学术论文、译文、评述、书评及有价值的研究资料等均可。

2. 本刊已被《中国学术期刊网络出版总库》及 CNKI 系列数据库收录。与会学者或会员投稿必须是首发论文；论文要求完整，不能是提要、提纲。

3. 来稿字数最长不要超过 1 万字，特殊稿件可略长一些，但最好也请控制在 1.5 万字以内。凡不同意编辑修改稿件者，请在来稿中注明。

4. 由于编校人员有限，所提交论文务请符合年刊稿件体例格式。稿件请在文末注明作者详细联系地址、电话号码、电子邮箱等，以便联系。

5. 《中外文论》辑刊出版时间为 6 月下旬出版第 1 期，12 月下旬出版第 2 期。全年征稿，来稿请发至本刊专用邮箱：zgwenyililun@126.com。稿件入选后，将以邮件方式通知论文作者。

6. 本刊出版后，我们将免费为作者提供样书一本；凡按时交纳学会会费的学会会员，可在学会年会召开期间免费领取样书一本。

7. 《中外文论》期待专家学者惠赐稿件，也欢迎对本刊工作提出宝贵意见。

二 稿件体例

1. 论文请用 A4 纸版式，文章标题为三号黑体，二级标题为小四号宋体加粗，正文一律用五号宋体，正文中以段落形式出现的引文内容为五号字仿宋体，并整体内缩 2 字符。注释一律采用自动脚注形式，每页重新编号。

2. 论文请以标题名、作者名（标题下空一行，多位作者请用空格隔开）、作者单位（包括单位名称、所在省市名、邮政编码，各项内容用空格隔开，内容置于圆括号内，位于作者名下一行）、摘要内容（约 200 字，位置在作者单位下空一行）、关键词、正文（关键词下空两行）、参考文献（正文下空一行）顺序编排。

3. 文章请附作者简介与课题项目（若为课题项目成果），作者简介一般应包括姓名（含出生年份，出生年份请置于小括号内，后用连接号并后空一格，如：1970—　）、籍贯、工作单位、职称、学位等内容；课题项目请标明项目名称与编号。作者简介与课题项目两项内容，请以自动脚注形式，脚注序号位于作者名右上角。

4. 标题文字应简明扼要，文中二级标题序号一般用"一、二、三……"形式标出，文中出现数字顺序符号，要以"一""（一）""1.""（1）"级别顺序排列。阿拉伯数字表示序号时，数字后使用下圆点。

5. 数字用法请严格执行《出版物上数字用法的规定》这一国家标准。数字作为名词、形容词或成语的组成部分时，一律用汉字。整数一至十，如果不是出现在具体统计意义的一组数字中，可以用汉字，但要照顾到上下文，以保持局部体例上的一致。

6. 标点符号一律按国家公布的《标点符号使用方法》的规定准确地使用，外文字母符号应采用国际通用标准，必须用印刷体，分清正斜体、大小写和上下角码。连接线一般使用"—"字线，占一个汉字的位置。

7. 稿件所引资料、数据应准确、权威，应以原始文献和第一手资料为原则。凡引用他人观点、数据、资料、数据等，无论是否发表，无论纸质、电子版、网络资源或转引文献，均应详细注释。对已有学术成果的介绍、评论、引用，应力求客观、公允、准确。

8. 注释格式要求。

（1）所有经典著作引文必须使用最新版本。一般中文著作的标识次序是：著者姓名（多名著者间用顿号隔开，编者姓名应附"编"字）、篇名、出版物名、卷册序号（放入圆括号内）、出版单位、出版年、页码，顺序标出。

例如：孙中山：《三民主义》，《孙中山选集》（下卷），人民出版社1956年版，第597、599页。

（2）古籍的标识方式：可以先出书名、卷次，后出篇名；常用古籍可不注编撰者和版本，其他应标明编撰者和版本；卷次和页码应使用阿拉伯数字。

例如：《史记》卷25《李斯列传》。

《后汉书·董仲舒传》。

《温国文正司马公集》卷32，四部丛刊本。

（3）期刊报纸的标识方式如下：

例如：朱光潜：《研究美学史的观点和方法》，《文学评论》1978年第4期。

周扬：《三次伟大的思想解放运动》，《人民日报》1979年5月7日。

（4）译著的标识方式：应在著者前用方括弧标明原著者国别，在著者后标明译者姓名。

例如：[匈]卢卡奇：《历史与阶级意识》，杜章智、任立、燕宏远译，商务印书馆

1992年版，第100—102页。

（5）外文书刊的标识方式，请遵循国际通行标注格式。

编辑部地址：北京市建国门内大街5号中国社会科学院文学研究所739室

邮政编码：100732

E-mail：zgwenyililun@126.com